HEDWIG
COURTHS-MAHLER

Die Herrin von Armada

HEDWIG COURTHS MAHLER

Die Herrin von Armada

WELTBILD VERLAG

Das für den Einband verwendete Foto stammt aus dem Filmhistorischen Bildarchiv Peter W. Engelmeier und zeigt eine Szene aus dem Film „Wiedersehen in Howard's End".

Genehmigte Lizenzausgabe für
Weltbild Verlag GmbH, Augsburg 1997

Einbandgestaltung: Peter Engel, München
Gesamtherstellung: Presse-Druck Augsburg
Printed in Germany
ISBN 3-89350-937-2

I

Dolores Vanzita saß mit ihren beiden Freundinnen Angela Frasquita und Inez Hermados auf dem schattigen Teil der breiten Veranda, die das Wohnhaus auf der Hazienda Armada von allen Seiten umgab.

Die drei Freundinnen waren kaum dem Kindesalter entwachsen und standen im sogenannten Backfischalter. Sie hatten sich, wie immer, wenn sie zusammen waren, sehr viel zu erzählen, während Senhora Frasquita, Angelas Mutter, ein Mittagsschläfchen hielt.

Senhora Frasquita hatte das Amt einer Ehrendame für Dolores Vanzita während der Dauer der Abwesenheit ihres Stiefvaters, Doktor Lutz Rodenbergs, übernommen. Dieser weilte in Deutschland, seiner Heimat, der er lange hatte fernbleiben müssen, und seine Abwesenheit war auf einige Monate berechnet. Damit Dolores nicht allein bliebe, hatte er Senhora Frasquita gebeten, während seines Fernseins nach Armada überzusiedeln, und zwar mit ihrer Tochter Angela, Dolores' Freundin.

Sehr gern hatte Senhora Frasquita dieses Amt übernommen. Ihr Gatte war seit einigen Jahren Postmeister auf der nächsten Poststation. Das war ein sehr schlecht bezahlter Posten, und man mußte sich sehr einschränken und ein sparsames Leben führen. Ein Aufenthalt auf Armada, dieser herrlichen Hazienda, erschien Mutter und Tochter daher sehr verlockend. Dolores war die Erbin von Armada, und der Haushalt wurde in ziemlich luxuriöser Weise geführt. Hier gab es kein Sparen und ängstliches Berechnen, hier ging alles aus dem vollen, und man konnte sich dabei herrlich erholen.

Dolores Vanzita gehörte nicht nur dieser wundervolle Landsitz, den sie von ihren Eltern geerbt hatte, sondern auch ein großes Barvermögen. Ihr Reichtum hatte sich mindestens verdoppelt, seitdem ihr Stiefvater, ein deutscher Ingenieur, reiche Silberadern auf ihrem Grund und Boden entdeckt hatte. Er hatte ein Silberbergwerk errichtet, um dem Boden seine reichen Schätze abzugewinnen. Und so war es nicht verwunderlich, wenn auf Armada nicht geknausert zu werden brauchte. Senhora Frasquita und auch ihre Tochter Angela fanden es herrlich, einmal für einige Monate aus dem vollen schöpfen und alles genießen zu dürfen, was Reichtum gestattet.

Außerdem freute sich Angela sehr auf ein länger währendes Zusammenleben mit ihrer Freundin Dolores. Durch diese wurde sie gewissermaßen über ihre Sphäre hinausgehoben. Auch der Verkehr mit Inez Hermados hatte dazu beigetragen, Angelas Leben zu verschönern. Jene war die einzige Tochter eines reichen Viehzüchters, der einige Stunden Wegs von Armada entfernt einen riesigen Vieh-Rancho besaß, wo er Pferde- und Rinderzucht im großen betrieb. Somit war auch Inez eine reiche Erbin, aber beide, Dolores wie Inez, ließen Angela in keiner Weise fühlen, daß sie ein armes Mädchen war. Sie dünkten sich nicht etwa über sie erhaben, sondern versuchten beide nach Kräften, ihr Los zu erleichtern. Angela hatte mit teilnehmen dürfen an dem Unterricht, den eine Lehrerin Inez und Dolores gab, bis ihre Ausbildung vollendet war. Inez' und Dolores' Eltern hatten Angela so gehalten wie ihre eigenen Kinder. Die Freundinnen kamen auch jetzt, nachdem die Lehrerin ihr Amt aufgegeben hatte, immer noch häufig zueinander, einmal bei Inez, das andere Mal bei Dolores. Und immer durfte Angela dabeisein. Zwischendurch sahen sie sich freilich, zum großen Bedauern Angelas, wochenlang nicht. Zu Hause in den engen Verhältnissen fühlte sie sich gar nicht wohl. Und deshalb war sie sehr glücklich, nun wieder für Monate auf Armada bleiben zu dürfen.

Inez war gleich nach der Abreise von Lutz Rodenberg auf einige Wochen zu Besuch nach Armada gekommen, und jetzt hatte sie zum zweiten Mal Urlaub von ihren Eltern erhalten. Sie wollte gern dazu beitragen, Dolores die Trennung von dem geliebten Vater zu erleichtern. Heute morgen war sie nach zweistündiger Fahrt mit dem Auto angekommen, und ihr Reitpferd, ohne das sie nicht sein konnte, war schon vorher nach Armada gebracht worden.

Frasquitas und Hermados' waren die nächsten Nachbarn der Bewohner von Armada. Außer mit diesen beiden Freundinnen hatte Dolores keinerlei Verkehr. Mit den Damen ihrer Beamten von dem Armada-Werk kam Dolores nur selten zusammen, wenn diese bei feierlichen Gelegenheiten Visite machten. Sie konnte diese Damen nicht gut leiden, weil sie so unnatürlich und geschraubt waren. Da plauderte sie schon lieber mit ihren Dienerinnen Boni und Joni, Mutter und Tochter, die Negerinnen waren. Alle Diener im Hause hatten dunkle Hautfarbe.

Bonis Mann und Jonis Vater war Hausmeister. Auch er war Neger. Boni und Joni hatten Dolores' persönliche Bedienung übernommen und vergötterten ihre junge Herrin genauso, wie sie von der gesamten Dienerschaft und auch von den Arbeitern im Bergwerk vergöttert wurde. Denn sie war stets freundlich und gütig zu ihnen, kümmerte sich um alle ihre Freuden und Leiden und hatte für jeden ein Scherzwort bereit. Auch die Arbeiter im Bergwerk waren zum großen Teil Neger. Nur der kleinere Teil bestand aus Weißen, die den verschiedensten Nationen angehörten und zumeist etwas abenteuerliche Gestalten waren. Aber »die kleine Herrin« war sogar bei diesen wilden Gesellen beliebt.

So war Dolores immer froh, wenn sie eine der Freundinnen oder gar beide bei sich haben konnte. Und jetzt, wo der geliebte Stiefvater nicht bei ihr sein konnte, war sie darüber doppelt froh.

Jetzt, nach Tisch, saßen die drei Freundinnen auf der Veranda. Inez hatte von daheim berichtet, und Dolores erkundigte sich interessiert nach einigen ihrer Lieblingspferde, die sie auf dem Rancho von Inez' Vater geritten hatte. Dort hatte sie auch gelernt, den Lasso zu werfen und auf ungesatteltem Pferde zu reiten, was Inez auch konnte, während Angela zu ängstlich dazu war.

Angela und Inez schwärmten nach Jungmädchenart für Lutz Rodenberg, Dolores' Stiefvater, der für sie der Inbegriff eines vornehmen und eleganten Kavaliers war. Es störte sie nicht, daß er viel älter war als sie, zumal er für seine Jahre wirklich noch jung aussah. Inez fragte nun sehr interessiert, ob Dolores wieder Nachricht von ihm habe.

»Oh, schon mehrere Male, Inez, da muß ich dir viel erzählen. Angela weiß ja das meiste schon, aber sie hört es gern noch einmal, nicht wahr, Angela?«

»Ganz gewiß, Dolo, alles was deinen Vater betrifft, ist ohne weiteres interessant und romantisch.«

»Nun erzähle doch, Dolo«, drängte Inez.

Dolores nickte.

»Also, daß mein Lutzvater gut in Deutschland angekommen ist, wißt ihr beide schon, ebenso, daß er fünfzehn Jahre lang für seine Angehörigen als tot und verschollen galt, weil er es so wollte.«

»Ja, doch, Dolo, er war aus Deutschland geflohen, weil er glaubte, im Streit einen Menschen erschlagen zu haben, und weil man ihn deshalb ins Gefängnis bringen wollte. Niemand sollte wissen, daß er noch lebte, und weil der Dampfer, den er auf seiner Flucht benutzte, mit Mann und Maus unterging, hat man in Deutschland ebenfalls an seinen Tod geglaubt.«

»Ja, aber Dolos Mutter hat ihn halbverhungert und ohnmächtig im Meer gefunden, als sie mit ihrer Jacht eine Segelfahrt unternommen hatte. Niemand erfuhr davon, nicht einmal sein Vater. Oh, es ist eine beinahe märchenhafte Geschichte, ich höre sie immer wieder gern«, sagte Angela verzückt.

»Ich habe sie euch wohl schon ein dutzendmal erzählen müssen.«

»Macht nichts, wir hören sie immer wieder gern. Und dann wie romantisch, daß deine Mutter und er sich so ineinander verliebten. Und da deine Mutter Witwe war, konnten sie bald heiraten und lebten unendlich glücklich miteinander bis zu deiner Mutter Tod. Aber noch viel romantischer ist, daß nun nach fünfzehn Jahren herausgekommen ist, daß dein Lutzvater unschuldig war, und daß nicht er jenen Mann erschlagen hat, sondern einer seiner Freunde, der es erst auf seinem Sterbebett bekannte, und daß er nun heimkehren konnte, um sein reiches Erbe anzutreten. Wie seltsam, Dolo, daß dein Stiefvater jetzt Besitzer der Rodenberg-Werke in Deutschland geworden ist.«

»Was ist denn so seltsam dabei? Er war doch seines verstorbenen Vaters einziger Sohn.«

»Das meine ich auch gar nicht, ich meine nur, du besitzt jetzt hier das Armada-Werk und dein Stiefvater drüben die Rodenberg-Werke. Wie wird sich nun deine und seine Zukunft gestalten?«

»Darüber macht euch keine Sorgen, das wird mein Lutzvater schon alles in Ordnung bringen, er ist es gewöhnt, schwierige Aufgaben zu lösen.«

»O ja, er ist ein herrlicher Mensch! Aber warum sagst du eigentlich immer Lutzvater zu ihm, danach wollte ich dich schon immer fragen«, sagte Inez.

»Gott, bist du schwer von Begriff, Inez. Weil er doch nicht mein richtiger Vater ist, mein richtiger Vater hieß Vanzita, wie ich selbst. Und ein Unterschied muß doch sein. Stiefvater, das klingt so häßlich, mein Lutzvater ist mir kein Stiefvater. Und meinen richtigen Vater habe ich gar nicht gekannt, er starb schon, als ich kaum auf die Welt gekommen war. Und ich habe meinen Lutzvater mindestens so lieb, als wäre er mein rechter Vater.«

»Oh, er verdient es auch, nicht wahr, Angela?« fragte Inez.

Angela schlug die Augen gen Himmel.

»Ich schwärme für ihn, er ist ein Kavalier! Und so jung sieht er noch aus.«

»Obwohl er schon vierundvierzig Jahre alt ist«, sagte Dolores. »Aber nun schwatzen und schwatzen wir, und ich komme nicht dazu, euch zu berichten, was er geschrieben hat.«

Die drei jungen Mädchen sahen sich lachend an.

»Richtig! Also los, Dolo!« forderte Inez sie auf.

»Also hört. Mein Lutzvater ist gerade zur rechten Zeit nach Hause zurückgekehrt, um helfen zu können, seinen Neffen, Hans Dornau, aus einer sehr schwierigen Lage zu befreien. Denkt euch nur, dieser Neffe sollte die Rodenberg-Werke erben, falls mein Lutzvater wirklich nicht wieder auftauchen sollte. Und das gönnte ihm sein schurkischer Vormund nicht, der mit einer Schwester von Lutzvater verheiratet ist und selber nach dem Erbe trachtete. Er glaubte ganz bestimmt, Lutzvater sei tot. Und so trachtete er Hans Dornau nach dem Leben.«

»Um Gottes willen!«

»Nicht wahr, Inez, das ist doch gräßlich? So ein schlechter Mensch. Er wollte Alleinherrscher in den Rodenberg-Werken bleiben, und deshalb sollte der arme Hans Dornau aus dem Weg geräumt werden. Aber ein Freund von ihm ist hinter die Schliche des Vormundes gekommen, und als just zu dieser Zeit mein Lutzvater auftauchte, wobei er sich erst nur diesem Freund, dem Oberingenieur Doktor Ralf Bernd, zu erkennen gab, verriet ihm dieser, daß der Vormund Böses gegen seinen Neffen im Schilde führte. Lutzvater und Doktor Bernd schlossen einen Bund, um Hans Dornau zu beschützen, und konnten so einen Autounfall, den der Vormund in Szene setzen wollte, um Hans Dornaus Leben zu gefährden, verhindern und den Vormund dabei fassen. Lutzvater gab sich zu erkennen, trat sein Erbe an und entließ den schurkischen Vormund, der kaufmännischer Direktor der Werke war.«

»Oh, das ist doch eine viel zu geringe Strafe«, ereiferte sich Angela.

»Ja, das finde ich auch«, pflichtete Inez bei.

»Nun, ihr könnt euch denken, daß auch ich über all das sehr empört war. Der arme Hans Dornau! Lutzvater schreibt mir, er sei ein sehr lieber und vornehm empfindender Mensch, und — er sieht Lutzvater sehr ähnlich. Genauso, wie Lutzvater als junger Mensch ausgesehen hat, soll Hans Dornau aussehen.«

»Dann muß er ein sehr hübscher und interessanter Mann sein. Wie schade, daß wir ihn nicht sehen können.«

»Du, Dolo, er ist doch dein Vetter, wenn er der Neffe deines Vaters ist!«

Überrascht sah Dolo in Inez Hermados' Gesicht. Dann nickte sie strahlend.

»Allerdings – wenigstens mein Stiefvetter«, sagte sie lachend. Und die Freundinnen lachten mit.

»Aber nun hört weiter, ich habe noch mehr Interessantes zu berichten. Hans Dornau hat eine Schwester, sie heißt Eva Maria und soll überaus reizend und lieb sein. Sie ist mit jenem Doktor Ralf Bernd verlobt, der ihren Bruder gerettet hat. Ist das nicht interessant?«

»Der reinste Roman, Dolo! Hat dein Vater noch mehr Angehörige?«

»Ja, Angela, seine Schwester Melanie, die eben leider mit dem schurkischen Vormund verheiratet ist.«

»Oh, wie schrecklich!«

»Ja, und sie haben zwei Kinder, die etwa in demselben Alter sind wie Hans und Eva Maria Dornau. Sie heißen Jolante und Egon Mertens.«

»Also noch einen Cousin und eine Cousine für dich!«

»Ja, mit einem Mal habe ich eine Menge Verwandte.«

»Aber wie traurig ist es für diese Tante Melanie und ihre Kinder, einen solchen Mann und Vater haben zu müssen.«

»Zum Glück wissen sie um das Schreckliche nicht, man hat es ihnen verschwiegen, und ihretwegen hat man Hans Dornaus Vormund auch nicht der Polizei übergeben.«

»Was eigentlich sehr schade ist, er müßte hart bestraft werden.«

»Aber ihr könnt euch wohl denken, daß Lutzvater das seiner Schwester und ihren Kindern ersparen wollte.«

»Selbstverständlich, sonst hätten die Unschuldigen mit dem Schuldigen leiden müssen. Du wirst wohl nun alle diese Verwandten kennenlernen, Dolo, gewiß reist du einmal hinüber nach Deutschland.«

»Selbstverständlich, Inez, sobald mein Lutzvater alles in Ordnung gebracht hat, wird er mich holen.«

Bestürzt sahen die Freundinnen Dolores an.

»Dich holen? Du willst doch nicht für immer nach Deutschland gehen?«

»Das wird Lutzvater bestimmen! Ich glaube schon, daß wir

den größten Teil des Jahres drüben leben werden, denn Lutzvater muß doch die großen Rodenberg-Werke leiten, die viel größer sind als das Armada-Werk. Wie das alles kommen wird, weiß ich noch nicht, aber wenn ich immer in Deutschland bleiben soll, muß ich mich darein fügen. Ihr könnt euch denken, daß mir der Abschied von euch schwerfallen würde. Aber sonst freue ich mich sehr auf diese Reise. Habe ich doch schon immer Sehnsucht nach Deutschland gehabt, denn meine Mutter war eine Deutsche. Sie hat immer gewünscht, daß ich Deutschland kennenlernen sollte.«

»Aber Deutschland hat doch den Krieg verloren«, sagte Angela naiv.

»O Angela, war das ein Wunder? Wenn so viele über einen einzelnen herfallen, kann er sich dann noch wehren? Trotzdem bleibt Deutschland die Heimat meiner Mutter, und ich habe die Deutschen lieb. Ist doch Lutzvater ein Deutscher, und habe ich nun noch eine Menge deutsche Verwandte.«

»Dann wirst du uns wohl bald vergessen, Dolo.«

»O Angela, wie du nur so töricht schwatzen kannst. Ich euch vergessen, das gibt es doch gar nicht! Wir werden dauernd in regem Briefwechsel bleiben, alles werde ich schreiben, was euch interessieren kann.«

»Wenn du das nicht tust, werden wir dir sehr böse sein«, sagte Inez.

»Und du mußt bedenken, Dolo, uns fällt die Trennung viel schwerer als dir, denn wir bleiben hier in den Campos zurück, in der Einsamkeit der weiten Grasfluren. Du aber kommst in die Welt hinaus, die tausend Wunder vor dir ausbreiten wird«, sagte Angela sehr traurig.

Und ein wenig Neid klang auch aus ihren Worten.

Dolores hörte aber nur die Traurigkeit und streichelte warmherzig ihren Arm.

»Nicht traurig sein, Angela. Du weißt doch, daß dein Vater eines Tages versetzt werden kann und daß ihr dann in eine Stadt kommen sollt, die ein städtisches Postamt besitzt. Wie bald kann das geschehen, dann müßten wir uns auch fügen, Inez und ich.«

»Oh, und was wird aus mir, wenn ihr vielleicht beide hier fort geht?« fragte Inez, die Freundinnen mit großen Augen ansehend.

»Sieh nicht so erschrocken aus, Inez, du reist doch mit deinen Eltern sehr oft nach Rio de Janeiro oder anderen Großstädten, du bist viel öfter fort gewesen als wir. Ich war bisher nur zweimal in Rio, Angela noch gar nicht, du aber schon sehr oft. Und wer weiß, ob du nicht eines Tages einen Mann heiratest, der dich weit fort führt von uns.«

Bei diesen Gedanken lachten die drei jungen Mädchen amüsiert auf. Eine Heirat erschien ihnen noch als etwas sehr Komisches, das in weiter Ferne lag. Es kam ihnen sehr spaßig vor, daß sie einmal heiraten würden, und dennoch stand dies wie etwas Unabänderliches am Horizont ihres Lebens. Das Mundwerk ging jetzt viel flotter, sie malten sich aus, wie der Mann aussehen müsse, dem sie einmal angehören würden. Dolores seufzte.

»Wenn ich keinen Mann bekomme, der so ist wie mein Lutzvater, dann heirate ich nicht!«

»Du willst wohl gar eine alte Jungfer werden?«

»Ich bleibe dann einfach immer bei Lutzvater.«

»Nun, ich würde auch gern einen Mann wie deinen Lutzvater heiraten, einen vornehmen Kavalier, der so gut aussieht und so herrliche Eigenschaften hat wie er«, meinte Inez träumerisch.

»Und du, Angela?« forschte Dolores.

Diese stieß einen tiefen Seufzer aus.

»Ihr habt es gut, ihr seid reiche Erbinnen, die werden immer geheiratet, aber arme Mädchen finden nicht leicht einen Mann, sagt Mama.«

»Aber Angela, du bekommst vielleicht am allerersten einen, wenn ihr erst in einer Stadt lebt, denn du bist doch die schönste von uns dreien«, tröstete Dolores gutmütig.

Angela warf einen verstohlen forschenden Blick in die Scheibe des nächsten Fensters, die ihr Bild zurückspiegelte.

»Meint ihr, daß ich gut aussehe?« fragte sie eitel lächelnd.

»Oh, du Äffchen!« schalt Inez lachend, »sieh nur, Dolo, wie sie sich bespiegelt.«

Sie lachten wieder alle drei und schwatzten noch weiter über das, dessen Erfüllung noch in so weiter Ferne lag. Und sie kicherten und lachten, wie das eben so junge Dinger bei diesem Thema tun. Die drolligsten Anforderungen stellten sie dabei an ihre künftigen Männer, und dabei wurden sie so laut, daß sie Senhora Frasquita in ihrem Mittagsschläfchen störten. Diese kam heraus, noch ganz schlaftrunken, das Muster eines Kissens auf ihrem Gesicht. Darüber mußten die drei jungen Mädchen noch mehr lachen, und die gutmütige Senhora Frasquita lachte mit ihnen.

Dann erschien einer der schwarzen Diener mit dem Teewagen, auf dem köstliche Erfrischungen standen. Alle langten herzhaft zu, und darüber verging wieder eine Stunde. Inzwischen war die größte Hitze vorüber, und Dolores schlug vor, man solle einen Ritt in die Berge machen.

»Aber doch nicht allein«, wehrte Senhora Frasquita ab.

Dolores lachte sorglos.

»Warum nicht allein?«

»Weil ihr auf Jaguare stoßen könntet oder gar auf einen Puma!«

»Aber liebe Senhora Frasquita, Pumas sind schon längst nicht mehr in unserer Gegend, die sind wohl durch den Lärm im Bergwerk vertrieben worden. Mein Lutzvater hat vor etwa zwölf Jahren einen Puma erlegt, und das war wohl hie und da noch, aber sie sind scheu und kommen ganz bestimmt nicht an Menschen heran. Andere gefährliche Tiere gibt es nicht, und wer sollte uns sonst etwas zuleide tun? So oft reite ich allein in die Berge, und wir sind doch auch schon alle drei ausgeritten.«

»Ja, aber dann war Pedro zu eurem Schutz dabei.«

»Nun gut, dann reitet Pedro wieder mit, wenn Sie das beruhigt.«

»Hat das Ihr Vater zugelassen, Dolores, daß Sie ganz allein in die Berge reiten?«

»Gewiß, Senhora, mir tut doch niemand etwas zuleide. Und außerdem habe ich stets eine Waffe bei mir. Inez ist auch daran gewöhnt, allein auszureiten.«

»O ja, und dann ist es am schönsten«, sagte Inez.

»Aber ich bitte doch darum, daß Ihr Pedro mitnehmt. Sie dürfen nicht vergessen, liebe Dolo, daß Ihr Vater Sie meinem Schutze übergeben hat. Ich bin verantwortlich für Ihr Wohl und Wehe. Und da ich selbst nicht reiten und Sie begleiten kann, bin ich ruhiger, wenn Pedro dabei ist.«

»Gut, gut, Pedro soll uns begleiten.«

Dolo gab Befehl, die Pferde satteln zu lassen. Inez hatte ihr Reitpferd mitgebracht und auch Angela, die von Senhor Hermados ein solches erhalten hatte. Dolores hatte ihr den Sattel und die übrige Ausrüstung dazugeschenkt, und so konnte sie die Freundinnen immer begleiten. Angela war so sehr daran gewöhnt, an allen Annehmlichkeiten des Lebens teilzunehmen, die ihre beiden reichen Freundinnen sich leisten konnten, daß es ihr sehr mißfallen hätte, wenn das einmal anders hätte sein sollen. Sie vergaß dabei völlig, daß sie das alles nur der Güte ihrer Freundinnen zu danken hatte, daß sie es beinahe als ihr gutes Recht betrachtete. Und obwohl man ihr so viele Wohltaten erwies, hatte sie doch im tiefsten Innern immer ein leises Gefühl des Neides, das sie aber wohlweislich vor aller Augen verbarg.

Die jungen Damen beeilten sich, ihren Reitdreß anzulegen. Er bestand aus kurzen Beinkleidern aus leicht getöntem Leinen, einem Blusenhemd und einer langen Reitjacke aus demselben Stoff wie die Beinkleider. Dazu trugen sie hohe Stiefel und weiße Schutzhüte, die mit einem Riemen unter dem Kinn befestigt waren.

So ausgerüstet, kamen sie nach einer Weile wieder zum Vorschein und bestiegen die Pferde. Dolores und Inez steckten gewohnheitsmäßig ihren Revolver in die Satteltasche.

Pedro, der Hausmeister, ein grauhaariger Neger, erwartete sie bereits. Er half den jungen Damen beim Aufsteigen. Boni, seine Frau, und Joni, seine Tochter, waren auf die Veranda herausgekommen und sahen zu, wie die jungen Damen aufsaßen. Das ging nicht ohne Scherzen und Lachen ab. Dolores nickte ihren beiden Dienerinnen lächelnd zu und rief ihnen einige Scherzworte hinauf. Boni und Joni zeigten lachend ihre weißen Zähne und winkten der Herrin zärtlich zu. Sie wären für sie durchs Feuer gegangen, und so gut Mutter und Tochter sonst zusammenstanden, auf jede Handreichung, die sie für Dolores tun durften, waren sie eifersüchtig.

Pedro nickte seiner Frau und seiner Tochter mit ruhiger Freundlichkeit zu. Er hatte etwas von einem Grandseigneur an sich, trotz seiner dunklen Hautfarbe, und wirkte viel edler als Frau und Tochter. Dolores behauptete immer, Pedro sei ganz gewiß ein vornehm denkender Mensch und sei keiner niedrigen Handlungsweise fähig. Und ihr Vater stimmte ihr bei, sie hielten beide große Stücke auf ihn.

Nun ritten die jungen Damen in schlankem Trab durch das hohe Camposgras, das sich im leichten Wind wellenförmig bewegte. Pedro hielt sich in respektvoller Entfernung hinter ihnen. Es waren alles prachtvolle Rassepferde, die sie ritten, selbst das Pedros. Dolores ritt einen herrlichen Goldfuchs, der graziös und kokett den Kopf zurückwarf, wenn sie ihn liebkoste; Inez ritt einen feurigen Rappen und Angela einen etwas frommeren Braunen. Die Tiere jagten Flanke an Flanke über das weiche Gras, Angela hielt sich immer etwas ängstlich in der Mitte.

Es ging nach Nordosten, am Armada-Werk vorbei. Dolores und Inez waren kühne Reiterinnen und lachten die ängstliche Angela aus. In einer knappen halben Stunde waren sie beim Bergwerk, und dann kam man gleich in den Bergwald, in dem es wundervolle Reitpartien gab. Jenseits der Berge, nach Osten, lag das Meer, es war im Auto in einer guten Tagesreise zu erreichen. Und in der heißesten Zeit des Jahres wohnten sowohl Dolores mit ihrem Vater, wie Inez mit ihren Eltern in einem Sommerhaus am Meer. Angela war während der heißen Sommerzeit fast immer bei Dolores oder Inez. Diese beiden reichen Erbinnen sahen es als selbstverständlich an, daß ihre Freundin Angela alle Annehmlichkeiten mit ihnen teilte — aber für Angela erschien das mindestens ebenso selbstverständlich, und sie hätte sich sehr gewundert, wenn man sie irgendwie vergessen hätte.

Einige Stunden ritten die jungen Damen durch den Bergwald. Er lag köstlich still und friedlich da. Durch die Zweige huschte zuweilen ein Kolibri, prächtige farbige Schmetterlinge flogen umher, und ab und zu streifte auch ein Tier durch das Gebüsch, aber keines kam ihnen zu nahe. Senhora Frasquita hätte sich nicht zu sorgen brauchen. Sie drang immer nur auf die Begleitung Pedros, weil Angela ein kleiner Furchthase war und sie darum gebeten hatte.

Die Sonne war am Untergehen, als sie von ihrem Ritt wieder heimkehrten. Und nun kleideten sie sich rasch um, weil das Abendessen, die Hauptmahlzeit des Tages, aufgetragen werden sollte.

Es war einige Tage später. Dolores lag mit einem Buch in einer Hängematte, die im Schatten zwischen den Bäumen des Gartens angebracht worden war, Angela schaukelte daneben müßig in einem Schaukelstuhl, und Inez saß, gleichfalls mit einem Buch bewaffnet, in einem Liegestuhl. Alle drei waren weiß gekleidet und boten einen reizenden Anblick. Man hätte nicht gewußt, welche von ihnen am hübschesten aussah, die braunhäutige, schwarzhaarige Inez mit den pikanten Zügen, die madonnenhaft sanft aussehende Angela mit dem fast gelblichen, aber sehr ebenmäßigen Teint und den ganz regelmäßigen Zügen, oder die mit einem pfirsichfarbenen, wundervollen Teint begabte Dolores, mit dem goldrot schimmernden Haar und den samtbraunen Augen, in denen es immer funkelte, als hätten Sonnenstrahlen sich darin gefangen. Unstreitig hatte Dolores den geistig regsamsten Ausdruck, und ihre feinen, liebreizenden Züge waren belebt und ausdrucksvoll.

Sie legte nach einer Weile das Buch fort und sah über den Garten hinweg, hinaus in die weiten Campos. In ihren Augen lag eine unruhige Erwartung. Heute war Sonnabend, und am Sonnabendnachmittag pflegte Senhor Frasquita nach Armada zu kommen, um über Sonntag seine Familie zu besuchen. Denn er hauste in Abwesenheit von Frau und Tochter mit einer schwarzen Dienerin allein in seinem schlichten Heim. Auch für ihn war es ein großer Genuß, wenigstens einen Tag der Woche an den Annehmlichkeiten teilzunehmen, die seine Damen nun schon seit Monaten genießen durften. Dolores erwartete ihn mit Sehnsucht, nicht, weil sie in ihm einen so guten Gesellschafter sah, so lustig und witzig er auch sein konnte, sondern weil er die fällige Post mitbrachte. Und die deutsche Post traf immer Sonnabends ein. Dolores erwartete einen Brief von ihrem Stiefvater.

Obgleich die Freundinnen alles taten, um sie aufzuheitern und sie über die Abwesenheit des Vaters zu trösten, sehnte sie sich nach ihm und hoffte, daß er nun bald wiederkehren würde. Waren sie doch beide in den Jahren, seit Dolores' Mutter gestorben war, noch inniger miteinander verwachsen, als sie es vordem schon gewesen. In der Einsamkeit der weiten Campos sind die Menschen mehr aufeinander angewiesen als in belebten Gegenden, und wenn sie sich dann gut verstehen, hängen sie inniger aneinander, als wenn sie in größerer Gesellschaft leben. Man hatte in Armada sehr wenig Verkehr und kam oft wochenlang mit keinen anderen zusammen als mit der farbigen Dienerschaft oder höchstens einmal mit den Beamten des Bergwerks. Lutz Rodenberg war fast den ganzen Tag, außer mittags und abends, im Werk; um so sehnsüchtiger harrte dann Dolores seiner, und auch er konnte die Zeit kaum erwarten, bis er seine kleine Dolo wiedersah. Die Sonntage, an denen sie sich nicht trennen mußten, waren besonders köstlich für sie beide.

Wie schwer war Dolores das Herz geworden, als sie für Monate von dem Vater Abschied nehmen mußte. Und wenn er ihr auch fleißig geschrieben hatte, zählte sie doch die Tage, bis er wiederkommen würde. Seine Briefe waren ihr einziger Trost. In dem letzten hatte er ihr mitgeteilt, daß seine Rückkehr durch allerlei Vorkommnisse in den Rodenberg-Werken verzögert worden sei, aber er werde bald kommen und sie holen.

Nun blickte sie sehnsüchtig nach Senhor Frasquita aus, er

mußte ihr ja wieder einen Brief von Lutzvater bringen. Sie hatte ihrem Gast das Auto geschickt, denn er besaß nur ein kleines Wägelchen mit einem nicht sehr leistungsfähigen Pferd und kam darin nicht zügig vorwärts. Mit dem Auto konnte sie ihn immer einige Stunden früher erwarten.

Endlich vernahm sie die Hupe des Autos und sprang wie elektrisiert aus der Hängematte.

»Angela, kleine Schlafmütze, da kommt dein Vater!« rief sie der Freundin zu, die schläfrig vor sich hindöste.

Angela erhob sich ebenfalls, sie freute sich auf den Vater, soweit das bei ihrem Temperament möglich war. Inez aber sah nur flüchtig von ihrem Buch auf.

»Ich bin gerade beim Schluß, und wer mich stört, ist mein Todfeind!« rief sie abwehrend. Und dann las sie weiter.

Dolores und Angela liefen lachend davon, nachdem sie ihre breitrandigen Schutzhüte aufgesetzt hatten, ohne die man sich der heißen Sonne, die auf die Campos herabbrannte, nicht aussetzen durfte. Schnell gingen sie durch den in voller Blumenpracht prangenden Garten zur Straße hinüber, die durch die Campos führte. Sie sahen das Auto schon von weitem auf der Straße daherkommen. Über die Campos hinweg täuschen die Entfernungen wie über das Meer hinweg. In der klaren Tropenluft erscheint alles viel näher. So dauerte es doch noch eine Weile, bis das Auto endlich da war.

Senhor Frasquita, ein wohlbeleibter, aber trotzdem sehr lebhafter und beweglicher Portugiese in der Mitte der Vierzig, schwenkte Dolores schon von weitem die Posttasche entgegen mit einem verheißungsvollen Lachen. Als der Wagen hielt, wurde er von seiner Tochter und seiner herbeieilenden Frau herzlich begrüßt. Dann begrüßte er auch Dolores, ihr die Posttasche überreichend.

»Inez müssen Sie noch eine Weile entschuldigen, Senhor Frasquita, sie liest einen Roman zu Ende und will nicht gestört werden. Auch mich müssen Sie nun entschuldigen, denn ich muß sehen, was die Posttasche enthält, und will dann meine Post lesen. Ich überlasse Sie daher einstweilen Ihrer Gattin und

Ihrer Tochter, an deren Gesellschaft Ihnen jetzt am meisten gelegen sein dürfte. Pedro wird alles tun, um für Ihre Erfrischung und Erholung zu sorgen. Auf Wiedersehen nachher!«

Damit verschwand Dolores im Hause, um ihr Zimmer aufzusuchen und sich in Ruhe ihrer Post zu widmen.

Senhor Frasquita ließ es sich sehr gefallen, ein wenig verwöhnt zu werden. Seine Frau erkundigte sich lebhaft, ob ihn die Dienerin gut versorgt habe, ob er gesund sei und nach dergleichen mehr. Man hatte sich gegenseitig allerlei zu erzählen. Angelas Eltern waren beide sehr lebhaft, und des Vaters Lachen klang laut und lustig durch die klare Luft, so laut, daß sich Inez die Finger in die Ohren steckte, um im Genuß des Romanschlusses nicht gestört zu werden.

Dolores aber saß mit glühenden Wangen und strahlenden Augen über einem Brief ihres Vaters, der folgenden Inhalt hatte:

»Meine inniggeliebte kleine Dolo!

Schon in dieser Woche wollte ich abreisen, aber es kam wieder ein Zwischenfall, der mich noch einige Tage aufhält. Meiner Schwester Melanie Gatte, Du weißt, der Vormund meines Neffen Hans Dornau, ist vor zwei Tagen mit dem Auto tödlich verunglückt. Das, was er seinem Neffen zufügen wollte, hat ihn nun selbst ereilt, und wir alle haben das Gefühl, daß dies ein Gottesgericht ist. Und ich muß ganz ehrlich sagen, daß ich das Geschehene für die beste Lösung aller Konflikte halte, daß er nicht mehr am Leben ist. Es wäre mir immer peinlich gewesen, zu wissen, daß meine arme Schwester mit einem Verbrecher zusammenlebt, ohne es zu ahnen. Es hätte sich auch zuweilen nicht vermeiden lassen, daß ich oder Hans mit ihm zusammentreffen mußten, eben weil er der Mann meiner Schwester war, obwohl er mit seiner Familie die Rodenberg-Werke verlassen sollte.

Meine Schwester weilt momentan mit ihrer Tochter Jolante beim Wintersport in St. Moritz in der Schweiz, und mir oblag es, hierherzureisen, um meiner Schwester die Kunde vom Tode ihres Mannes zu bringen und sie heimzuholen. Sie ist vollständig niedergebrochen vor Schmerz und Kummer, und es ist eines von den vielen Lebensrätseln, kleine Dolo, daß dieser Mann so sehr geliebt wurde von seiner Frau und daß diese bis an sein Ende fest daran geglaubt hat, daß er sie nur aus Liebe geheiratet hat, während wir alle wissen, daß es nur aus schnöder Berechnung geschehen ist.

Er hat ja auch verstanden, meinem sonst so klarblickenden Vater Sand in die Augen zu streuen. Er hat sich in sein Vertrauen eingeschlichen mit einer Biedermannsmaske, sonst hätte ihn mein Vater nicht zum Vormund des Sohnes meiner ältesten Schwester gemacht.

Jolante steht ihrer Mutter treulich bei, sie hat sich in der kurzen Zeit, da ich sie kenne, sehr zu ihrem Vorteil verändert. Ich schrieb Dir doch, was für ein seltsames Geschöpf sie war mit ihrem nach Herrenart geschnittenen Bubikopf, ihrer überschlanken Knabenfigur und ihrem betonten Recht auf eigenes Erleben. Du kannst das kaum verstehen, Dolo, aber hier in Deutschland ist nach dem Krieg ein Geschlecht groß geworden, das alles verleugnen möchte, was früher Menschenrecht und Menschenwert ausmachte. Dazu gehörte Jolante. Sie wollte mir schneidig imponieren mit einer modernen Weltanschauung. Als ihr das nicht gelang und ich ernsthaft sondierte, ob dieses junge Wesen wirklich nur von kühler, nüchterner und gefühlsarmer Sachlichkeit — dies ist jetzt in Deutschland ein Schlagwort und bedeutet totale Abwendung von allem, was schön, poetisch, romantisch und gefühlswarm ist — durchdrungen sei, machte ich die Entdeckung, daß sie sich nur hinter diese moderne Weltanschauung geflüchtet hatte, weil sie sonst erstickt wäre vor Jammer über das freiwillige Sklaventum ihrer Mutter ihrem berechnenden Gatten gegenüber. Ich fürchte, Jo, wie sie von allen genannt wird, weiß viel mehr von den schlechten und niedrigen Eigenschaften, die ihr Vater besaß, als für sie gut war und sie zugeben will.

Aber was sie so verändert hat in dieser kurzen Zeit, ist die Liebe. Sie hat sich hier in St. Moritz in einen sehr netten, vernünftigen jungen Mann verliebt, der mir äußerst sympathisch ist. Er wird ihr bald völlig diese verwünschte Sachlichkeit ausgetrieben haben. Sie ist glücklich, und glückliche Menschen haben es leicht, gut zu sein. Der Tod ihres Vaters hat ganz seltsam auf sie gewirkt, es scheint, daß sie eine Art von Erleichterung darüber empfindet, daß die Mutter jetzt nicht mehr von ihm betrogen und belogen werden kann. Sie ist rührend um die Mutter bemüht, aber ihre Augen blicken mich ratlos an, wenn die Mutter von den großartigen Eigenschaften ihres verunglückten Gatten spricht, wenn sie ihn idealisiert und alles Gute und Schöne in ihm sieht. Trotzdem spricht sie kein Wort dagegen, sondern sie sucht die Mutter zu trösten und aufzurichten, und ich staune, wieviel Gutes und Wertvolles sich jetzt aus ihrem Innern an die Oberfläche drängt. Und ich freue mich darüber, schon meiner Schwester wegen, die wenigstens in ihrer Tochter einen Trost finden wird.

Dennoch wirft das Unglück, das ihren Vater betraf, einen Schatten auf ihr junges Glück, aber dieser Schatten wird vorübergleiten. Jedenfalls ist die Verlobung Jolantes nun perfekt, denn ihr Vater, dessen Einwilligung noch ausstand, kann nichts mehr dagegen einwenden. Die Hochzeit muß freilich aufgeschoben werden, bis die Trauerzeit vorüber ist. Aber man wird sich begnügen, diese Trauerzeit nur auf ein halbes Jahr festzusetzen, bis dahin ist auch das Trauerjahr um meinen Vater vorüber, und wahrscheinlich wird Jolantes Hochzeit gleich mit der Eva Marias zusammen gefeiert werden. Und Du, meine kleine Dolo, sollst unbedingt dabeisein, und so steht Dir eine große Doppelhochzeit bevor. Du wirst Augen machen, wie man solche Feste bei uns feiert.

Ich habe inzwischen mein Erbe in aller Form angetreten, und es ist ein schönes Gefühl für mich, daß ich das konnte, ohne jemand damit weh zu tun. Hans Dornau, der sich als der künftige Erbe der Rodenberg-Werke hätte fühlen können, da ich ja für tot galt, ist gottlob nicht im mindesten bedrückt, daß ihm das große Erbe verlorenging. Er freut sich ganz ehrlich über meine Wiederkehr und bedauert nur, daß mein Vater sie nicht erleben konnte. Daraus ersiehst Du, ein wie vornehm denkender

Mensch er ist, und ich freue mich immer mehr an ihm und seiner Art. Selbstverständlich erbt er nun, genau wie seine Schwester und wie durch ihre Mutter Egon und Jolante, ein immerhin bedeutendes Vermögen und ist auch am Reingewinn der Werke prozentual beteiligt wie die anderen. Hans ist ein Prachtmensch, Dolo, meine eigene Jugend steigt aus der Vergangenheit empor, und das Herz geht mir auf, wenn er mich mit seinen blauen, ehrlichen Augen ansieht. Versuche Dir vorzustellen, wie ich aussah, als ich, wie er jetzt, einundzwanzig Jahre alt war, dann kannst Du Dir ein Bild von ihm machen. Ich freue mich an ihm wie an einem Sohn, und Du und er, ihr müßt sehr gute Freunde werden.

Auch mit Eva Maria wirst Du Dich prächtig verstehen, sie ist ein wahrhaft gütiges, liebes Geschöpf, sie liebt ihren Bruder sehr und liebt selbstverständlich ihren Verlobten von Herzen. Dieser verdient es auch. Ralf Bernd ist einer von den Menschen, die man gleich ins Herz schließen und denen man ein unbegrenztes Vertrauen entgegenbringen muß.

Mit Jo wirst Du Dich schon verstehen lernen, wenn Dir auch Eva Maria immer lieber sein wird. Alle freuen sich sehr auf Dich und können die Zeit nicht erwarten, bis Du bei ihnen sein wirst. Meine Schwester Melanie wird nun für uns den Haushalt leiten, dann hat sie eine Lebensaufgabe und wird sich nicht überflüssig vorkommen, wenn Jo erst verheiratet sein wird. Ich kaufe ihr Villa Melanie ab, die ja doch viel zu groß für sie sein würde, da sie für eine große Familie berechnet ist, aber ich lasse alles nach unserem Geschmack neu einrichten, denn ich mag nicht zwischen den Möbeln hausen, die Arthur Mertens benutzt hat. Dem Innenarchitekten habe ich schon meine Wünsche klargelegt, es soll alles gemacht werden, während ich abwesend bin, um Dich zu holen, und drüben alles Geschäftliche in die Wege leiten, damit in meiner Abwesenheit alles von selber läuft. Meine kleine Dolo soll dann hier ein behagliches Heim vorfinden, in dem sie sich wohl fühlen kann. Ich sorge mich nur, ob Du Dich hier in Deutschland eingewöhnen kannst, aber nicht wahr,

Dolo, wenn wir nur beisammen sind, dann finden wir uns in alles?

Meinen Neffen Egon, der die Universität besucht und Jura studiert, habe ich noch nicht kennengelernt, das wird erst geschehen, wenn wir von St. Moritz zurückkommen. Wir reisen noch heute abend ab.

Doktor Ralf Bernd, ein genialer und tüchtiger Ingenieur, der von meinem Vater noch zum Oberingenieur befördert wurde, soll, da er Eva Marias Gatte wird, als technischer Direktor für die Werke verpflichtet werden. Einen tüchtigen kaufmännischen Direktor haben wir als Ersatz für Arthur Mertens bereits engagiert. Er hat sehr gute Referenzen angeben können. Und so wird Arthur Mertens, der allerdings ein sehr tüchtiger Geschäftsmann war, ersetzt werden.

Du darfst selbstverständlich meiner Schwester Melanie niemals verraten, daß ihr Gatte ein Schurke war. Wir alle haben uns das Wort gegeben, ihr das stets zu verheimlichen, um ihr nicht einen so großen Schmerz zuzufügen. Du wirst Dich mit Tante Melanie als Hausdame schnell aussöhnen, sie ist ein sanftes, geduldiges und liebevolles Geschöpf, durchaus keine Schönheit, aber gut zu leiden.

So, meine kleine Dolo, nun habe ich Dir einen langen Brief geschrieben und Dir alles berichtet, was zu berichten war. Ich denke, daß ich spätestens in acht Tagen abreisen kann, werde also ungefähr eine Woche später eintreffen als dieser Brief und hoffe Dich wohl und munter anzutreffen. Bitte grüße Senhor und Senhora Frasquita und Deine beiden Freundinnen Angela und Inez. Ich schicke Dir sofort ein Telegramm, wenn ich in Rio de Janeiro eintreffe, damit Du mir zur rechten Zeit das Auto nach Jaimeville schicken kannst. Du sollst aber auf keinen Fall mit dorthin kommen, um mich abzuholen, das ist eine zu anstrengende Fahrt, und ich will es nicht, daß Du mit dem Chauffeur allein durch die Campos fährst. Du gehst nicht über die Grenzen von Armada hinaus. Ich halte mich nirgends auf und komme so schnell wie möglich zu Dir.

Wie freue ich mich, Dich endlich wiedersehen zu können und

Dir alles zu berichten, was brieflich zu umständlich ist. Sei innig gegrüßt, mein geliebtes Kind,

von Deinem getreuen Lutzvater«

Dolo atmete tief auf, als sie diesen langen Brief durchgelesen hatte. Sie sprang empor und stürmte auf die Veranda hinaus, wo Senhor Frasquita einen ausgiebigen Imbiß eingenommen hatte und sich nun mit Frau und Tochter unterhielt.

»Eine Freudenbotschaft! Mein Lutzvater kommt in ungefähr einer Woche heim!« rief sie erregt.

Nun kam auch Inez herbei, die eben mit ihrem Buch zu Ende gekommen war.

Dolores berichtete mit strahlenden Augen, was die Freundinnen noch erfahren mußten. Sie waren sehr befriedigt, daß Arthur Mertens von demselben Geschick ereilt worden war, das er seinem Neffen zugedacht hatte. Das war in ihren Augen ausgleichende Gerechtigkeit. Für Hans Dornau interessierten sie sich sehr, weil er Lutz Rodenberg so ähnlich sein sollte.

Dolos Freude fand aber bei Senhora Frasquita und ihrer Tochter nur einen matten Widerhall. Sie seufzten ein wenig, daß nun die schönen Tage von Armada vorüber sein sollten. Es lag ihnen nicht viel daran, aus dem bequemen, luxuriösen Leben wieder zurück in ihre engen, kleinen Verhältnisse zu müssen. Und sie konnten das nicht einmal aussprechen. Nur Senhor Frasquita freute sich ehrlich mit Dolores, weil er nun Frau und Tochter wieder zu Hause haben und sich nicht mehr so allein fühlen würde. Er hatte wirklich ein Opfer gebracht mit der Einwilligung, seiner Frau und seiner Tochter diese angenehme Ausspannung zu gönnen. Freilich hatte er die Sonnabende und Sonntage auf Armada mitgenossen, aber immer konnte das nicht so bleiben.

Dolores hatte keine Ahnung, daß sie Frasquitas keine unbedingte Freudenbotschaft gebracht hatte, sie glaubte, jeder müsse sich mit ihr freuen, weil der Vater wiederkam. Inez Hermados aber freute sich wirklich mit ihr und rief mit leuchtenden Augen aus:

»So werde ich gerade noch hier sein, wenn dein Vater wiederkommt, mein Urlaub läuft dann sowieso ab, und ich bekomme ihn wenigstens noch zu sehen.«

Dolores umarmte sie.

»Wie war der Schluß deines Romans, Inez, zufriedenstellend?«

»Oh, himmlisch ist alles ausgegangen, das mußt du lesen, Dolo, und auch du, Angela.«

»Ach, was habe ich davon, wenn in einem Roman alles so herrlich ausgeht, im Leben ist es immer anders«, sagte Angela mißmutig.

»Oh, du Pessimistin! Hört einer Angela an! Gibt es nicht auch viel Glück im Leben?«

»Meistens nur bei reichen Leuten«, sagte Angela.

Dolores und Inez sahen sich etwas bestürzt an. Sie fragten sich, ob Angela recht habe, aber statt der unzufriedenen Freundin, die so viel Gutes mit ihnen gemeinsam genossen hatte, zu zürnen, bemitleideten sie sie in ihren guten Herzen und umfaßten sie von beiden Seiten. Sie wollten sie trösten und ihr gut zusprechen, daß das Glück auch zu ihr kommen werde.

II

Lutz Rodenberg stand an der Reling des Dampfers, der ihn von Deutschland nach Brasilien brachte. Man näherte sich schon dem Hafen von Rio de Janeiro, dem schönsten der Welt, wie allgemein behauptet wird.

Es waren seltsame Gefühle, die ihn bewegten, während der große Dampfer die mäßig bewegten Wellen durchschnitt. Gar nicht sehr weit von der Stelle, wo sich der Dampfer jetzt befand, nur etwa zwei Tagesreisen südlicher, hatte er damals, vor fünfzehn Jahren, als er sich auf der Flucht befand, mit dem spanischen Dampfer Schiffbruch erlitten, zwei Tagesreisen war er damals von Rio de Janeiro entfernt gewesen. Er hatte weiter nach Argentinien fahren wollen. Da war die furchtbar stürmische Nacht gekommen und der Dampfer auf ein Riff getrieben. Sehr seetüchtig war er wohl überhaupt nie gewesen, er hatte damals den ersten besten Dampfer genommen, um nur schnell fortzukommen.

Wie durch ein Wunder war er gerettet worden, nach langen Strapazen, gerettet durch Helena Vanzita, die ihn, ohnmächtig auf einer Planke treibend, auf die er sich gerettet hatte, im Meere aufgefunden hatte. Helena! Seine geliebte Frau war sie geworden, und bei ihr hatte er Vergessen gefunden für alles, was ihn bedrückte.

Sie war von ihm gegangen, viel zu früh, nach zwölf Jahren, in denen sie ihm reichstes Glück geschenkt hatte. Oh, wie hatte er sie geliebt – nie würde eine andere Frau ihm nach Helena gefallen, nie würde er wieder so lieben, wie er sie geliebt hatte.

Und nun war auch sein Vater gestorben, ohne daß er ihn hatte wiedersehen können. Der Vater hatte nicht mehr erfahren, daß er lebte und schuldlos war. Aber die Heimat hatte ihn doch mit liebevollen Armen wieder aufgenommen. Ihm schien, als seien die fünfzehn Jahre, da er ihr hatte fernbleiben müssen, ausgelöscht, soweit sie nicht seine Frau und seine liebe kleine Dolo betrafen. Er fühlte wiederum, daß er sich einem fremden Lande näherte, daß die Heimat hinter ihm lag, weit im Osten, die Heimat, die ihm erneut eine Heimat sein wollte.

Sinnend ruhten seine Augen auf den Wellenkämmen, seine Brust weitete sich, seine Augen leuchteten. Er war wieder ein freier Mann und brauchte nicht unstet und flüchtig zu sein wie ein Totschläger. Frei und stolz konnte er sich fühlen; keine Schuld mehr bedrückte sein Gewissen. Ein anderer hatte getan, was er sich als Schuld aufgebürdet hatte. Wie jammervoll, daß Helena das nicht hatte erleben dürfen – und der Vater nicht. Nun war er der Chef der stolzen Rodenberg-Werke und konnte jedem frei und offen in die Augen sehen.

Bald würde er nun seine kleine Dolo wiedersehen und sie mit in die Heimat nehmen. Wie sehnsüchtig sie ihn schon erwarten mochte; länger, als er gewollt, hatte es gedauert, bis er wiederkam.

Nun würde er hier alles ordnen, das Armada-Werk durfte nicht vernachlässigt werden, denn es war Dolos Erbe. Auf lange Zeit mußte er vorsorgen, denn er konnte nur ab und zu selber nach dem Rechten sehen, die Reise war zu lang, als daß er sich oft die Zeit dazu hätte nehmen können.

Er überlegte, wem er die Oberleitung des Armada-Werkes in die Hände legen konnte. Jetzt, während seiner Abwesenheit, hatte der Oberingenieur Delora sie geführt. Wenn er sich bewährt hatte, konnte er zum Direktor avancieren. Jedes Jahr einmal mußte er freilich selbst herüberfahren, um nach dem Rechten zu sehen. Vielleicht konnte er später auch den Neffen Hans Dornau für einige Zeit nach Armada senden, vielleicht hatte dieser Interesse an dem Silberbergwerk. Es konnte nicht schaden, wenn er auf diese Weise sein Wissen bereicherte. Hans war sehr tüchtig, hatte ein umfassendes praktisches Wissen, aber es war doch wohl nötig, daß er erst noch einige Jahre die Hochschule in Charlottenburg besuchte. Das hatte er schon mit ihm vor seiner Abreise besprochen. Es würde gut sein, wenn er seinen Doktor machte, das konnte ihm bei seinen Kenntnissen nicht schwerfallen. Aber das würde sich alles finden mit der Zeit.

Lutz Rodenberg atmete tief auf. Hans Dornau hatte ihm das Herz erwärmt, er fühlte, Hans war Blut von seinem Blut, Art von seiner Art. Er hatte ihn ins Herz geschlossen wie einen eigenen Sohn und hatte sich seiner Gesinnung gefreut, und daß er ein ehrlicher, warmempfindender Mensch war. Wenn er eines Tages die Augen schloß, dann sollte Hans Dornau nach ihm Chef der Rodenberg-Werke werden, das stand schon fest bei ihm. Da er keinen Sohn hatte, war Hans der Nächste, war er doch schon von seinem Vater dazu bestimmt gewesen, falls er selber nicht zurückgekehrt wäre.

So spann er seine Gedanken weiter. Auf der ganzen Fahrt hatte er sich wenig um die mit ihm reisende Gesellschaft gekümmert, vor allem nicht um die Damen, die ihm auch hier wieder ein starkes Interesse entgegengebracht hatten. Nur mit einigen Herren hatte er nähere Bekanntschaft geschlossen, Deutschen, die in Geschäften nach Brasilien reisten. Einige davon traten jetzt zu ihm und erbaten sich noch allerlei Informationen über das Land, das sie nun bald betreten würden. Bereitwillig gab er ihnen Auskunft. Es waren sehr wertvolle Winke, die er ihnen geben konnte.

Am nächsten Morgen lief der Dampfer in den Hafen ein. Die natürlichen Felsentore, an denen die Wellen anprallten, wurden passiert. Der »Zuckerhut« tauchte auf, ein Berg, der das Wahrzeichen von Rio de Janeiro ist und sich mit seiner markanten Gestalt, die ihm den Namen eingebracht hat, in das Meer hineinschiebt. Die prächtigen Kais, an denen entlang eine herrliche Autostraße führt, wurden sichtbar, und dahinter bereitete sich eine zauberhaft schöne Landschaft aus. Die Blicke der Passagiere brannten hinüber auf das verheißungsvolle Land, in dem sie alle glücklich zu werden hofften, die, die auf seinen Boden zurückkehrten, und die, die es aus verschiedenen Gründen aufsuchten.

Lutz Rodenberg verweilte nicht länger in Rio de Janeiro, als bis er den nächsten Zug nach Jaimeville erreichen konnte. Als er in dieser Armada am nächsten gelegene Stadt eintraf, erwartete ihn der schwarze Chauffeur mit dem Auto. Lutz fragte zuerst, wie es seiner Tochter gehe. Der Chauffeur zeigte seine weißen Zähne. Der Herrin gehe es gut, und sie sei voller Freude. Sie habe ihm aufgetragen, recht schnell zu fahren.

Lutz lachte, das Herz wurde ihm weit.

»Nun, nicht gar zu schnell, die Straßen sind nicht so gut, daß wir ein allzu schnelles Tempo nehmen können.«

Der Chauffeur lachte ebenfalls. Die Herrin habe ihm befohlen: sehr schnell, aber sehr vorsichtig.

Lutz setzte sich selber an das Steuer.

»Damit du keine Verantwortung hast der Herrin gegenüber, werde ich selber fahren«, sagte er.

Und er freute sich, am Steuer zu sitzen; das faule Leben auf dem Dampfer war nicht nach seinem Geschmack gewesen.

So ging die Fahrt in die weiten Campos hinaus, manchmal auf gutem, öfter noch auf schlechtem Weg. Zehn Stunden dauerte die Fahrt von Jaimeville nach Armada. Aber als man sich dem Gebiet von Armada näherte, hielt dicht an der Grenze eine schlanke Reiterin auf einem Goldfuchs. Sie zog den Hut, daß die kastanienbraunen Locken flogen, und jauchzte laut auf. Es war Dolores. Lutz sah die Reiterin und stoppte ab. Er sprang von dem Führersitz herab, und Dolores sprang vom Pferd und ließ sich in seine Arme fallen.

»Lutzvater! Ach Lutzvater, hab' ich dich wieder!« jubelte sie.

Er küßte sie herzlich, während sie lachend und weinend an seinem Halse hing.

»Wildfang! Du solltest mich doch in Armada erwarten!«

»Habe das Gebot genau befolgt, bin nicht über die Grenze von Armada hinausgeritten. Das zweitemal bin ich schon hier, ich konnte es vor Sehnsucht nicht mehr aushalten. Das erstemal war noch nichts von dir zu sehen, ich war viel zu früh gekommen. Jetzt halte ich seit einer Viertelstunde hier und warte. Zu Hause hätte ich dich auch nicht gleich für mich allein gehabt, da sind Angela und Inez und Senhor und Senhora Frasquita. Er ist gekommen, seine Frau und seine Tochter heimzuholen. Ist ja Sonntag heute, Lutzvater. Nun fahre ich mit dir heim, der Chauffeur kann mein Pferd nach Hause reiten.«

So geschah es. Der Chauffeur bestieg das Pferd, und Dolores setzte sich neben den Vater und strahlte ihn mit ihren samtbraunen Augen, die so zärtlich blicken konnten, an. Oh, wie die Goldfunken in ihren Augen tanzten.

Viel erzählen konnte Lutz ihr nicht, er mußte auf den Weg achten, aber sie drückte ab und zu seinen Arm und lehnte ihre Wange ein wenig an ihn an. Dann nickte er ihr lächelnd zu und gab ihr ein Kosewort.

Weiter ging es durch die grünen Campos. Das weiche, hohe Gras wurde vom Wind hin und her geweht, daß es aussah, als trieben Wellen über den Boden hin.

Drüben von den Bergen her kam ein großer Raubvogel gestrichen. Dann sah man Rinder weiden und Pferde. Sie gehörten zu dem Wirtschaftshof von Armada, der mit seinen niedrigen Gebäuden und Ställen rechts am Weg lag. Hier machte Lutz eine Weile halt, begrüßte den Verwalter und seine Frau und fragte, ob alles wohl im Stand sei. Er bekam guten Bescheid. Die Verwalterin brachte ein Körbchen mit frischen Eiern und einen Krug mit frischer Sahne. Das hatte Pedro für den Haushalt angefordert. Man sparte einen Weg von mindestens einer halben Stunde, wenn die Herrschaft das gleich im Auto mitnahm, meinte die praktische Verwalterin. Dolores verstaute lachend das Gebrachte, lehnte aber jede Verantwortung dafür ab.

»Ist alles gut verpackt, Herrin«, sagte die Verwalterin.

Dann ging es weiter. Bald hielt das Auto vor der Veranda des Wohnhauses. Alles war darauf versammelt, was in Armada lebte, Gäste und Dienerschaft. Alle begrüßten Lutz mit Begeisterung, die Damen Frasquita freilich mit einem verstohlenen Seufzer. Lutz empfand es nun doch als Wohltat, daß Dolo ihm entgegengekommen war, denn vorläufig wurde er in einer Weise mit Beschlag belegt, daß er sie mit vielen anderen hätte teilen müssen. Das hätte ihm wenig gefallen und Dolo erst recht nicht. Herzlich dankbar begrüßte er die Frasquitas.

»Ich danke Ihnen sehr, daß Sie uns das Opfer gebracht und meine Tochter so lange behütet haben, ich habe Sie lange warten lassen, viel länger, als ich wollte.«

Aber sie versicherten ihm der Wahrheit gemäß, daß sie gern geblieben seien, und Senhor Frasquita sagte lachend:

»Meinen Damen habe ich es gegönnt, aber nun bin ich, offen gestanden, froh, daß ich sie wieder mit heimnehmen kann, das Strohwitwerleben ist auf die Dauer ein wenig beschwerlich.«

Lutz klopfte ihm auf die Schulter.

»Das kann ich Ihnen nachfühlen, und ich werde mich immer als ihren Schuldner betrachten.«

Lutz begrüßte nunmehr Inez und Angela, und deren junge Augen strahlten ihn schwärmerisch an, er war nun einmal das Ideal ihrer jungen Herzen. Das leichte Grau an seinen Schläfen störte nicht, es verschwand in dem dunklen Blond.

Als man später zu Tisch ging und Lutz lachend den beiden Freundinnen seiner Tochter den Arm bot, um sie zu führen, und als er ihnen allerlei kleine Kavalierdienste leistete, waren sie selig.

Dolores war wieder einmal unbändig stolz auf ihren Vater. Man saß nach dem Essen noch ein Stunde plaudernd beisammen, bis man zur Ruhe ging.

Am nächsten Morgen brachen zuerst Frasquitas auf. Lutz ließ sie im Auto nach Hause fahren, nachdem er sie reich mit Geschenken bedacht hatte. Er hatte für Angela ein reizendes Schmuckstück, einen Anhänger an einem Platinkettchen, gekauft, und Senhora Frasquita bekam eine ziemlich kostbare moderne Brosche in Nadelform. Er wollte sie abfinden für den Dienst, den sie ihm geleistet hatten. Inez Hermados aber hatte er vergessen, als er in Hamburg Einkäufe gemacht hatte. Das kam ihm jetzt erst zum Bewußtsein. Aber er fand schnell einen Ausweg, indem er ihr eine entzückend luxuriöse Handtasche, die er am Jungfernstieg erstanden hatte, um sie Dolo mitzubringen, überreichte. Dolo konnte Ersatz dafür erhalten, wenn sie nach Deutschland kamen.

Inez freute sich unbeschreiblich. Etwas so reizendes und Elegantes hatte sie noch nicht gesehen, nicht einmal, als sie mit ihren Eltern in Rio gewesen war. Und dann – Lutz Rodenberg hatte an sie gedacht – das machte das Geschenk noch viel kostbarer.

Was Lutz sonst an Geschenken für Dolo mitgebracht hatte, war noch nicht ausgepackt. Aber als Inez eine Stunde später mit dem Auto ihrer Eltern abgeholt worden war, sagte er lachend:

»Dolo, ich bin ein furchtbarer Betrüger, die Handtasche war für dich bestimmt, ich hatte Inez ganz vergessen und wollte sie doch nicht kränken.«

Sie nickte ihm lächelnd zu.

»Reizend war die Handtasche, Lutzvater, aber ich freue mich, daß du sie Inez geschenkt hast. Ich weiß, sie ist sehr glücklich darüber.«

»Du bekommst die gleiche, wenn wir in Hamburg ankommen. Entzückende Ledersachen gibt es da für junge Damen. Ich habe noch allerlei für dich eingekauft, denn ich hatte einige Stunden Zeit in Hamburg. Komm, jetzt sind wir ungestört und packen aus.«

»Und dann erzählst du mir, Lutzvater!«

»Ja, später, erst muß ich ins Werk hinüber.«

»Ich komme mit, du darfst mich nicht schon wieder allein lassen.«

»Gut, ich freue mich, wenn du mich begleitest.«

Sie packten gemeinsam die Geschenke aus, und Dolo freute sich wie ein Kind. Sie hätte kein junges Mädchen sein dürfen, wenn sie sich nicht über all die reizenden und eleganten Sachen gefreut hätte. Der Vater hatte sie reich bedacht; da er Zeit gehabt hatte, einzukaufen, hatte er sehr viel hübsche Dinge gefunden, die einer jungen Dame Freude machen. Zuletzt packte er ein Kästchen aus, das ihm Eva Maria für Dolo mitgegeben hatte.

In diesem befanden sich die Fotografien sämtlicher Familienmitglieder. Mit heißen Wangen und strahlenden Augen sah Dolores darauf nieder. Eva Maria hatte unter ihr Bild geschrieben: »Meiner lieben kleinen Dolo. Eva Maria Dornau.«

Und dieses Bild schien Dolores am besten zu gefallen, jedenfalls machte sie ihrem Entzücken über die reizende Cousine reichlich Luft. Aber Hans Dornaus Bild machte sie seltsam still. Fast erschrocken hatte sie es angeblickt, hatte dann einen vergleichenden Blick zu ihrem Vater hinübergeworfen, und es war ihr dabei sehr eigen ums Herz geworden.

»Nun, Dolo, du sagst ja gar nichts über Hans? Gefällt er dir nicht?« fragte Lutz Rodenberg unbefangen.

Da schoß jähe Röte in Dolores' Gesicht.

»Doch, Lutzvater — er — er gleicht ja dir — oh — wie sehr«, sagte sie ganz benommen und legte das Bild scheu zu den anderen.

Der Vater fand nichts Auffälliges dabei. Dolores betrachtete schon ein anderes Bild. Das von Tante Melanie, dann das Jolantes und zuletzt das von Egon und von Ralf Bernd, der nun ja auch zur Familie gehörte. Zuletzt, als sie alle Bilder betrachtet hatte, sah sie noch einmal verstohlen auf Hans Dornaus Bild und legte es dann obenauf in den Kasten, so daß sie es gleich sehen konnte, wenn sie ihn öffnete.

Dann ritten Vater und Tochter zum Bergwerk hinüber. Sie wurden hier von lauter erfreuten Gesichtern begrüßt. Dolores plauderte hier und da mit den Leuten, fragte sie nach ihren Familien oder rief ihnen einen Scherz zu. Inzwischen inspizierte Lutz Rodenberg überall. Vor einem herkulisch gebauten Neger blieb Dolores auf ihrem Pferde halten:

»Nun, Sam, wie geht es deiner Frau?«

Sam sah sie mit seinen braunen Augen lachend an:

»Oh, Herrin, du hast sie so gesund gepflegt, daß sie nun viel stärker und kräftiger ist als je zuvor. Sie kann arbeiten und alles in Ordnung halten. Das danken wir dir.«

Sie nickte ihm lächelnd zu.

»Ich habe mich gefreut, daß sie wieder gesund geworden ist, sie hat den ganzen Tag auf unserer Veranda gelegen und hat Ruhe gehabt, die sie zu Hause bei euren vielen Kindern nicht gefunden hätte.«

»Ich weiß, Herrin. Sie kann nicht oft genug erzählen, wie gut du zu ihr gewesen bist.«

»Sie muß tüchtig essen, Sam, damit sie bei Kräften bleibt. Schicke nur ruhig jeden Tag deinen Ältesten, daß er Essen für sie holt, es bleibt ja immer etwas übrig bei uns im Hause.«

»Dankbar nehmen wir das an, Herrin. Du bist gut und hast ein Herz für deine Leute.«

»Das ist doch selbstverständlich, meine Leute schaffen doch für mich. Grüß deine Frau, Sam!«

»Danke, Herrin.«

Dolores ritt weiter, und Sam sah ihr mit großen Augen nach. In dieser Weise sprach Dolores noch mit manchen anderen der Leute. Sie kannte die Verhältnisse jedes einzelnen, und wo sie raten und helfen konnte, tat sie es gern.

Sie ritt dann auch zwischen den Hütten herum, die sich seitwärts an das Bergwerk angliederten. In diesen wohnten die Arbeiter mit ihren Familien, während für die Beamten und deren Familien drüben ein großes Wohnhaus gebaut worden war, in dem jeder eine Wohnung angewiesen bekommen hatte. Die Hütten waren sehr primitiv, aber bei den Witterungsverhältnissen auf Armada genügten sie als Schutz. Meistens spielte sich das ganze Familienleben vor den Hütten ab, und immer balgte sich vor den Türen eine Menge Kinder umher, sofern sie nicht in der Schule waren. Die Schule war in einem großen Blockhaus untergebracht, wo ein Lehrer und seine Frau als Lehrerin amtierten.

Groß war die Weisheit nicht, die den Kindern hier beigebracht wurde, aber auf dem Armada-Werk herrschten immerhin günstigere Verhältnisse als anderswo. Hier hatten es die Arbeiter überhaupt viel besser als an anderen Stellen in Brasilien, wenigstens soweit es nicht feste Städte betraf.

Lutz Rodenberg hatte getan, was in seinen Kräften stand. Er hätte gern mehr getan, doch war das zur Zeit und unter den gegebenen Verhältnissen unmöglich.

Dolores wurde sogleich von einer großen Kinderschar umringt. Zumeist waren es schwarze Gesichter. Und wie immer hatte Dolores eine Zuckertüte bereit und teilte lachend Näschereien aus. Erst als die Tüte leer war, konnte sie weiterreiten.

Lutz Rodenberg hatte alle geschäftlich notwendigen Maßnahmen getroffen. Der Oberingenieur Delora war zum Direktor avanciert, und Lutz hatte ihm die Oberleitung des Armada-Werkes übergeben. Ein anderer Beamter hatte die kaufmännische Leitung übernommen. Lutz machte mit ihnen aus, daß er wöchentliche genaue Berichte über den Stand der Dinge bekommen solle.

Auch der Verwalter des Wirtschaftshofes hatte den Auftrag erhalten, regelmäßig Berichte einzusenden. Der Wirtschaftshof lieferte alle Erzeugnisse zum Werk, damit für die Arbeiter immer kräftige Kost vorhanden war. Es wurde dort auch geschlachtet.

Pedro sollte mit Frau und Tochter das Wohnhaus in Ordnung

halten. Alle anderen Diener und Dienerinnen mußten entlassen werden. Dolores hätte Joni gern als Zofe mit auf die Reise genommen. Sie hatte aber nicht das Herz, sie von ihren Eltern zu trennen, und wollte sich unterwegs auf dem Schiff mit der Stewardeß behelfen. In Deutschland sollte dann eine Zofe für sie engagiert werden. Boni und Joni heulten sich freilich fast die Augen aus dem Kopfe, weil sie ihre kleine Herrin fortan nicht mehr bedienen durften, aber mitkommen wollten sie auch nicht. Kultivierte Negerfamilien hängen sehr zusammen, und sie zu trennen hieß ihnen weh tun. Das wußte Dolores. Sie wußte freilich noch nicht, wie das ohne Boni und Joni gehen sollte, denn diese hatten sie sehr verwöhnt.

Es mußten viele Koffer und Kisten gepackt werden. Mancherlei sollte mit nach Deutschland, wovon Dolores sich nicht trennen mochte. Silber, Kristall, Wäsche, Teppiche und Garderobe sollten die Reise mitmachen, soweit es sich um kostbare Dinge handelte. Mancherlei wurde verpackt und auf Abruf zurückgelassen. So viel von der Einrichtung blieb allerdings zurück, daß der Haushalt, wenn die Herrschaft ab und zu auf einige Tage herüberkam, in Gang gehalten werden konnte. Auch alle Möbel blieben im Hause. Lutz wußte noch nicht, was er im Lauf der Zeit nach Deutschland überführen lassen sollte. Man konnte ja nicht voraussehen, was einmal geschehen würde, falls Dolores sich verheiraten sollte.

Es gab eine Menge Unruhe und Trubel, und Dolo fiel von einer Gemütsstimmung in die andere. Von himmelhochjauchzend bis zum Tode betrübt machte sie alle Stadien durch. Sehr schwer wurde ihr der Abschied von ihrem Reitpferd, es wurde auf den Rancho Senhor Hermados' gebracht, wo es in Pflege bleiben sollte. Inez wollte es zuweilen reiten. Lutz aber schickte sein Reitpferd nach Jaimeville als Geschenk für den Stadtkommandanten, mit dem er sich immer auf guten Fuß zu stellen gewußt hatte, denn man konnte nie wissen, wie man ihn brauchen konnte.

Das Kästchen mit den Fotos hatte Dolores zu ihrem Handgepäck gelegt, sie wollte es nicht für lange Zeit missen. Sobald sie nur ein wenig Zeit hatte, sah sie hinein, und der erste Blick fiel dann allemal auf Hans Dornaus Gesicht. Sein Bild legte sie immer obenauf, daß es genügte, wenn sie den Kasten öffnete, um ihn anzusehen. Das tat sie scheinbar ganz unabsichtlich, sie gestand es sich jedenfalls nicht einmal selbst ein, daß es Absicht war. War sie allein, schaute sie immer lange auf Hans Dornaus Bild und wußte nicht, warum ihr das Herz dann immer laut und stark klopfte. Zuweilen warf sie dann das Bild so hastig in den Kasten zurück, als verbrenne sie sich die Finger daran. Zuweilen hielt sie es aber lange fest, schaute ganz tapfer in dieses Gesicht, das dem des Vaters so ähnlich war, und schalt sich eine Törin. Was war denn so Besonderes an diesem Gesicht, daß sie sich manchmal direkt davor fürchtete? Die Augen? Nun ja, die erinnerten sehr an die des Vaters, auch die schöngebaute Stirn mit der etwas trotzigen Falte über der schmalen Nase. Das Haar mußte etwas heller sein als das des Vaters, allein die Nase hatte dieselben feinen Flügel. Also, was war an diesem Gesicht so Besonderes, das sie beunruhigte, wie sie noch nie etwas beunruhigt hatte, und das sie doch immer wieder zwang, es anzusehen?

Noch nie hatte sich Dolores vor einem Menschen gefürchtet; vor Hans Dornau, so glaubte sie, empfand sie etwas wie Furcht. Aber warum nur? Vater sagte doch, er sei ein guter, edler Mensch, und so sah er auch aus. Und Vater würde überhaupt nie gestatten, daß ihr jemand etwas zuleide tat, wer es auch sei. Und sie — oh — sie würde sich schon wehren, würde ihm die Zähne zeigen, wenn er ihr zu nahe treten wollte. Aber nein — ein guter und edler Mensch tat doch einem wehrlosen Mädchen nichts zuleide. Was für Torheiten sie sich einbildete!

Und sie rief sich dann ins Gedächtnis zurück, was Hans Dornau zu leiden gehabt hatte unter den Ränken seines Vormundes; der Vater hatte ihr das alles erzählt. Inniges Mitleid stieg dann in ihrem Herzen auf, und sie streichelte sanft über das Bild hinweg, als wolle sie ihm abbitten, daß sie so töricht war, sich vor ihm zu fürchten. Ja, töricht war sie, furchtbar töricht! Er war doch ihr Vetter — freilich nur ihr Stiefvetter, wie

Lutzvater ihr Stiefvater war. Und wie gut war der zu ihr. Und Lutzvater hatte gewünscht und es als ganz selbstverständlich vorausgesetzt, daß sie mit Hans Dornau gut Freund werden müsse. Wie konnte sie sich da vor ihm fürchten. Zu Eva Maria fühlte sie sich doch ebenfalls sogleich hingezogen, und Hans Dornau war ihr Bruder, den diese innig liebte. Also mußte er das verdienen. Eigentlich mußte sie sich schämen. Vielleicht war es auch ein wenig Eifersucht, was sie fühlte? Ja – gewiß – ein wenig war das allerdings der Fall, weil Lutzvater ihn so liebhatte. Eifersucht war aber ein häßliches Gefühl, beinahe wie Neid, und das mußte sie unterdrücken. Dieses dumme, unverständliche Gefühl, das sie jedesmal beim Betrachten der Fotografie überfiel, oder auch schon, wenn sie an Hans Dornau dachte, war also nichts als Angst, daß dieser sie aus dem Herzen Lutzvaters verdrängen könne. Aber darum brauchte sie wirklich keine Bange zu haben. Lutzvater würde sie immer lieb behalten, trotz Hans Dornau. Wenn dieser sie wirklich aus des Vaters Herzen verdrängen wollte, würde sie ihm den Standpunkt schon klarmachen. Selbstverständlich konnte sie sich sehr gut denken, daß Hans Lutzvater ebenfalls sehr liebte. Das taten doch alle Menschen, die ihn kannten. Also fort mit der dummen Angst!

Und tapfer sah sie nochmals in Hans Dornaus Gesicht, und ihre Augen funkelten ihn an:

»Du, wenn du nicht ganz lieb und brav bist, dann mag ich nichts von dir wissen, daß du es nur weißt, Hans Dornau! Hans Dornau? Was für ein wunderlicher Name – aber eigentlich klang er sehr hübsch.«

Und seufzend, weil ihr sonst so ruhiges Gemüt plötzlich sich mit etwas Beunruhigendem herumquälen mußte, legte sie das Bild wieder zu den anderen. Keine Ahnung kam ihr, daß Hans Dornau ihr Bild, das ihm der Onkel gezeigt hatt, mit ähnlich unklaren Gefühlen betrachtete, daß er sich immer wieder in Onkel Lutzens Zimmer geschlichen hatte, um es zu betrachten, ganz heimlich, damit die anderen es nicht merkten.

Die Tage vergingen unter den mannigfachsten Vorbereitungen sehr schnell. Die Abreise nach Deutschland stand nun schon ganz kurz bevor. Lutz Rodenberg strich manchmal ein wenig unruhig über Dolores' Köpfchen und sah ihr forschend in die Augen.

»Wird es dir auch kein Opfer sein, Dolo, mit mir nach Deutschland zu gehen, wird es dir drüben gefallen?«

Sie lachte ihn an.

»Wo du bist, Lutzvater, und wo es dir gefällt, gefällt es auch mir, das weißt du doch.«

»Ich sorge mich immer ein wenig, ob du dich eingewöhnen wirst, und würde mich noch viel mehr sorgen, wenn ich mir nicht sagte, daß es gut für dich ist, wenn du aus der Einöde der Campos in andere Verhältnisse kommst. Für ein junges Mädchen ist es hier wirklich viel zu einsam, du müßtest hier auf manche Jugendfreude verzichten. Es wird wirklich Zeit, daß du unter Menschen kommst, du bleibst sonst immer ein kleiner Wildling.«

Dolores hatte zwar bisher noch nichts vermißt und wußte auch nicht, daß ihr mancherlei noch fehlte, um als junge Dame in der großen Welt auftreten zu können. Sie widersprach dem Vater aber nicht. Die Ferne lockte – und die Welt da draußen, die Welt, in der Hans Dornau lebte, lockte, obwohl sie sich zugleich ein wenig vor dieser Welt fürchtete. Sie sah den Vater groß an und sagte:

»Wenn du nie erfahren hättest, daß du unschuldig bist, wenn dich nicht ein großes Erbe nach Deutschland gerufen hätte – dann wäre ich doch immer auf Armada geblieben?«

Er schüttelte den Kopf.

»Nein, Dolo, ich hatte deiner Mutter versprochen, daß du im Alter von siebzehn Jahren mit mir nach Europa gehen solltest. Auf Deutschland bestand sie nicht, obwohl ihr das am liebsten gewesen wäre, weil sie damals noch glaubte, daß ich mein Vaterland meiden müßte. Aber wie sehr hätte sie sich gefreut, hätte sie ahnen können, daß wir eines Tages nach Deutschland gehen. Du solltest nach deinem siebzehnten Geburtstag jedes

Jahr eine Zeitlang in der großen Welt leben. So wollte sie es. Und nun fügt sich das ganz von selbst. Du kommst nun in die Heimat deiner Mutter. Freust du dich ein wenig?«

»Ich freue mich sehr auf die schöne Reise, auf all das Neue, auf deine Angehörigen. Wenn sie mich nur leiden mögen?«

Er lachte sorglos.

»O Dolo, wer soll dich nicht leiden mögen?«

Sie seufzte.

»Weil ich doch so ein Wildling bin!«

»Das wird ihnen vielleicht gerade gefallen. Und nur zu bald wirst du das abgestreift haben. Du bist ja deiner Mutter Tochter und hast so viel von ihr gelernt. Was dir an kleinen Äußerlichkeiten fehlt, wirst du dir im Umgang mit anderen Menschen bald aneignen, und Eva Maria wird es dir stets in liebevoller Weise begreiflich machen, wenn dir ein kleiner Fehler unterläuft, wie du ihn ablegen kannst. Ich bin fest davon überzeugt, daß alle dich sehr verwöhnen und sich an deiner Ursprünglichkeit freuen werden. Sie werden vielleicht gar nicht wollen, daß irgend etwas an dir anders werden soll. Du brauchst dich in allen Dingen nur nach Eva Maria zu richten, sie wird ein herrliches Beispiel für dich sein. Sei nur nicht bange!«

»Ich will mir jedenfalls Mühe geben, ihnen zu gefallen, und sollte es nicht gleich gehen, dann hilfst du mir. Wirst mir nicht gram sein, wenn ich Torheiten begehe?«

Gerührt zog er sie an sich.

»Kleine dumme Dolo, mache doch nicht solche Angstaugen! Das alles sind ja nur Kleinigkeiten, und das, was nötig ist, schüttelst du aus dem Handgelenk. Eins, zwei, drei siehst du Eva Maria alles ab, und man wird dich liebhaben, dafür kenne ich meine Leute. Kein Mensch wird dir gram sein, am wenigsten ich.«

»Auch – auch Hans Dornau nicht?« entfuhr es ihr hastig.

Verwundert schüttelte er den Kopf.

»Warum er?«

»Nun, weil er mir vielleicht deine Liebe nicht gönnt. Du sagst doch, er hat dich so liebgewonnen wie du ihn?«

Lächelnd strich er ihr das Haar aus der Stirn.

»Hans weiß gar nicht, was Mißgunst ist. Und in meinem Herzen ist genug Platz für euch beide. Er wird dir nichts nehmen und du ihm auch nicht, da sei ganz ruhig.«

Sie lachte ein wenig.

»Ach, Lutzvater, ich bin ein ganz dummes, törichtes Ding. Aber ich werde schon damit fertig werden.«

»Davon bin ich fest überzeugt, meine kleine Dolo.«

Dolores besuchte Inez Hermados noch ein letztes Mal, und ihr Vater begleitete sie, um sich von Inez' Eltern zu verabschieden. Es gab Hochwasser bei den beiden Freundinnen. Von Angela stand Dolores der Abschied noch bevor, wenn sie über die Poststation nach Jaimeville fahren würde. Inez und Dolores versprachen sich nach Jungmädchenart ewige Treue, und daß sie sich sehr oft schreiben wollten. Und wiedersehen würde man sich bestimmt, denn Dolores würde ja irgendwann einmal nach Armada kommen.

Auch von Boni, Joni und Pedro wurde Dolores der Abschied nicht leicht. Auch hier wurden auf beiden Seiten Tränen vergossen. Lutz mußte die Szene schließlich energisch abkürzen, indem er Befehl zum Anfahren gab.

Die Koffer und Frachtgüter waren schon am Tag vorher befördert worden. Jetzt hatten Vater und Tochter nur noch leichtes Handgepäck bei sich. Unterwegs gab es dann noch einen tränenreichen Abschied von Angela. Diese war besonders schmerzlich betroffen, denn mit Dolores schwand ihr die Aussicht auf manchen guten Tag. Sie betrachtete Dolores' Abreise fast wie ein Unrecht ihr gegenüber. Und ihrem Schmerz war etwas wie ein Vorwurf beigemischt, wovon Dolores aber zum Glück nichts merkte.

Lutz Rodenberg war froh, als endlich alle Verabschiedungen überstanden waren. Er heiterte Dolores schnell auf, und bald lachte sie mit ihm. Als sie in Jaimeville ankamen, wo sie den Zug bestiegen, waren ihre Augen wieder hell und klar. Die Welt mit ihren Wundern rief. Und dieser Ruf hatte etwas Verlockendes.

In Rio de Janeiro wurde zwei Tage Rast gemacht, ehe man den Dampfer bestieg, der die Reisenden nach Hamburg bringen sollte.

III

Dolores war jetzt zum dritten Mal in Rio de Janeiro. Das erstemal war ihre Mutter noch dabeigewesen, das zweitemal vor knapp zwei Jahren war sie mit dem Stiefvater allein. Nun blieb sie mit ihm zwei Tage bis zu ihrer Abreise nach Deutschland hier. Und wie jedesmal, wurde ihr etwas wirbelig im Kopf inmitten des regen Straßenverkehrs. Sie war an die Stille der weiten Campos gewöhnt, und der Lärm, der sie hier umgab, ängstigte sie deshalb ein wenig. Am Strande aber, wo die Menschen wie in einem Ameisenhaufen durcheinanderliefen, lachte sie einigemal hell auf. Wie seltsam das war, all die halbbekleideten Menschen da unten. Sie saß mit dem Vater eine Weile auf einer der Terrassen und nahm eine Erfrischung ein. Dabei sah sie die aus den Bädern Zurückkehrenden vorüberkommen. Sie gingen einfach im Badeanzug durch die Straßen.

Dann fuhren der Vater und sie zum Botanischen Garten, den sie schon vor Zeiten mit der Mutter aufgesucht hatten. Hier frischten sie Erinnerungen an die geliebte Tote auf. Sie wandelten die wundervolle Palmenstraße entlang, die sie mit der Mutter gegangen waren.

Nachher fuhren sie durch die großen Geschäftsstraßen und machten Einkäufe. Dolores mußte ihre Garderobe für die Überfahrt vervollständigen. Auf Armada trug sie außer ihren Reitkleidern nur hauchfeine weiße Kleider von ganz apartem Schnitt, der durch seine Einfachheit keiner Mode unterworfen war. Den Schnitt hatte die Mutter für sie ausgesucht. Auch sie hatte diese gewissermaßen zeitlosen Gewänder getragen.

Nun merkte Dolores, daß sie mit diesen Gewändern unter

modisch gekleideten Damen auffallen würde. Deshalb erklärte sie sich sofort bereit, sich neue modische Kleider anzuschaffen, denn auffallen wollte sie um keinen Preis.

Also wurden moderne Kostüme, Mäntel und Hüte für sie gekauft, und es war nicht schwer, Geeignetes zu finden. Man zeigte ihr die passende Größe, ein Mannequin führte die Modelle vor, und mit einer überraschenden Sicherheit entschied sich Dolores für das, was ihr stand. Auch jetzt bevorzugte sie die weiße Farbe und wählte nur wenige bunte Kleider. Und mit der gleichen Sicherheit entschied sie sich für Hüte, Mäntel und Schuhe. Es war nicht zu merken, daß sie gewohnt war, in einer Einöde zu leben. An ihrer jugendschlanken Figur sah auch alles sehr gut aus.

Lutz sah sehr stolz auf sein reizendes Töchterlein, das in jedem neuen Kleid entzückend aussah. Und so hatte sich Dolores im Handumdrehen in eine allerdings sehr junge Modedame verwandelt.

Am anderen Morgen begaben sich Vater und Tochter an Bord des Dampfers, und Dolores atmete nun doch auf, als sie dem lärmenden Straßentrubel entfliehen konnte.

Lutz Rodenberg verpflichtete sogleich die Stewardeß durch ein reiches Trinkgeld zu Dolores' Diensten.

Dolores vermißte Boni und Joni allerdings sehr. Sie war so sehr von ihnen verwöhnt worden, daß sie kaum einen Strumpf selbst anziehen konnte. Einige Paare von den feinen Seidenstrümpfen mußten ihr Ungeschick büßen. Aber dann paßte sie genau auf, wie ihr die Stewardeß die Strümpfe überstreifte, und nun ging es ganz gut.

»Ist gar kein Kunststück, man muß nur achtgeben. Ich werde mal versuchen, ohne Hilfe fertig zu werden, damit Sie nicht so viel Not mit mir haben. Sie müssen doch wohl noch vielen anderen Damen helfen?« So sagte sie in ihrer gütigen Art zu der Stewardeß. Diese war von Dolores bezaubert, nicht nur wegen der guten Trinkgelder. Sie erklärte, daß sie schon Zeit haben werde, zu helfen.

Aber Dolores machte es Spaß, möglichst allein fertig zu werden. Das ging um so besser, als ihr die Frisur keinerlei Schwierigkeiten machte. Ihre natürlichen Locken fielen immer wieder von selbst in die gewünschte Lage, sobald sie durchgekämmt waren. Und nicht die raffinierteste Frisur hätte Dolores besser stehen können als diese kurzen Locken ihres seidenweichen Haares, das immer einen metallischen Schimmer hatte.

Auf dem Dampfer gefiel es Dolores sehr gut, war doch alles neu und interessant für sie. Sie und ihr Vater wurden viel bewundert. Die Damen bestaunten mit mehr oder minder bezauberndem Lächeln Lutz Rodenbergs interessante und markante Züge. Seine imponierende Erscheinung fiel gleich am ersten Tag auf, und manche Dame hätte gern einen mehr oder minder ernsten Flirt mit ihm begonnen. Aber er nahm nicht mehr Notiz von ihnen, als sein ritterliches Empfinden Frauen gegenüber zuließ. Nicht die schönsten Frauenaugen konnten ihn betören, dem Andenken seiner Helena untreu zu werden. Wie hätte er sie je vergessen können. Aber seine Ritterlichkeit, die ihm gebot, jeder Dame, ob jung oder alt, schön oder häßlich, die nötigen Artigkeiten zu erweisen, die eine gute Erziehung vorschreibt, ließ keine die kühle Abwehr seines Wesens zu stark empfinden, und so war er unbedingt der umschwärmteste Mann an Bord.

Dolores' reizende Erscheinung zog wiederum alle Männeraugen auf sich. Bewundernd sah man ihr nach, wenn sie am Arm ihres Vaters auf Deck promenierte oder wenn sie mit ihm Sportübungen machte. Auch die Damen kamen ihr außerordentlich liebenswürdig entgegen, zumal sie hofften, auf diesem Wege Eindruck auf Lutz Rodenberg zu machen. Dolores wurde ein wenig beklommen zumute bei diesen etwas zudringlichen Freundlichkeiten. Sie wußte nicht, wie sie dieselben deuten sollte.

Ganz verschüchtert sagte sie eines Tages zu ihrem Vater:

»Das müssen doch alles furchtbar gute Menschen sein, Lutzvater. Alle sind sie überaus freundlich zu mir, und ich kenne sie doch kaum und weiß nicht, womit ich das verdient habe. Und denke dir, wie schrecklich, ich mag einige von ihnen gar nicht leiden, und gerade die kommen mir am meisten entgegen. Ich schäme mich deswegen, daß ich nicht im gleichen Maße liebenswürdig sein kann, aber es geht wirklich nicht. Das ist eigentlich sehr häßlich und unfreundlich von mir, nicht wahr?«

Er sah sie mit heimlichem Mitleid an. Was würde seine kleine Dolo noch für Erfahrungen machen müssen, ehe sie das Wahre und Unwahre an den Menschen erkannte. Er wollte sie aber nicht beunruhigen und ihre Unbefangenheit nicht trüben.

»Du wirst ja nicht unhöflich sein, Dolo, auch nicht gegen die, die du nicht leiden magst.«

»Ist es aber nicht schon unhöflich, wenn ich nicht in gleichem Maße freundlich zu ihnen sein kann wie sie zu mir?«

»Nein, gewiß nicht! Man kann sich nicht zur Sympathie zwingen, wo man sie nicht empfindet. Wenn dir jemand unsympathisch ist, mußt du dich nicht zur Freundlichkeit zwingen, denn das würde Heuchelei sein.«

Sie atmete wie erlöst auf.

»Gottlob, da fällt mir ein Stein vom Herzen! Diese Frau von Hanau zum Bespiel mag ich gar nicht. Und dabei ist sie so freundlich zu mir. Sie hat lauter komische Kosenamen für mich, die ich greulich finde. Sie nennt mich zum Beispiel: reizender Schmetterling, kleiner Kolibri, unberührte Blüte, Heideröslein und was noch alles. Das sind doch Torheiten, nicht wahr, Lutzvater? Sie schwatzt auch sonst lauter dummes Zeug, und dann faßt sie immer nach meinen Händen oder umschlingt mich gar mit den Armen, das ist mir widerlich. Am liebsten versteckte ich meine Hände gleich auf den Rücken, wenn sie auf mich zukommt. Aber das darf ich wohl nicht?«

Er strich ihr über das Haar.

»Das nicht gerade, Dolo, aber du kannst dir mit den Händen irgend etwas zu schaffen machen, was es ihr unmöglich macht, sie anzufassen. Und wenn sie dich umarmen will, dann tritt ruhig einen Schritt zurück. Im übrigen brauchst du gegen Frau von Hanau nicht freundlicher zu sein, als dir ums Herz ist. Du kannst unbesorgt einige Reserven in deinem Verhalten ihr gegenüber an den Tag legen. Auch anderen dir unsympathischen

Personen gegenüber. Man hilft sich in solchen Fällen mit kühler Höflichkeit. Dann werden sie schon merken, daß du auf ihre Annäherungen keinen Wert legst. Auf gar keinen Fall sollst du dich zu einer heuchlerischen Freundlichkeit zwingen.«

»Oh, wie froh bin ich darüber! Denn wenn Frau von Hanau auch immer sehr viel Anerkennendes über dich sagt, ja geradezu begeistert von dir schwärmt, so habe ich doch das Empfinden, daß dies alles unecht ist.«

Er nickte ihr lächelnd zu.

»Meine kleine Dolo wird schon lernen, die Menschen richtig einzuschätzen. Nicht immer meinen es die gut mit uns, die uns Schmeicheleien sagen und sich uns so freundlich zeigen. Zuweilen verbergen sie darunter nur feindliche oder noch schlimmere Gedanken.«

»Wie arg ist das, Lutzvater. Ich werde noch sehr, sehr viel lernen müssen.«

»Sei nur nicht bange, das lernt sich mit der Zeit alles von selber. Mir scheint, du hast einen sehr feinen Instinkt für echt und unecht. Ich möchte wohl wissen, wen von unseren Reisegenossen du gern leiden magst. Alle werden dir doch nicht unsympathisch sein?«

»Ganz gewiß nicht! Da ist zum Beispiel da drüben Senhora Lingue, die weißhaarige alte Dame, die in Gesellschaft ihres Sohnes reist, der freilich auch schon graues Haar hat. Die beiden finde ich sehr nett, wenngleich sie kaum ein Wort mit mir gewechselt haben und mir nur manchmal lächelnd zunicken. Dann die junge deutsche Dame mit den vielen Sommersprossen, Fräulein Hartau heißt sie, und sie will ihre Verwandten in Deutschland besuchen. Sie ist immer sehr lustig und vergnügt. Die mag ich auch gern. Auch Herrn und Frau Sörrensen, die auf der Hochzeitsreise sind und immer so glücklich aussehen. Dann der putzige kleine Herr Delius, der mit Fräulein Hartau zusammen gestern deutsche Lieder gesungen hat. Er sieht gar nicht schön aus, hat aber so gute Augen. Den Herrn Kapitän mag ich auch gern und noch eine Menge andere Leute, mit denen ich noch kein Wohrt gesprochen habe und die ich nicht mal mit Namen kenne.«

Lutz Rodenberg nickte befriedigt.

»Du hast ganz instinktiv ein scharfes Auge für den Wert der Menschen. Es trifft sich, daß auch ich gerade diese Menschen gut leiden mag, und ich habe schon genügend Menschenkenntnis, um beurteilen zu können, ob sie Sympathie verdienen oder nicht. Es ist sehr gut für dich, daß du so scharfe Augen hast.«

Und er gab ihr scheinbar ganz unabsichtlich kleine Hilfen, damit sie sich zurechtfand unter den vielen fremden Menschen. Es ging wirklich alles besser, als er gedacht hatte; Dolores gewöhnte sich mehr und mehr an den gesellschaftlichen Ton.

Es wurde, wie überall, auch an Bord dieses Dampfers geflirtet, geklatscht und getanzt. Dem blieb Dolores fern. Sie war viel zu unschuldig und unerfahren, um manche heikle Situation zu verstehen, die ihre Unbefangenheit hätte trüben können. Und Lutz war jedenfalls sehr froh, daß sie sich erst einmal in der Stille der Rodenberg-Werke einleben könnte. Dort gab es vorläufig der Trauer wegen noch keine großen Gesellschaften, und bis zu Eva Marias und Jolantes Hochzeit würde sie sich schon eingewöhnt haben.

Die Reise ging schneller und besser vorüber, als Lutz geglaubt hatte. Zum Glück hatten sie fast während der ganzen Fahrt gutes Wetter, es gab nur einen Tag etwas bewegte See, aber das machte Dolores mehr Vergnügen, als daß es ihr Unruhe verursacht hätte. Sie blieb mit dem Vater im Freien und lachte fröhlich auf, wenn die Wellen an den Schiffswänden hoch aufspritzten. Sie war keine furchtsame Natur.

Und eines Morgens näherten sie sich Cuxhaven, wo sie den Dampfer zu verlassen gedachten. In Hamburg wollten sie erst noch einige Einkäufe machen, aber Lutz Rodenberg meldete seine und Dolores' Ankunft sofort telegrafisch nach Hause.

Eva Maria Dornau und ihr Bruder Hans gingen durch den Wald, der an die Rodenberg-Werke grenzte, zur Villa Melanie hinüber. Das war ein vornehmes, sehr geräumiges Gebäude aus

Sandstein, und es lag inmitten eines Gartens, der wiederum an eine große Wiese grenzte. An diese Wiese grenzte auf allen Seiten der Wald, der eine weite Ausdehnung besaß.

Georg Rodenberg, der verstorbene Besitzer der Rodenberg-Werke, Lutz Rodenbergs Vater, hatte diese Villa für seine Tochter Melanie bauen lassen, als diese sich verheiratete. Sie war in dem gleichen Stil gebaut wie die oben auf dem Berg liegende Villa Rodenberg, die Eva Maria und Hans von ihrem Großvater geerbt hatten.

Villa Melanie gehörte jetzt Lutz Rodenberg, er hatte sie von seiner Schwester gekauft. Frau Melanie trauerte noch immer tief um ihren Gatten, denn sie war der einzige von allen Menschen, die Arthur Mertens näher gekannt hatten, der keine Ahnung davon besaß, welche verbrecherischen Instinkte ihn beseelt hatten. Für sie war und blieb er das Ideal ihres Frauenherzens.

Sie hatte sich bereits mit dem Gedanken vertraut gemacht, dem Haushalt ihres Bruders vorstehen und für seine Stieftochter als Ehrendame gelten zu sollen. Was hätte sie jetzt auch mit ihrem Leben anfangen sollen, das bisher so ganz von ihrem Mann ausgefüllt gewesen war? Ihr Sohn besuchte noch die Universität und wollte sich nach beendetem Studium in Berlin als Rechtsanwalt niederlassen, und ihre Tochter würde bald heiraten und ihrem jungen Gatten nach Frankfurt am Main folgen. So wäre sie sich sehr verlassen und überflüssig erschienen, wenn der Bruder ihr nicht den Vorschlag gemacht hätte, bei ihm zu bleiben und seinem Hause vorzustehen. Gern hatte sie seinen dahin zielenden Vorschlag angenommen.

Sie hatte sich in der oberen Etage der Villa einige Zimmer, die ihre Tochter vorläufig noch mit ihr teilen sollte, mit ihren Möbeln eingerichtet. Für Jolante waren die kostbarsten Einrichtungsgegenstände aus der Villa Melanie bereits nach Frankfurt geschickt worden, und das übrige stand auf einem zu den Werken gehörigen Speicher, wo es bleiben sollte, bis Egon sich eine Praxis in Berlin gründen würde.

Alle anderen Räume der Villa waren nach Lutz Rodenbergs Angaben neu ausgestattet worden. Gestern hatten die Dekorateure ihre Arbeit beendet, und Frau Melanie hatte Eva Maria angeklingelt und sie gebeten, mit Hans herüberzukommen und sich alles anzusehen.

Zu diesem Zweck waren die Geschwister jetzt auf dem Weg. Eva Maria wußte, daß sie in Villa Melanie ihren Verlobten treffen würde. Es war ein Sonntag, und die Werke feierten. Man wollte zusammen Tee bei Tante Melanie trinken und dann gemeinsam in Villa Rodenberg das Abendessen einnehmen. Seit Arthur Mertens' Tod hatten sich die Familienmitglieder viel inniger einander angeschlossen. Es war, als sei er allein schuld daran gewesen, daß man sich früher so fremd gegenübergestanden hatte. Und ganz gewiß hatten sie alle mehr oder weniger unter seinem unheilvollen Einfluß gestanden. Das war jetzt alles anders geworden.

Unterwegs kam den Geschwistern Jolante schon entgegen. Sie war etwas voller und runder geworden, seit sie verlobt war. Ihre Frisur betonte nicht mehr so sehr den Herrenschnitt, das Haar fiel weicher und in Locken geordnet um das Oval des Gesichts, dessen pikante Züge einen weicheren Ausdruck bekommen hatten. Die dunklen Augen blickten nicht mehr so kühl und nüchtern, sie hatten einen weichen Glanz bekommen, und jedenfalls sah sie dank dieser Veränderungen viel vorteilhafter aus.

Sie war gleich Eva Maria in Trauerkleidung, allein Eva Maria trug diese Trauerkleider nur des Großvaters wegen. Um Arthur Mertens' willen hätte sie keine angelegt, denn dieser hatte ihrem Bruder nach dem Leben getrachtet. Jolante sah in den schwarzen Kleidern freilich nicht so gut aus wie Eva Maria, weil Blondinen in Schwarz immer besser aussehen als Brünette. Trotzdem war Jolante eine ebenso elegante wie aparte Erscheinung, wenn sie auch nicht so schön war wie ihre Cousine.

Schon von weitem winkte sie den Geschwistern zu.

»Ich komme euch entgegen, weil ich Sehnsucht nach euch hatte!« rief sie ihnen zu.

»Oh, Jo, wer mir vor Jahresfrist gesagt hätte, daß du Sehnsucht nach uns haben würdest, dem hätte ich nicht geglaubt!« rief Hans Dornau lachend zurück.

Er hatte sich seit dem Tod seines Vormunds sehr verändert, sein ganzes Wesen war freier und ruhiger geworden. Das Immer-auf-der-Hut-sein-Müssen hatte ihn sehr bedrückt, und das war nun von ihm abgefallen. Reine, ungetrübte Jugendfreude strahlte aus seinen blauen Augen, und seine schlanke, kraftvolle Gestalt schien noch gewachsen zu sein.

Jolante nickte ihm lachend zu.

»Ja, Hans, das Kriegsbeil zwischen uns ist begraben für alle Zeit. Ich glaube, ich war nicht nur dir gegenüber sehr unausstehlich, sondern auch gegen Eva Maria. Aber ihr wißt, daß ich feierlich Besserung gelobt habe.«

»Und du hast dies Gelöbnis gehalten, Jo! Guten Tag, ich freue mich, daß du uns entgegenkommst«, sagte Eva Maria und umarmte Jolante herzlich.

Diese küßte sie zärtlich und schüttelte dann Hans die Hand. Staunend sah sie ihn an.

»Hans, du hast ja einen wundervollen Scheitel, wo ist denn dein wilder blonder Schopf geblieben, der immer nach allen Himmelsrichtungen auseinanderstarrte?«

»Euer veredelnder Einfluß! Deine Neckereien und Eva Marias Bitten haben mich veranlaßt, etwas öfter daran zu denken, daß die Hände nicht dazu da sind, um in den Haaren herumzuwühlen. Und außerdem ist heute Sonntag. Wenn ich wochentags in den Werken zu tun habe, fehlt mir die Zeit, auf meinen Scheitel zu achten. Euch zu Ehren habe ich ihm heute besondere Sorgfalt angedeihen lassen. Zufrieden?«

»Einfach fabelhaft, du siehst wirklich wie ein gesitteter Europäer aus«, konstatierte Jolante anerkennend.

»Also, in Villa Melanie ist alles fertig, Jo?« fragte Eva Maria.

»Bis auf den letzten Hammerschlag! Ich bin froh, daß die Handwerker endlich das Haus verlassen haben, man hatte kaum eine ruhige Stunde. Mama hat mir sehr leid getan, und doch, für sie war der Trubel fast eine Wohltat, er hat sie abgelenkt von ihrer Trauer.«

»Ja, ich muß staunen, Jo, deine Mutter sieht gut aus, und sie erscheint mir frischer und freier denn je«, erwiderte Eva Maria.

Jolantes Stirn zog sich zusammen, und ihre Lippen zuckten.

»Soll ich euch sagen, wie es mir erscheint? So, als hätte Mama, solange Papa lebte, unter dem Einfluß einer Hypnose gestanden, die er auf sie ausgeübt hat. Sie ist, wie wir alle, wie von einem Banne befreit«, stieß sie hervor.

Die Geschwister sahen erschrocken in Jolantes blaß gewordenes Gesicht. Sie vermochten nicht zu antworten und sahen sich betreten an. Jolante blickte sie forschend an und sagte nach einer Weile mit halberstickter Stimme:

»Ihr braucht nicht zu verstummen. Ich sage es noch einmal – mir scheint Mama wie von einem suggestiven Einfluß befreit. Das war doch unnatürlich, daß sie in meinem Vater ein so umschwärmtes Ideal sah. Es hat freilich keinen Zweck, wenn man über das alles redet, was vielleicht besser totgeschwiegen bliebe. Aber ich fühle, hier liegt manches Geheimisvolle verborgen. Wissen möchte ich zum Beispiel, was eigentlich damals geschehen ist, ehe – ehe mein Vater starb, damals, als Onkel Lutz so plötzlich auftauchte. Werdet ihr beide mir das niemals enthüllen? Denn ihr beiden wißt darum. Ich bin ganz fest davon überzeugt, daß mein Vater damals gewissermaßen Strafversetzung von Onkel Lutz erhielt, und ohne Grund geschah das nicht. Onkel Lutz habe ich danach gefragt, aber er schweigt sich aus. Daß ihr Mama das alles verheimlicht, kann ich wohl verstehen, obwohl – ja, obwohl es für sie vielleicht eine Wohltat wäre, wenn sie alles wüßte, weil sie dann auch ihre Erinnerung von ihm lösen könnte. Nicht wahr, es ist schlimm, daß ich mich mit solchen Gedanken herumplage? Ich muß euch etwas gestehen: ich habe meinen Vater nie geliebt – habe immer nur das Gefühl gehabt, als müsse ich mich gegen ihn zur Wehr setzen, und als müsse ich Mama von ihm losreißen – von seinem Einfluß, der mir – ja – der mir unheimlich erschien. Wollt ihr mir nicht sagen, was mein Vater sich zuschulden kommen ließ, ihr hört ja – es würde mich nicht einmal hart treffen.«

Eva Maria schlang den Arm und Jolante, während sie mit ihrem Bruder einen erbarmenden Blick tauschte.

»Liebe Jo, quäle dich nicht mit solchen Gedanken herum. Der Tod deines Vaters hat doch alles ausgelöscht, es ist alles begraben und vergessen. Und du, seine Tochter, solltest nicht darüber grübeln und nicht forschen. Der Tod macht alles wett.«

»Ihr könnt euch aber wohl denken, daß ich über all das nachsinnen muß. Es würde mir vieles erklären, wüßte ich zum Beispiel, daß mein Vater auf Mama einen suggestiven Einfluß ausgeübt hat — vielleicht auch auf Großvater. Niemand konnte sich doch erklären, daß Großvater meinem Vater so viel Vertrauen entgegenbrachte. Großvater stand doch meinem Vater zuerst feindlich gegenüber, und dann wurde plötzlich alles anders. Und Mama stand doch vollständig unter seinem Willen. — Ihr wißt das gar nicht so, Egon und ich haben uns manchmal verständnislos angesehen, wenn er Mama auch in Dingen, die ihr widerstrebten, zum unbedingten Gehorsam zwang. Darüber habe ich so viel nachdenken müssen. Und dann, was vor seinem Tode geschah? Weshalb schickte uns Onkel Lutz fort nach Sankt Moritz? Weshalb bat er mich, Mama so lange wie möglich dort festzuhalten? Weshalb wollte Onkel Lutz nicht mehr mit meinem Vater zusammentreffen?«

»Liebe Jo, wenn dein Vater wirklich ein Unrecht begangen hätte, was, wie du sagst, eine Strafversetzung nötig gemacht hätte, du bist so unheimlich klug, daß man dir das nicht ausreden kann, so sage dir doch bitte, daß wir dir, seiner Tochter, das unmöglich mitteilen könnten, ebensowenig wie deiner Mutter. Schlage dir all diese quälenden Gedanken aus dem Sinn, Jo, ich bitte dich. Vergiß, daß irgend etwas unklar ist, verrenne dich nicht in die fürchterliche Idee, daß dein Vater deine Mutter hypnotisiert haben könnte. Daran darfst du einfach nicht mehr denken. Es wäre ein Unrecht an dir selbst — und — an deinem Heinz. Denke nur daran, wie sehr Heinz dich liebt und wie du ihn und daß ihr beide glücklich werden wollt. Diese Liebe hat dich so reich gemacht — und so weich. Das Glück macht dich gut. Erstrecke diese Güte auch darauf, daß du deinem Vater, was er auch getan haben mag, verzeihst. Grüble nicht mehr! Was würde es dir nützen, wüßtest du, daß dein Vater etwas verschuldet hat, weshalb du ihn verurteilen müßtest? Und vor allen Dingen, laß deinen Heinz nicht merken, daß da irgend etwas noch dunkel ist. Fort damit, denke nicht mehr daran!«

Jolante sah Eva Maria mit einem seltsamen Ausdruck an, und dann blickte sie zu Hans hinüber, der sehr betreten aussah.

»Ich weiß, ihr meint es gut, und ihr habt recht, ich sollte nicht darüber grübeln, ob mein Vater eine Schuld mehr oder weniger mit seinem Tode gesühnt hat. Ich will darum nicht mehr danach forschen, aber ihr könnt euch wohl denken, daß mich deswegen Tausende von bangen Fragen quälten.«

»Nun sollst du es aber nicht mehr tun. Verzeihen ist ein heiliges Recht des Menschen. Du kannst deinem Vater alles verzeihen, alles, weil er eben dein Vater ist. Deine Mutter ist doch trotz allem glücklich gewesen all die Jahre hindurch.«

»Und alles Weitere, Jo, ist ja nur eine Kleinigkeit, gar nicht der Rede wert«, warf Hans hier energisch ein. Jo dauerte ihn. Um keinen Preis hätte er ihr sagen mögen, was ihr Vater sich hatte zuschulden kommen lassen.

Eva Maria nickte ihm dankbar zu. War es auch gewiß nichts Geringfügiges, daß Arthur Mertens einen Mordversuch auf ihn gemacht hatte — nein, nicht nur einen! —, und hatte es auch gerade Hans am schwersten betroffen, so war es von ihm besonders großmütig, daß er Mertens' Schuld verschweigen wollte. Eva Maria war wieder einmal sehr stolz auf ihren Bruder.

Jolante sah Hans forschend an. »Wirklich nur eine Kleinigkeit? Obwohl ihn Onkel Lutz verbannen wollte?«

»Ach, Unsinn, dein Vater wünschte freiwillig zu gehen, weil er sich einer kleinen Dummheit halber genierte. Nun höre endlich mit dem ganzen alten Kram auf und verdirb uns den schönen Sonntag nicht. Sonst, ja, sonst muß ich doch wieder mit den Händen durch meinen blonden Schopf fahren, und dann ist mein schöner Scheitel futsch!«

Damit hatte Hans erreicht, daß Jolante lachte; und daß sie

ihm glaubte, daß es wirklich nur eine Kleinigkeit gewesen, was ihrem Vater zur Last gelegt werden konnte. Sie nahm sich nun ernstlich vor, sich damit abzufinden und nicht länger darüber nachzugrübeln. Zum Glück ahnte sie nicht, wie schwer die Verfehlungen ihres Vaters waren. Es war nur immer eine dumpfe Angst in ihr gewesen, daß er etwas sehr Unehrenhaftes getan haben könnte. Hatte sie doch den Charakter ihres Vaters immer mit schärferen Augen angesehen als ihre Mutter. Auch Egon hatte keine sehr hohe Meinung von dem Vater gehabt, und auch er hatte den Verdacht gehegt, daß des Vaters Macht über die Mutter durch einen suggestiven Einfluß entstanden sei. Damit hatten sie beide es sich nur erklären können, daß die Mutter ohne die Erlaubnis ihres Gatten keinen Pfennig auszugeben wagte, obwohl sie die reiche Erbin war und er alles von ihm Erreichte nur ihr zu danken gehabt hatte.

Aber wie dem auch sein mochte, zu ändern war jetzt an der ganzen Geschichte nichts mehr, und so sagte sich Jolante endlich, daß es das klügste war, nicht mehr daran zu denken. Gut denn, mochte alles ruhen und vergessen sein, damit es keinen Schatten auf ihr Glück werfe. Sie richtete sich auf, als befreie sie sich von einer Last.

»Ich danke euch, daß ihr mir den Kopf zurechtgesetzt habt, und ich will wirklich nicht mehr darüber nachdenken«, sagte sie.

Hans stellte nun allerlei drolligen Unfug an, so daß Jolante über ihn lachen mußte. Und so kamen sie in leidlich vergnügter Stimmung vor Villa Melanie an. Der Mai hatte Wald und Wiesen mit jungem Grün geschmückt, und die Maiblumen dufteten herrlich. Die Blumenrabatten vor der Villa standen in voller Blüte, und auf der mittelsten Rabatte war aus roten Frühlingsblumen das Wort »Willkommen« gebildet.

Auf der Terrasse stand die kleine, unscheinbare Melanie in ihren schwarzen Trauerkleidern. Ihr Haar war in den letzten Monaten ganz grau geworden, und sie wirkte älter, als sie war. Aber ihre Haltung war freier und bestimmter. Sie sah nicht mehr bei jedem Wort ängstlich umher, ob es auch ihrem Gatten gefallen möge. Dieser war ihr in der Erinnerung ferner gerückt, obwohl sie noch immer mit seinem Andenken einen gewissen Kult trieb. Wer hätte es vermocht, dieser Frau die Erinnerung an den Toten zu trüben?

Hans sprang in großen Sätzen die zu der Terrasse führende Treppe empor und küßte der Tante die Hand.

»Wie geht es dir, Tante Melanie?«

Sie nickte ihm freundlich zu, freute sich, daß er so schmuck aussah, und ließ die Hand, die wie so oft durch seinen Schopf fahren wollte, nur über seine Wange gleiten.

»Es geht mir gut, Hans, ich danke dir. Und dir geht es anscheinend auch gut. Ich hörte von Ralf, daß du so fleißig bist, und ich freue mich darüber.«

Hans wußte, daß die Tante des Glaubens gewesen war, er führe ein lockeres Leben, weil Arthur Mertens ihn bei ihr verleumdet hatte. Aber das wurde nie zwischen ihnen beiden berührt, jedenfalls glaubte die Tante, daß er jetzt sehr solide geworden sei. Und sie freute sich dessen, liebte sie doch die Kinder ihrer Schwester, wie sie diese geliebt hatte.

Eva Maria war inzwischen ebenfalls herbeigekommen. Sie umarmte und küßte die Tante.

»Wir sind gekommen, um strenge Kritik zu üben an der neuen Ausstattung von Villa Melanie.«

»Das sollt ihr auch, aber ich denke, es wird euch alles sehr gut gefallen. Onkel Lutz hat sehr originelle Ideen gehabt, und der Architekt hat alles sehr gut ausgeführt. Es ist allerdings ein ganz fremdes Haus für mich geworden, aber ich werde mich schon eingewöhnen. Lutz und ich werden unsere Tage hier wohl beschließen. Er wird nicht wieder heiraten, das hat er mir gesagt.«

»Eigentlich schade«, sagte Jolante, »er ist ganz der Mann, eine Frau glücklich zu machen.«

Frau Melanie schüttelte mit einem schwachen Lächeln den Kopf.

»Nein, Jo, wir Rodenbergs lieben nur einmal, und dann mit der ganzen Inbrunst unserer Herzen, da bleibt für ein zweites Mal nichts übrig.«

»Du wirst Onkel Lutz überdies die Hausfrau vollständig ersetzen, Tante Melanie«, warf Hans ein, »und somit ist es für euch beide gut, daß keiner von euch wieder heiraten wird.«

»Und Dolo wird dir Jo ein wenig ersetzen, wenn Jo erst verheiratet sein wird.«

Frau Melanie nickte Jolante zärtlich zu.

»O nein, Eva Maria, ersetzen wird mir niemand meine Tochter, aber ich werde ein junges Blut um mich haben und werde fühlen, daß mich noch jemand brauchen kann. Und du, Eva Maria, bleibst ja gottlob auch in meiner Nähe und wirst deine Tante Melanie über deinem jungen Glück nicht ganz vergessen.«

»Davon kann keine Rede sein, Tante Melanie!«

»Aber wo bleibt dein Verlobter? Er wollte doch ebenfalls um halb fünf hier sein, und er ist doch sonst sehr pünktlich?«

Eva Maria sah auf ihre Armbanduhr.

»Es fehlt noch eine Minute«, sagte sie lächelnd.

In diesem Moment schallte vom Walde herüber ein lautes »Hallo!« Sie wandten sich um und erblickten Ralf Bernd.

»Lupus in fabula!« sagte Hans lachend und winkte seinem künftigen Schwager lebhaft zu.

Mit schnellen Schritten kam dieser heran und sprang die Terrassentreppe empor. Seine strahlenden Augen suchten Eva Maria, aber artig begrüßte er zunächst Frau Melanie. Dann zog er freilich gleich seine Braut in seine Arme und küßte sie. Dann erst begrüßte er Jolante und Hans. Mit Jolante stand auch er jetzt auf freundschaftlichem Fuß.

Zusammen ging man dann ins Haus und betrachtete alle Räume. Jeder war des Lobes voll. Der Architekt hatte nach Lutz Rodenbergs Angabe ein wundervolles Heim geschaffen. Die großen Gesellschaftsräume im Parterre waren sehr vornehm und gediegen ausgestattet, die Zimmer des Hausherrn trotz aller Schlichtheit ebenfalls, und die für Dolores bestimmten Gelasse waren zart und duftig gehalten, alle in ganz lichten Farben, wie es für eine junge, verwöhnte Dame passend war.

Hans Dornau betrat diese Zimmer mit einem seltsamen Gefühl, ihm war, als dringe er unberechtigt in ein Heiligtum ein.

Eine tiefe Befangenheit beschlich ihn, weil ihm scheinen wollte, als liege schon ein Hauch von der Persönlichkeit des jungen Mädchens über allen diesen Möbeln. Er blieb unwillkürlich an der Schwelle stehen und wagte den hellen Smyrnateppich nicht zu betreten, der den Fußboden von Dolores' kleinem Salon völlig bedeckte. Mit großen Augen sah er hinüber. In Dolores' Schlafzimmer lag ein großes weißes Fell vor dem Diwan ausgebreitet. Das schien auf die kleinen Füße seiner künftigen Bewohnerin zu warten. Hans konnte gerade noch den reizenden Toilettentisch erblicken, der reich mit Spitzen garniert war, die mit lichtblauen Bändern gehalten wurden. Der hohe drehbare Spiegel dazwischen würde ihre Gestalt zurückstrahlen, wenn sie Toilette machte. Und auf dem weißen Fell würden zierliche Pantöffelchen stehen, in die ihre Füßchen hineinschlüpfen konnten.

Es wurde ihm ein wenig heiß bei diesem Gedanken, und sein Atem ging schwer und unruhig. Wie auf der Flucht vor sich selbst wandte er sich herum und begab sich auf weniger gefährlichen Boden. Kein Mensch ahnte, mit welcher unruhevollen Erwartung er Dolores Vanzita entgegensah.

Die anderen kamen ihm nach, als sie Dolores' Zimmer genügend bewundert hatten, und man ging gemeinsam weiter durch das Haus, bis alles besichtigt war. Jede Kritik schwieg, alles fand ungeteilten Beifall. Jolante und Eva Maria besprachen, wie Jolantes Wohnung in Frankfurt eingerichtet werden sollte. Sie wußte, daß ihr Verlobter eine große Etage gemietet hatte, die sie bewohnen wollten, und sie korrespondierten eifrig über deren Ausstattung. Da Jolante zum Teil Möbel, Bilder und Teppiche aus dem Elternhaus mit verwenden wollte, hoffte sie schnell heimisch zu werden.

Frau Melanie ließ bald darauf draußen auf der Terrasse den Tee servieren, und hier saßen dann alle beieinander und plauderten über Lutz Rodenberg und seine Stieftochter.

»Wann werden sie eintreffen, Tante Melanie?« fragte Eva Maria.

»Soviel ich weiß, kommt der Dampfer, den sie benutzen, am zwanzigsten Mai in Hamburg an. Ich erwarte also bald ein Telegramm mit dem Termin ihrer Ankunft auf den Rodenberg-Werken.«

Nachdem man den Tee eingenommen hatte, machten sich alle auf, um der Verabredung gemäß nach Villa Rodenberg zu gehen. Hans und Jolante nahmen Frau Melanie in die Mitte und schritten voran, ihnen folgten Arm in Arm Ralf Bernd und Eva Maria. Sie hatten sich wie immer viel zu sagen und plauderten über ihre gemeinsame Zukunft. Das Glück dieser beiden Menschen verdunkelte kein Schatten mehr, verheißungsvoll lag das Leben jetzt vor ihnen. Eva Maria erzählte Ralf, in welche qualvollen Grübeleien sich Jolante verstrickt habe, und er sagte erstaunt:

»Nie hätte ich es für möglich gehalten, daß sie so tiefgründig veranlagt wäre. Ich hielt sie für sehr oberflächlich, und sie hat sich mir gegenüber auch stets so gezeigt.«

»Wir haben sie alle falsch eingeschätzt, Ralf, sie wollte nur niemand zeigen, wie schwer sie im Grunde das Leben genommen hat.«

»Du hast aber immer gesagt, sie sei nicht so kühl, wie sie scheinen wolle, Eva Maria.«

»Vielleicht war ich die einzige, die sich die Mühe nahm, etwas tiefer bei ihr zu schürfen. Aber am meisten ist das Onkel Lutz gelungen, er hat gleich gemerkt, daß sie sich hinter ihre kühle Sachlichkeit nur geflüchtet hat. Wie seltsam, daß sie glaubt, ihr Vater habe ihre Mutter suggestiv beeinflußt.«

»Vielleicht hat sie damit gar nicht unrecht. Tante Melanie ist ein schwaches Geschöpf, und Mertens war immerhin ein Mensch mit starken Instinkten, wenn es auch keine guten waren. Aber gerade solche Menschen üben manchmal einen großen Einfluß auf andere aus. Allerdings, daß auch dein Großvater unter einem suggestiven Einfluß gestanden haben soll, kann ich mir nicht denken, er war dazu viel zu bestimmend. Nur weil er selbst so ehrenhaft war, traute er Mertens nichts Böses zu. Aber laß uns von all diesen Dingen nicht mehr reden, Eva Maria, wir wollen alles zu vergessen suchen, was mit Mertens zusammenhing. Lange genug hat er dunkle Schatten über dein und deines Bruders Leben geworfen.«

»Und über das deine, Ralf, ebenfalls.«

Sie sprachen nun wieder von sich und ihrer Liebe.

Der Weg zur Villa Rodenberg war ihnen viel zu kurz, um dies Thema zu erschöpfen.

IV

Lutz Rodenberg telegrafierte von Hamburg aus, daß er am nächsten Tage eintreffen werde; man möge das Auto zum Bahnhof schicken.

Dies Telegramm hatte er an seine Schwester Melanie gerichtet, und diese meldete es sofort zur Villa Rodenberg und zum Direktionsgebäude weiter. Alle waren nun in fieberhafter Erwartung. Jolante füllte alle Vasen am Morgen des Ankunftstages mit frischen Blumen, und Eva Maria half ihr dabei. Sie war schon am Morgen herübergekommen, um ihre Dienste anzubieten. Am Abend vorher hatte man ausgelost, wer Vater und Tochter vom Bahnhof abholen dürfe.

»Denn alle können wir doch nicht zum Bahnhof fahren«, hatte Jolante gesagt.

Und da keiner freiwillig zurücktreten wollte, hatte Ralf vorgeschlagen, daß man es auslosen sollte. Und das Los fiel auf Hans.

Er ging danach stolz wie ein Sieger umher und hätte keinem Menschen eingestanden, daß er sich im Grunde fürchtete, die Ankommenden einzuholen. Ja, er fürchtete sich vor dieser ersten Begegnung mit Dolores Vanzita. Warum, wußte er freilich nicht und gestand es sich auch nicht ein, aber am liebsten hätte er zugunsten eines anderen verzichtet. Aber was hätte man davon denken sollen, das ging einfach nicht. Und so nahm er allen

Mut zusammen und sagte sich: Um so eher werde ich es überstanden haben.

Als er sich dieses Gedankens bewußt wurde, mußte er in sich hineinlachen. Und er verspottete sich selbst:

»Wirst dich vor einem Mädel fürchten — vor so einem kleinen Mädel!«

Auf Onkel Lutz freute er sich ehrlich und sagte sich, daß er ja gar nicht viel Notiz von Dolores zu nehmen brauche. Er würde sie einfach mit einigen höflichen Worten begrüßen, ihr die Hand reichen und damit fertig. Dann konnte er mit dem Onkel sprechen.

Was sollte man auch mit so einem kleinen Mädel sprechen? Noch dazu, da sie direkt aus der Wildnis kam und sicherlich kein vernünftiges Wort reden konnte. Und dann fiel ihm mit Schrecken ein, daß auf Armada sicherlich nur Portugiesisch gesprochen worden war. Ob sich Dolores überhaupt würde mit ihm verständigen können? Sprach sie nur Portugiesisch, dann war das unmöglich. Lutz Rodenberg hatte Hans nichts davon gesagt, daß Dolores die deutsche Sprache vollkommen beherrschte.

Und Hans erschien das plötzlich wie ein Unglück, wenn Dolores und er sich in keiner Sprache verständigen könnten. Was sollte überhaupt werden, war sie allein des Portugiesischen mächtig? Keiner von ihnen kannte diese Sprache. Wie sollte man sich da mit ihr unterhalten? Da würde Onkel Lutz permanent den Dolmetscher spielen müssen, und das erschien ihm wenig reizvoll. Vergessen war, daß er nur wenige Worte hatte mit ihr wechseln wollen. Es machte ihm plötzlich heftige Sorge, ob Dolores und er sich würden verständigen können. Er brachte es auch nicht über sich, mit den anderen darüber zu sprechen.

Am nächsten Morgen machte er noch einen weiten Ritt hinüber zu den Bergen. Er ritt einen schmalen Saumpfad hinauf bis zu den Holzfällern. Die schwierigsten Stellen suchte er auf und so auch dann bergabwärts, als er von den Holzfällern zurückkam. Unten in der Ebene flog er mit seinem Pferd im schnellsten Tempo dahin, setzte über Gräben und Hecken hinweg und scheute vor keinem Hindernis. Obgleich er erst seit einigen Monaten reiten konnte, saß er prachtvoll zu Pferd, und es ging alles vorzüglich.

Aber er fragte sich etwas bedrückt, ob er mit seiner Reitkunst auch neben Dolores würde bestehen können. Onkel Lutz hatte ihm erzählt, daß sie eine exzellente Reiterin sei und sogar auf ungesatteltem Pferde reiten könne. Er wollte sich doch von so einem kleinen Mädel nicht in den Schatten stellen lassen.

Da war er schon wieder in Gedanken bei Dolores. Wie er es auch anstellte, immer mußte er an sie denken. So ein Unsinn, als ob er nichts Wichtigeres zu denken hatte. Er bemühte sich krampfhaft, an andere Dinge zu denken, und weil nichts anderes fruchten wollte, vertiefte er sich in eine schwere mathematische Aufgabe. Das gelang endlich.

Aber sobald er die Aufgabe gelöst hatte, war er wieder mit seinen Gedanken bei Dolores. Unzufrieden mit sich selbst, kam er bei den Werken an, wo er sein Reitpferd in einen Stall einstellte. Dann begab er sich zu seinem Schwager, Direktor Ralf Bernd, und berichtete ihm von dem Stand der Arbeiten bei den Holzfällern.

Ralf Bernd hatte neue Aufträge für ihn. Hans wußte in allen Teilen des riesigen Betriebes gut Bescheid und war praktisch und theoretisch überall tätig. Hatte doch der Großvater schon von jeher darauf gehalten, daß er sich gut einarbeitete, damit er einst als Chef der Werke gut Bescheid wüßte. Daß nun Onkel Lutz zurückgekommen und Herr der Werke war, änderte nichts an der Sache, denn Hans gedachte seine Kräfte dauernd den Rodenberg-Werken zu widmen. Er ahnte nicht, daß Lutz Rodenberg im Sinn hatte, ihm nach seinem Tod die Werke zu vererben. Das wäre jedoch nicht nötig gewesen, sein Interesse an den Werken wachzuhalten, er war ohnedies völlig damit verwachsen.

Als er alles Geschäftliche mit Ralf besprochen hatte, sagte er, sich an die Stirn schlagend:

»Jetzt hätte ich wahrhaftig bald vergessen, dir einen Auftrag von Eva Maria auszurichten. Sie erwartet dich heute zum Mittagessen, wir wollen noch einmal genau besprechen, wie wir Onkel Lutz und Dolores begrüßen. Ich fahre am Nachmittag in die Stadt zum Bahnhof, der Zug kommt vier Uhr dreißig an. Da sind wir noch vor fünf Uhr in Villa Melanie. Eva Maria kommt schon vorher nach Villa Melanie hinüber, und selbstverständlich mußt auch du dasein, Ralf, da du zur Familie gehörst. Eva Maria will das alles aber noch selbst mit dir besprechen.«

»Gut, ich komme zu Tisch zu euch. Dann können wir alles besprechen. Aber wir können doch gleich zusammen gehen, Hans?«

»Nein, Ralf, ich bin zu Pferd.«

»Ah, richtig, wie stehst du mit deinem Pferd?«

»Auf dem besten Fuß. Du solltest dir auch eines anschaffen, Ralf, es ist wundervoll, so am frühen Morgen durch den Wald zu reiten. Auch auf die Berge hinauf trägt dich ein Pferd, wohin du mit dem Auto nicht gelangen kannst. Auch Eva Maria hat große Lust, Reitunterricht zu nehmen. Das hast du ja nicht nötig, da du schon früher geritten bist.«

»Nein, zu lernen brauche ich es nicht, wenn ich auch, solange ich auf den Werken bin, noch kein Pferd wieder bestiegen habe. Wenn aber Eva Maria reiten lernt, dann fange ich es auch wieder an.«

»Famos, dann reiten wir alle außer Jo und Tante Melanie, Onkel Lutz und Dolores werden es natürlich am besten können.«

»Gut, auch das können wir heute mittag mit Eva Maria besprechen.«

Die beiden Herren trennten sich. Hans hatte noch allerlei Geschäfte zu erledigen, dann ritt er zur Mittagszeit heim.

Ralf folgte ihm bald, und bei Tisch wurde dann unter anderem auch über das Reiten gesprochen. Eva Maria machte kein Hehl daraus, daß sie gern Reitunterricht nehmen möchte. So wurde beschlossen, daß sie gleich nächste Woche damit beginnen sollte. Sie wollte Onkel Lutz bitten, ein Pferd für sie zu kaufen, da er das sicher am besten verstand.

»Wahrscheinlich wird er für sich und Dolo ebenfalls Pferde kaufen wollen«, sagte sie.

»Dann werde ich ihn bitten, auch mir eines mitzubesorgen«, schloß Ralf sich ihr an.

Und dann verabredeten sie, um halb fünf Uhr in Villa Melanie zu sein. Ralf versprach, Eva Maria abzuholen und zu begleiten.

Hans ging nicht erst noch einmal zu den Werken hinüber, es lohnte sich nicht, da er bald zum Bahnhof fahren wollte. Während Ralf sich von Eva Maria verabschiedete, warf Hans einen Blick in die Zeitung. Seine Schwester setzte sich zu ihm, als sie wieder hereinkam. Hans sah unschlüssig zu ihr hinüber.

»Du, Eva Maria!«

Sie sah von dem Buch auf, in das sie sich eben vertiefen wollte.

»Was denn, Hans?«

»Eva Maria, wenn Dolores nun nur Portugiesisch spricht? Ich kann doch nur Englisch und etwas Französisch sprechen.«

Eva Maria lachte.

»Aber Hans, wo denkst du hin? Dolores hatte doch eine deutsche Mutter, und sie hat einen deutschen Stiefvater, da wird sie sich doch in deutscher Sprache verständlich machen können.«

Er atmete auf.

»Das will ich nur hoffen, denn es wäre doch scheußlich beschwerlich für alle Teile, wenn sie nur Portugiesisch spräche.«

»Das halte ich für ausgeschlossen. Onkel Lutz hätte dann sicher davon gesprochen, wo er doch so vorsorglich ist in allen Dingen, die Dolo betreffen. Da er es nicht tat, halte ich es für selbstverständlich, daß sie die deutsche Sprache beherrscht. Ich freue mich sehr auf sie, Hans, sie scheint ein entzückendes Geschöpf zu sein.«

»Findest du?« fragte Hans mit angenommener Gleichgültigkeit.

»Gewiß! Du vielleicht nicht?«

»Ich kenne sie doch gar nicht.«

»Aber ihr Bild. Du hast doch auch ihr Bild gesehen?«

»Ja, flüchtig – aber was sieht man schon auf so einem Bild.«

»Aber Hans, ein bißchen mehr Interesse könntest du doch an den Tag legen für diese neue Cousine.«

»Bitte – Stiefcousine, sie ist nicht blutsverwandt mit uns«, konstatierte er wichtig.

Und Eva Maria ahnte nicht, daß ihm das wirklich sehr wichtig erschien, wenn er auch nicht wußte, warum es der Fall war.

Eva Maria sah ihn unbehaglich an.

»Hans, du wirst hoffentlich nett zu ihr sein?« fragte sie unruhig.

»Erst mal sehen, ob sie auch nett zu mir ist«, bockte Hans.

»Aber, lieber Hans, vergiß doch nicht, wie lieb Onkel Lutz seine kleine Stieftochter hat.«

»Na ja, deshalb ist doch noch nicht heraus, ob sie uns gefällt, mal erst abwarten«, steigerte sich Hans immer mehr in eine Abwehrstellung hinein.

Kummervoll sah die Schwester in sein etwas trotziges Gesicht. Sie kannte dieses abwehrende Verhalten gar nicht an ihm, er war doch sonst zu den meisten Menschen freundlich und zugänglich.

»Ich bitte dich, Hans, bedenke doch, daß das arme Kind ein kleiner Wildling ist, sie wird sehr scheu und unbeholfen sein. Bedenke, daß sie in weltabgeschiedener Einsamkeit gelebt hat, daß sie kaum einen anderen Umgang hatte als ihre schwarze Dienerschaft und ein paar ebenso weltfremde Freundinnen. Da muß man vernünftig und nachsichtig sein. Ich hoffe, du machst Onkel Lutz und mir keinen Kummer, indem du unliebenswürdig zu ihr sein wirst.«

Hans bekam eine rote Stirn.

»Ich bin doch kein Menschenfresser, Eva Maria«, sagte er, sich zum Lachen zwingend.

Ihm war gar nicht wohl in seiner Haut. Er fühlte, dieser Cousine – Stiefcousine – gegenüber würde er ein ganz ungeschickter, unfreier Mensch sein. Das wußte er schon im voraus. Sicherlich würde er ihr gegenüber hundert Torheiten begehen.

Und sie würde sich vielleicht gar darüber lustigmachen, würde ihn vielleicht gar nicht für voll nehmen neben Onkel Lutz und Ralf. Vielleicht war sie ein launisches, verzogenes und anspruchsvolles Geschöpf. Und er hatte keine Ahnung, wie er es anfangen sollte, ihr zu imponieren. Das wollte er auf jeden Fall, irgendwie mußte er das erreichen. Aber wie?

Eva Maria lachte mit.

»Nein, ein Menschenfresser bestimmt nicht, aber ich denke noch mit Schrecken daran, wie ruppig du manchmal zu Jo gewesen bist.«

»Oh, war die mir gegenüber nicht auch ruppig? Und wie! Viel mehr als ich zu ihr. Und bin ich jetzt nicht immer sehr nett zu ihr, seit sie es zu mir ist?«

»Das muß ich zugeben. Und so hoffe ich auch, daß du dich mit Dolo gut verstehen wirst. Wir dürfen nur nicht vergessen, daß sie sich erst in die neuen Verhältnisse hier eingewöhnen muß. Denke dir nur, wie schwer es ihr werden wird. Das arme Kind!«

Er nickte, und es wurde ihm ganz weich ums Herz.

»Natürlich müssen wir ihr helfen. Es wird schon gehen. Aber nun muß ich mich fertig machen.«

Er suchte sein Zimmer auf und verwandte heute ganz besondere Sorgfalt auf seinen Anzug und auf seinen Scheitel. Als er sich dann von seiner Schwester verabschiedete, reichte sie ihm einen großen Blumenstrauß.

»So, Hans, das hättest du sicher vergessen.«

Verdutzt sah er auf die Blumen herab.

»Was soll ich denn damit?«

»Aber Hans, wenn ein Herr ein Dame vom Bahnhof abholt, muß er ihr doch Blumen zum Willkommen mitbringen.«

Er bekam einen roten Kopf.

»Daran habe ich wahrhaftig nicht gedacht! Ich danke dir, Eva Maria, du denkst doch an alles.«

Er küßte sie, nahm die Blumen und ging eilig hinaus. Sorglich legte er den Strauß auf den Sitz neben sich. Dann winkte er der Schwester noch einmal zu.

»Sei pünktlich in Villa Melanie!« rief er ihr zu.

Ihm war, als würde ihre Gegenwart ihm mehr Sicherheit gegeben haben. Aufatmend lehnte er sich im Wagen zurück, sich überlegend, was er zu Dolores sagen sollte. Dann zog er einen Taschenspiegel, den er sich erst vor kurzem zugelegt hatte, hervor und prüfte, ob seine Krawatte sich nicht verrückt habe. Auch den Hut lüftete er ein wenig, um zu sehen, ob der Scheitel noch in Ordnung war. Denn wenn Dolores sich vielleicht über seinen Schopf lustigmachen würde, wie es Jo so oft getan – dann – ja – was machte er dann?

Er warf sich so ungestüm in den Wagen zurück, daß sein Hut fast heruntergefallen wäre. Er mußte nochmals in den Spiegel gucken, ob alles in Ordnung war, und schnitt sich eine Grimasse. Aber dann lehnte er sich ganz behutsam zurück. Seine Laune war fürchterlich.

Eine halbe Stunde später stand er, mit dem Blumenstrauß bewaffnet, auf dem Bahnsteig und versuchte immer noch vergeblich, sich eine passende Anrede für Dolores zurechtzulegen. Er hatte das sichere Gefühl, er würde sich unsterblich blamieren, und das besserte seine Laune durchaus nicht.

Dann lief der Zug ein, und er sah an einem Fenster Onkel Lutz stehen und neben ihm ein schlankes, zierliches, weibliches Wesen. Da der Zug noch nicht hielt, konnte er sich kein Bild von diesem weiblichen Wesen machen, aber sicherlich war es Dolores Vanzita. Der Zug hielt, und Hans eilte an die Tür des Wagens, wo Onkel Lutz aussteigen mußte. Gleich darauf stieg dieser aus und hob dann Dolores aus dem Wagen. Hans sah Dolores an und fühlte, daß das Herz ihm bis zum Hals hinauf pochte. Er zog den Hut, machte eine Verbeugung und streckte dann Dolores die Blumen entgegen.

»Herzlich willkommen – und viele Grüße von allen«, sagte er ein bißchen heiser.

Und dann ergriff er die kleine, elegant bekleidete Hand, die sich ihm ein bißchen zaghaft entgegenstreckte. Ihm war, als habe er noch nie eine so kleine weiche Hand gefühlt. Wie ein

Vögelchen schmiegte sie sich in die seine, und er meinte, ihren Pulsschlag zu spüren.

»Lutzvater — das ist Vetter Hans, nicht wahr?« fragte ein weiches Stimmchen in korrektem Deutsch, das nur einen leisen fremden Akzent hatte.

Hans wagte nun erst, einen vollen Blick auf Dolores' Gesicht zu werfen, und da erschrak er bis ins Herz hinein vor dem Blick der großen, samtbraunen Augen, in denen goldene Lichter funkelten wie gefangene Sonnenstrahlen. Er stand fast gelähmt, sah sie an mit seinen blauen Augen wie ein holdes Wunder und bekam einen roten Kopf. Seine Verlegenheit teilte sich Dolores mit. Unter dem Blick seiner blauen Augen, die sie so sehr an die Lutzvaters erinnerten und doch so ganz anders blickten, stieg auch in ihr Gesicht eine dunkle Röte. Sie schraken beide fast schmerzhaft zusammen, als Lutz lachend sagte:

»Freilich ist das Hans! Erkennst du ihn nicht an seiner Ähnlichkeit mit mir?«

»Ja, Lutzvater, ich sah ja auch sein Bild und wußte es gleich. Vielen Dank, Vetter Hans, für die schönen Blumen. Oh, wie frisch sie noch sind! Wenn wir drüben Blumen abschneiden, welken sie schnell.«

»Die Blumen hat mir Eva Maria für dich mitgegeben«, sagte er ehrlich.

»Oh, wie lieb von ihr!«

»Sie freuen sich alle sehr auf dich, Dolores.«

»Ich freue mich auch auf alle, ich bin nur bange, ob sie mich leiden mögen. Aber bitte, nenne mich Dolo, wie es Lutzvater auch tut, ich höre es lieber.«

»Dann werde ich dich nur Dolo nennen. Und — ob sie dich leiden mögen — das ist doch selbstverständlich!« fuhr es ihm heraus.

Sie lächelte zu ihm auf.

»Ich will mir viel Mühe geben, euch allen zu gefallen.«

Er öffnete den Mund und wollte sagen: mir auch? Aber er verschluckte das und sagte hastig:

»Nun kommt zum Wagen. Ich bin durchs Los bestimmt worden, euch abzuholen, weil doch nicht alle kommen konnten. Und keiner wollte freiwillig verzichten. Ich hatte Glück.«

Dolores wurde das Herz warm. Ich hatte Glück, hatte Hans gesagt, weil er kommen durfte, sie abzuholen. Das klang wie ein herzliches, schönes Willkommen.

»Wir hatten gar nicht gedacht, daß einer von euch am Bahnhof sein würde«, sagte Lutz und schob den Arm unter den seines Neffen.

»Wie ist es mit eurem Gepäck, ist das euer ganzes Handgepäck?« fragte Hans, den kleinen Necessairekoffer von Dolores aufnehmend.

»Handgepäck führen wir keines mit, aber sonst sehr viel Gepäck.«

»Das konnte ich mir denken und habe deshalb ein Lastauto von den Werken herbeordert, damit ihr alles gleich hinausbekommt.«

Hans war froh, daß er so gleichgültige Dinge zu sagen hatte. Er hätte freilich am liebsten immerfort: Dolo! Dolo! gerufen, aber das wäre blamabel gewesen.

»Das war ein guter Einfall, Hans, dann können wir unser gesamtes Gepäck sogleich befördern lassen«, sagte Lutz.

»Bitte, gib mir euren Gepäckschein, ich gebe ihn dem Chauffeur des Lastautos, dann brauchen wir uns nicht weiter darum zu kümmern, und ihr habt schnell alles draußen.«

Lutz Rodenberg nahm den Gepäckschein aus der Brieftasche.

»Wir bekommen noch eine Anzahl Frachtstücke, die wir extra verschickt haben. Immerhin sind jetzt sechs Koffer zu befördern. Du mußt bedenken, daß es sich bei uns um eine Übersiedlung handelt.«

»Das habe ich bedacht, Onkel Lutz.«

Hans begleitete die beiden Reisenden zum Auto und half Dolores beim Einsteigen. Dann entschuldigte er sich und ging zum Chauffeur des Lastautos, dem er den Gepäckschein übergab und genaue Weisung erteilte. Dann stieg auch er in den Wagen.

Lutz Rodenberg und seine Stieftochter saßen im Fond, und Hans setzte sich so, daß er Dolores ansehen konnte. Ihm schien, als habe er noch nie ein so reizendes Gesicht gesehen wie das ihre. Ganz wunderlich war ihm zumute, er hätte in einem fort lachen mögen, so recht von Herzen glücklich lachen. Aber dann würde er wohl Vater und Tochter närrisch erschienen sein, und so zwang er sich zu einem ernsthaften Gesicht. Aber er schob den Hut weit aus der Stirn, als sei ihm zu heiß, und jetzt dachte er nicht mehr an seinen Scheitel.

»Hattet ihr gute Überfahrt?« fragte er artig.

»Danke, das Wetter war uns günstig«, erwiderte Lutz.

»Ich dachte, Dolo würde nicht Deutsch sprechen und war darum sehr in Sorge, wie wir uns mit ihr verständigen sollten. Nun freue ich mich, daß sie so gut Deutsch spricht.«

Dolores war so recht von Herzen glücklich, weil dieser große Junge, dieser neue Cousin, ihr so gut gefiel, und weil er sie so freundlich ansah – gar nicht zum Fürchten sah er aus.

»Wie froh bin ich, daß ich die deutsche Sprache beherrsche, ich hätte sonst ja nicht mit euch plaudern können.«

»Sprichst du außer Deutsch und Portugiesisch noch eine andere Sprache, Dolo?« machte Hans artig Konversation.

»Etwas Englisch und Französisch, aber nicht so gut, daß ich mich ohne Schwierigkeiten darin unterhalten könnte. Wir, meine Freundinnen und ich, hatten zu dritt eine Lehrerin, die es uns gelehrt hat, aber nachher sind wir nicht mehr in Übung geblieben. Sprichst du noch andere Sprachen außer Deutsch?«

»Englisch perfekt, da bleibe ich auch immer in Übung mit Eva Maria. Mit dem Französisch hapert es, aber Eva Maria spricht es geläufig, sie war in Genf in Pension.«

Lutz Rodenberg beobachtete die beiden jungen Menschen mit einem frohen Lächeln. Und er bemerkte recht wohl, daß sie sich immer wieder suchend und forschend ansahen und wie sich dabei Hans Dornaus Stirn rötete und Dolores das Blut ins Gesicht schoß. Da schloß er für einen Moment die Augen, wie vor einem jähen, aber wunderschönen Gedanken.

Dolo und Hans! – Herrgott, das würde ein Paar nach seinem Herzen sein. Aber nein, nicht einmal daran denken wollte er, an so zarte Dinge darf nicht gerührt werden. Die beiden waren ja fast noch Kinder. Nein — doch nicht — aber noch sehr junge und unreife Menschen. Da würden noch Jahre vergehen, ehe diese beiden daran denken konnten, ein Bündnis für das ganze Leben zu schließen. Aber wenn es das Schicksal so fügte, wie es jetzt blitzartig durch sein Hirn geschossen war — dann — o ja, dann mußte es herrlich sein.

Und er beobachtete weiter, sah, wie Hans sich zuweilen einen Ruck gab, um seine Augen für eine Weile von Dolos Gesicht zu lösen, und dann doch wieder wie magnetisch angezogen wurde, sah, daß Dolos Augen immer wieder groß und fragend an Hans Dornaus Gesicht hingen.

»Lutzvater!«

Er schrak auf aus seinen Gedanken.

»Was willst du, Dolo?«

»Es ist wirklich auffallend, wie sehr dir Vetter Hans gleicht.«

»Nicht wahr, ich habe dir nicht zuviel gesagt?«

»Nein, nein, er hat sogar dieselbe Haltung wie du, zieht die Stirn beim Sprechen in dieselben Falten, und seine Augenbrauen sind genauso gewachsen wie die deinen. Nur die Narbe fehlt.«

Hans fühlte sich unter Dolos vergleichendem Blick seltsam beklommen. Er wußte ganz genau, so wie sie hatte ihn noch kein Mensch angeblickt, und solche Augen wie die ihren hatte er überhaupt noch nie gesehen. Was war nur an diesen Augen, daß sie ihm bis ins Herz hineinleuchteten? Und er mußte sich wieder einen Ruck geben und von Dolo fortsehen.

Wie ein Bann lag es während der ganzen Fahrt auf ihm, und doch hätte er diesem Bann nicht entfliehen mögen.

Die Fahrt verging ihm viel zu schnell, und als der Wagen vor Villa Melanie hielt, schrak er empor wie aus einem Traum.

Auf der Terrasse hatten sich alle Familienmitglieder aufgestellt, die Ankommenden zu erwarten. Hans stieg zuerst aus, als das Auto hielt, und hob Dolores heraus. Und ihm war, als drehe sich die ganze Welt mit ihm, als er den schlanken Körper dicht an dem seinen fühlte. Mit einem Ruck trat er von ihr zurück, als er sie auf die Füße gestellt hatte, und überließ es Onkel Lutz, sie hinaufzuführen, wo ihnen die anderen entgegenkamen. Er gab nur die Blumen, die er Dolores abgenommen hatte, einem Diener mit der Weisung, sie in einer Vase auf Dolores' Zimmer zu stellen. Langsam ging er dann hinter den beiden her. Dolores wurde von allen Seiten herzlich begrüßt und willkommen geheißen. Der Vater stellte sie seinen Angehörigen vor, und sie fühlte auf der Stelle: hier wurde sie mit warmem Herzen aufgenommen. Am besten gefiel ihr Eva Maria. Als diese sie liebevoll in ihre Arme zog, sagte Dolores leise:

»Dich hab' ich lieb, Eva Maria!«

Gerührt sah diese in das reizende junge Gesicht.

»Ich dich auch, Dolo, von ganzem Herzen. Wir müssen gute, sehr gute Freundinnen werden.«

Und noch einmal küßten sich beide.

Hans, der daneben stand, hatte ein eigenartiges Gefühl dabei. Zum erstenmal in seinem Leben beneidete er seine Schwester.

Jolante reichte Dolores lächelnd die Hand.

»Herzlich willkommen, Dolores, ich freue mich, dich kennenzulernen.«

»Du bist Jolante, nicht wahr?«

»Ja, aber bitte, nenne mich Jo wie die anderen auch, das ist kürzer und einfacher, liebe Dolores.«

»Gut, aber dann nenne du mich Dolo, das ist auch kürzer, und ich höre es lieber.«

Dolo näherte sich Tante Melanie mit einiger Beklommenheit. Da war sie nun doch, die gefürchtete Hausdame, die immer mit ihr und Vater am Tisch sitzen und die immer dabeisein würde, wenn sie gerade mit Lutzvater allein sein wollte. Aber ein Blick in Frau Melanies gute Augen, in das sanfte, stille Gesicht verscheuchte alle Sorge. Sie umarmte die Tante und sagte bittend:

»Hab Geduld mit mir, wenn ich nicht immer das Richtige tun werde, und versuche, mich ein wenig liebzuhaben.«

»Ach, du süßes Kind, wer sollte dich nicht liebhaben?« erwiderte diese und küßte Dolores innig.

Hans trat unruhig von einem Fuß auf den anderen. Es gefiel

ihm gar nicht, daß Dolores von allen geherzt und geküßt wurde. Jetzt kam auch noch Ralf heran.

Wenn der sie auch küßte, dann –

Er wußte nicht, was dann geschehen würde, aber er fühlte zum erstenmal einen heftigen Groll gegen Ralf Bernd. Wenn der sich erlauben würde, Dolores zu umarmen und zu küssen, dann mußte er ihn als seinen Feind betrachten. Und er sagte sich, daß er sehr dumm gewesen sei, daß er Dolo auf dem Bahnhof nicht einfach auch umarmt und geküßt hatte, schließlich hatte er doch dasselbe Recht dazu wie die anderen.

Zum Glück begnügte sich Ralf mit einer Verbeugung und einem Händedruck ohne verwandtschaftlichen Kuß und Umarmung. Hans atmete auf, und die Feindschaftsgefühle für Ralf verschwanden aus seinem Herzen. Aber oft noch machte er sich brennende Vorwürfe, daß er Dolo nicht auch geküßt und umarmt habe. Als Vetter hatte er doch das vollste Recht dazu gehabt. Jetzt betonte er bei sich nicht den *Stiefvetter*.

Immer, wenn er in der Folge an Dolo dachte – und das geschah sehr oft –, malte er sich aus, wie es wohl hätte sein müssen, wenn er sie umarmt und geküßt hätte.

Dolores wurde nunmehr von Jolante und Eva Maria in ihre Zimmer geführt, die sie jubelnd bewunderte. Und dann plauderte sie noch ein Weilchen mit den beiden Cousinen und bat sie, ihr immer ungeniert zu sagen, wenn sie irgend etwas tun oder sagen würde, was nicht gut und richtig sei.

»Ich muß erst sehr, sehr viel lernen, das hat Lutzvater mir schon gesagt, und ich werde genau aufpassen, wie ihr alles macht, dann wird es schon werden. Auf dem Dampfer habe ich den Damen schon mancherlei abgesehen, aber Lutzvater hat mir gesagt, alles müsse ich nicht nachmachen, was die anderen fremden Damen tun, ich solle mich in allen Dingen nur – nach euch richten.«

Sie hatte sagen wollen: nach Eva Maria richten. Aber es fiel ihr ein, daß Jolante darüber gekränkt sein könnte.

Jolante lachte:

»Nun, ich weiß nicht, ob ich dir ein leuchtendes Beispiel sein werde, halte dich lieber an Eva Maria, da gehst du sicherer.«

»Du brauchst gar keine Sorge zu haben, Dolo, du wirst nie etwas tun, was unpassend wäre, und wenn du etwas sagst oder tust, was bei uns ungewöhnlich ist oder nicht Brauch, dann will ich dich gern aufmerksam machen, und Jo wird das gewiß auch tun.«

Dann ließen Jolante und Eva Maria Dolores allein, damit sie sich etwas erfrischen konnte.

Man wartete draußen auf der Terrasse mit dem Tee auf Vater und Tochter. Auch Lutz hatte sich ein wenig erfrischt. In froher Stimmung saßen dann alle um den Teetisch und wetteiferten miteinander, Dolores zu verwöhnen, alle waren sie von ihr entzückt. Sie war es aber so sehr gewöhnt, daß alle Menschen freundlich zu ihr waren, daß sie sich kaum darüber wunderte.

Mit allen plauderte sie angeregt, erzählte von den neuen Eindrücken, die schon auf sie eingestürmt waren, seit sie Armada verlassen hatte, und lachte sich selber ein bißchen aus wegen ihrer Weltfremdheit. Damit bezauberte sie aber alle, und am meisten Hans. Mit diesem sprach sie jedoch selten ein Wort. Sie vermied es, ihn direkt anzureden, und er wiederum war so vollständig damit beschäftigt, ihr zuzuhören, daß auch er nicht mit ihr sprach. Er trank den süßen Wohllaut ihrer Stimme in sich hinein und fand, daß sie entzückend plauderte und daß der fremdartige Akzent einen besonderen Reiz besitze. Aber immer wieder trafen ihre Augen zusammen und wichen dann schnell voneinander, aber nur, um sich gleich darauf wieder zu suchen.

Hans hätte sie ohne Unterlaß ansehen und ihr in einem fort zuhören mögen. Wie eine fremdartige, holde Blume wirkte sie auf ihn, und er war so recht von Herzen glücklich, daß sie da war und nun immer hier sein würde.

V

Schneller, als alle gedacht hatten, war Dolores mit den neuen Verhältnissen vertraut geworden. Sie war sehr anpassungsfähig, und alle machten es ihr leicht, sich einzugewöhnen. Eine Zofe hatte sie auch bereits engagiert; es war ein hübsches, frisches Mädchen, das immer schwarze Kleider und zierliche weiße Häubchen und Schürzchen trug, und viel, viel geschickter und gewandter war als Boni und Joni. Auch das Herz ihrer Zofe gewann Dolores im Sturm.

Daß der Vater auch hier den größten Teil des Tages in den Werken war, hatte sie nicht anders erwartet. Daran war sie gewöhnt, und in seiner Abwesenheit war sie hier nie allein. Jemand war immer bereit, ihr Gesellschaft zu leisten. Am innigsten schloß sie sich an Eva Maria an. Und wenn sie in eine Situation kam, der sie sich nicht gewachsen fühlte, flog ihr Blick hilfesuchend zu der Cousine hinüber, und schnell war diese dann an ihrer Seite und griff helfend ein. Sehr oft war Dolores drüben in Villa Rodenberg, aber Hans war dann meistens in den Werken, und wenn er nach Hause kam und erfuhr, daß Dolo in seiner Abwesenheit dagewesen war, betrachtete er das als einen großen Verlust.

Jolante hatte nicht viel Geschick, mit Dolores umzugehen. Sie fand zu leicht einen etwas spöttischen Ton und lachte, wenn Dolores etwas falsch machte. Das war durchaus nicht böse gemeint, sie fand Dolores sehr drollig und hatte sie sehr gern, aber Dolores war zu feinfühlig und zu leicht verletzt, wenn sie ausgelacht wurde, gerade weil sie sich nicht ganz sicher fühlte. Eva Maria lachte nie, wenn sie etwas Falsches sagte oder tat. Immer war sie bereit zu helfen, und immer gab sie ihr richtigen Bescheid, was sie tun und lassen sollte. Dafür konnte Dolores Eva Maria bei dem neu angefangenen Reitunterricht wertvolle Winke geben. Eva Maria besaß nun ein hübsches, frommes Pferd, während Lutz Rodenberg für seine Tochter und sich etwas temperamentvollere Tiere gekauft hatte. Dolores besaß wiederum einen Goldfuchs, der sehr feurig war, so wie sie es liebte. Auch für Ralf Bernd hatte Lutz ein Reitpferd besorgt.

Nun ritten sie jeden Morgen eine Stunde aus, Eva Maria wurde in die Mitte genommen, bis sie sicher war. Diese Morgenritte waren für Dolores freilich nur ein schwacher Ersatz für die Ritte über die weiten Campos. Sie konnte nicht stundenlang über unbegrenzte Grasfluren dahinjagen, aber wenigstens konnte sie in die Berge reiten und in den Bergwald hinein, wo sich wunderhübsche Reitwege für sie fanden.

Hans war selbstverständlich ebenfalls immer an diesen Morgenausflügen beteiligt, und welch eine Wonne war es erst für ihn, wenn Dolores ihn auf seinen geschäftlichen Ritten begleitete. Eva Maria hatte meistens nach einer Stunde reichlich genug, und Ralf und Lutz mußten dann in die Werke und konnten auch, außer an den Sonntagen, nicht weiter an Dolores' Seite bleiben. Das war Dolores aber viel zuwenig, und daher fiel Hans ganz von selbst das Amt zu, sie zu begleiten, denn er war viel zu Pferde unterwegs. Wie sehr es ihn beglückte, oftmals stundenlang allein mit ihr reiten zu dürfen, verriet er keinem Menschen, auch Dolores nicht — nicht einmal sich selbst.

Sehr stolz und glücklich war er, als Dolores eines Tages zu ihm sagte, er sitze sehr gut zu Pferde und daß er sehr ausdauernd sei. Dolores trug auch hier im Sommer dieselben Reitanzüge wie drüben, weil sie sich als praktisch und bequem erwiesen hatten, und auch Eva Maria ließ sich die gleichen anfertigen.

Wochen vergingen. Dolores fühlte sich nun schon ganz behaglich in Villa Melanie. Eines Morgens fand sich für Dolores die Gelegenheit, Hans auf einem Ritt in die Berge begleiten zu können. Er mußte nach verschiedenen Stellen reiten, und sie waren stundenlang zu Pferde, als sie endlich den Heimweg antraten. Dolo hatte es auch hier verstanden, sich bei den Arbeitern beliebt zu machen. Sie begleitete Eva Maria immer, wenn diese die Arbeiterfamilien besuchte, und hatte gleich jener stets offene Hände für die Arbeiterkinder, mit denen sie herumtollen konnte, als sei sie selbst noch ein Kind. Und die Holzfäller, diese wilden, wetterharten Leute, lachten über das ganze Gesicht, wenn Dolores Hans begleitete und ein Weilchen mit ihnen plauderte und lachte. Als sie nun heute abwärts ritten, sagte Dolores aufatmend:

»Das war endlich wieder einmal ein Ritt, um den es sich verlohnte, in den Sattel gestiegen zu sein.«

Hans sah sie mit heimlicher Bewunderung an.

»Wirst du nie müde, zu Pferde zu sitzen, Dolo?«

Sie lachte.

»Müde? Oh, was denkst du, Hans! Ich kann hier doch nie genug bekommen. Drüben war ich oft fünf bis sechs Stunden ununterbrochen im Sattel. Manchmal früh und auch nachmittags. Von den Entfernungen in den Campos macht ihr euch hier gar keinen Begriff. Da zählen ein paar Stunden mehr oder weniger nicht.«

»Aber ihr hattet doch auch ein Auto zur Verfügung. Wozu stundenlang auf dem Pferd sitzen, wenn man dieselbe Strecke in viel kürzerer Zeit im Auto zurücklegt?«

»Der Tag ist in den Campos schrecklich lang, hier fliegt er nur so dahin. Drüben ist man froh, wenn man etwas vorhat, was viel Zeit in Anspruch nimmt. Wenn ich zum Beispiel meine Freundin Angela Frasquita besuchte, brauchte ich reichlich zwei Stunden bis zur Poststation und ebenso viele zurück. Eine Stunde blieb mir dann, um mit Angela zu plaudern. Wenn ich dann früh, nachdem ich mit Lutzvater gefrühstückt hatte, fortritt, im schnellsten Tempo natürlich, dann konnte ich bis Mittag wieder zurück sein. Besuchte sie freilich Inez Hermados, dann fuhr ich im Auto, denn die wohnte viel weiter, und man hätte es kaum in einem Tag schaffen können, hin und zurück zu reiten. Manchmal trafen wir uns freilich in den Bergen, Inez und ich. Es führte ein Reitweg durch die Berge nach dem Rancho ihres Vaters, der bedeutend näher war, aber mit dem Auto konnte man ihn nicht befahren. Hatten wir ein Rendezvous in den Bergen vereinbart, ritten wir zu derselben Zeit von zu Hause fort und trafen nach reichlich drei Stunden mitten auf der Strecke zusammen. Das war sehr lustig.«

»Du rittest dann doch aber nicht allein?« fragte er erschrocken.

»Doch, ganz allein!«

»Um Gottes willen, wenn dir da etwas zugestoßen wäre!«

»Was sollte mir zustoßen?« fragte sie sorglos.

»Nun, du konntest vom Pferd stürzen.«

Sie lachte hell auf.

»Aber Hans, ich vom Pferde stürzen? Soll ich dir einmal einige meiner kleinen Reitkunststücke vorführen? Nur damit du siehst, daß ich fest mit meinem Pferd verwachsen bin und es immer sicher im Zügel habe.«

»Nein, nein, ich will das nicht sehen«, wehrte er erregt ab. »Und wenn du noch so sicher im Sattel bist, auch andere Unfälle konnten dir zustoßen. Ich begreife nicht, daß Onkel Lutz dich so allein herumstreifen ließ.«

»Das müßte dir doch sagen, daß ich sicher war wie in Abrahams Schoß.«

»Treibt sich denn kein Gesindel da herum?«

Verwundert schüttelte sie den Kopf.

»Weder in den Campos noch in den Bergen. Nie ist mir ein Mensch begegnet, den ich nicht kannte, und wer mich kannte, tat mir sicherlich nichts zuleide.«

»Gab es keine wilden Tiere, die dich erschrecken konnten?« fragte er weiter, und seine blauen Augen waren fast schwarz vor Erregung.

»Außer Jaguaren gab es keine wilden Tiere, die mich hätten erschrecken können.«

Er erblaßte.

»Also Jaguare? Mein Gott, ist dir nie einer begegnet, wenn du so ganz allein warst in der Einsamkeit des Bergwaldes?«

»Doch, zweimal. Sie streiften dicht an mir vorbei, zogen sich aber scheu zurück. Mein Pferd hatte Angst, aber ich nicht, ich hatte ja stets meinen Revolver bei mir — und — ich schieße gut, Lutzvater war mein Lehrmeister. Gottlob habe ich aber kein Tier totzuschießen brauchen, es hätte mir leid getan; sie wollen doch alle leben, und wenn sie einen Menschen anfallen, was selten geschieht, sind diese Menschen selber daran schuld. Man muß wissen, wie man mit Tieren umzugehen hat, nur wenn man sie angreift oder irgendwie erschreckt, sind sie gefährlich.«

Er sah sie mit seltsamem Ausdruck an.

»Ich hätte es nicht zugelassen, daß du allein herumstreiftest. Du bist sehr mutig, aber — ich hätte dich wirklich nicht allein reiten lassen.«

»Dann hätte ich viel Schönes entbehren müssen. Es ist herrlich, allein durch die Campos zu jagen, und ebenso herrlich, allein im Bergwald zu reiten. Fühlst du das nicht auch zuweilen, wenn du allein durch die Berge streifst?«

Er dachte an manche einsame Bergfahrt. Zu Fuß und zu Pferd war er oft stundenlang allein herumgestreift, bei jedem Wetter, und immer war es schön gewesen. Aber — schöner war es noch, mit Dolo zusammen zu sein. Plötzlich kam ihm ein Gedanke, und er sah sie unruhig forschend an.

»Ja, es war zuweilen sehr schön. Und — vielleicht ist dir meine Gesellschaft lästig, Dolo, vielleicht würdest du lieber allein sein?« stieß er heiser hervor und wagte nicht, sie dabei anzusehen.

Sie sah von der Seite in sein zuckendes Gesicht. Oh, wie gern schaute sie in dies Gesicht, das dem Lutzvaters so glich. Wie seltsam das war, wenn seine Gesichtsmuskeln so spielten, Lutzvater war immer sehr erregt oder sehr ärgerlich, wenn es so in seinem Gesicht zuckte.

»Das würde ich dir schon sagen, Hans.«

»Wirklich, würdest du das?«

»Ganz gewiß!«

Er atmete auf, und sein Blick erhellte sich.

»Du mußt mir ganz fest versprechen, es mir sofort zu sagen, wenn dir meine Gesellschaft lästig ist. Gib mir dein Wort«, drängte er. Sie atmete ein wenig beklommen, sagte aber ganz fest und ernsthaft:

»Mein Wort darauf, ich sage es dir gewiß.«

»Und bisher war dir meine Gesellschaft noch nie lästig?« forschte er in selbstquälerischer Pein.

»Nein, noch nie.«

Seine Augen leuchteten auf, daß sie ein wenig erschrak.

»Das freut mich, Dolo, es freut mich überhaupt, daß du da bist.«

Das drängte sich gegen seinen Willen über seine Lippen. Er war sonst sehr sparsam mit solchen Komplimenten. Sie wurde rot und sah scheu zu ihm auf. Dann aber sagte sie rasch:

»Mich freut es auch – daß ich da bin.«

»Ja? Gefällt es dir bei uns?«

»Oh, sehr, alle sind lieb und gut zu mir, Tante Melanie, Jo und Eva Maria. Die am meisten, die liebe ich auch am meisten. Und ich beneide sie! Alles, was sie sagt und tut, ist so schön und gut und wahr. Ich möchte sein wie sie.«

»Du? Oh – du bist doch – du –«

Er stockte, und sie wartete begierig, was er noch hatte sagen wollen. Da er aber schwieg, seufzte sie ein wenig.

»Ich weiß schon – ich muß noch viel lernen.«

»Nein – bleibe nur, wie du bist«, stieß er hastig hervor, ohne sie anzusehen und ein bißchen ärgerlich darüber, daß ihm das über die Lippen gekommen war.

Sie freute sich, daß er das gesagt hatte, aber sie schüttelte ernsthaft den Kopf.

»Nein, wenn ich Eva Maria ansehe, dann weiß ich, wieviel mir noch fehlt. Aber ich will mir Mühe geben, Lutzvater soll mit mir zufrieden sein.«

Mit einem Ruck fuhr er zu ihr herum.

»Ist er das etwa nicht?« fragte er kriegerisch.

Sie lachte ihn an.

»Doch, er ist immer mit mir zufrieden, auch wenn ich ganz törichte Dinge tue. Er hat mich doch lieb.«

»Na also, weshalb willst du dann noch so viel lernen?«

»Das willst du doch auch!«

Er reckte sich in den Schultern.

»Ich bin auch ein Mann«, sagte er stolz. Und er wollte ihr damit sehr imponieren.

Dolores hatte sich zwar vor einigen Tagen sehr über Jolante

geärgert, weil diese von Hans gesagt hatte: Er ist doch noch ein Junge, noch lange kein Mann. Aber da er sich jetzt so stolz vor ihr auftat, wollte sie ihn ein wenig necken. Sie lachte hell auf.

»Willst erst mal einer werden«, sagte sie.

Da zog er die Trotzfalte auf seiner Stirn zusammen. Das gefiel ihm gar nicht, gerade Dolores wollte er doch so schrecklich gern imponieren. Und nun lachte sie ihn aus, weil er sagte, daß er ein Mann sei. Wie bitter ihn das kränkte, ahnte sie nicht. Er zuckte nur die Achseln und sah zornig vor sich hin. Dann sagte er, seinen Schmerz männlich bezwingend:

»Ich gehe nun bald nach Charlottenburg und werde ein paar Semester auf der Hochschule studieren.«

Das klang sehr schroff, und sie zuckte leise zusammen und sah ihn erschrocken an.

»Fort? Du?« fragte sie leise.

»Ja!« nickte er trotzig.

»Was willst du denn noch lernen, du weißt doch schon so viel?«

»Ich will ein Mann werden«, stieß er heftig hervor.

»Lernt man das auf der Hochschule?« fragte sie kleinlaut.

»Hm! Auch!«

Sie schluckte tapfer ihr Herzweh hinunter.

»Gehst du schon bald fort?«

»Sobald der Herbst kommt. Solange Sommer ist, bleibe ich noch zu Hause.«

»Wie lange willst du denn fortgehen?«

»Drei Jahre wahrscheinlich, in der Zeit denke ich den Doktor-Ingenieur zu schaffen. Ich muß ja nur im Theoretischen nachhelfen, in der Praxis können sie mich nichts mehr lehren. Onkel Lutz sagt das auch. Und er wünscht, daß ich den Doktor mache. Er hat ja auch recht!«

Das alles stieß er zornig und trotzig hervor.

Sie mußte wieder schlucken.

»Du freust dich wohl, daß du fort kommst?«

Ihre Stimme brach ein wenig, aber er verhärtete sich dagegen.

Er konnte es nicht verwinden, daß sie ihn ausgelacht hatte und nicht glauben wollte, daß er ein Mann sei.

»Ja, sehr!« trumpfte er auf.

Ihre Augen trübten sich ein wenig, und sie fühlte, wie ihr das Herz weh tat. Schlimm erschien es ihr, daß er jahrelang fortgehen wollte, und noch schlimmer, daß er sich darüber freute.

»Warum — warum freust du dich denn so sehr darauf?« fragte sie mit bebender Stimme.

Er freute sich gar nicht, das Herz tat ihm genauso weh wie ihr, weil er sich von ihr würde trennen müssen. Aber das nur nicht eingestehen — sonst lachten sie ihn am Ende wieder aus. Onkel Lutz hatte es für nötig gefunden, daß er noch einige Jahre auf die Hochschule ging. Er hatte gesagt: »Du holst dir den Doktor-Ingenieur in knapp drei Jahren, Hans, ich werde dir Empfehlungen mitgeben, daß man dich einer Ausnahmeprüfung unterzieht. Du wirst das spielend machen, Ralf war dir ein großartiger Lehrer. Und es ist besser, wenn du deinen Doktor machst. Man weiß nicht, was kommt und wozu du es wirst brauchen können.«

Hans hatte das eingesehen und wußte zudem, Onkel Lutz verlangte von keinem Menschen etwas Unnötiges.

»Warum ich mich freue? Nun eben, weil ein rechter Mann einmal ins Leben hinaus muß. Sonst gilt man nichts! Du hast mich doch ausgelacht, als ich dir sagte, daß ich ein Mann sei. Ich will dir schon beweisen, daß ich einer bin. Verstehst du?«

Sie sah beklommen in sein trotziges Gesicht und schluckte die aufsteigenden Tränen hinunter. Aber dann regte sich auch in ihr der Trotz.

»Nun ja, dann geh nur, es soll mir gleich sein.«

Er fuhr zu ihr herum, und sie erschrak, weil es wieder so schmerzhaft in seinem Gesicht zuckte.

»So, es ist dir also gleich, ob ich lange fortgehe oder nicht? Nun gut, mir ist es auch gleichgültig — nur — nur der Abschied von Eva Maria und von Ralf und von Onkel Lutz wird mir schwer.«

»Sonst von niemand also?« fragte das bebende Stimmchen neben ihm.

Er sah sie noch immer nicht an.

»Nein, sonst von niemand – dir ist es ja gleichgültig, daß ich gehe. Nun gut, und mir ist es gleichgültig, daß du zurückbleibst. Fertig!«

Nachdem sie sich so gegenseitig das Herz zerfleischt hatten, ritten sie schweigend nebeneinander her und mühten sich, recht ruhig und gleichgültig auszusehen. Verstohlen sah Dolores in sein Gesicht, und da sah sie, daß ein wütender Schmerz darinnen zuckte. Da schwand ihr Trotz.

»Ein klein wenig tut es mir schon weh – daß du fortgehst.«

All seine Bitterkeit, all sein Zorn waren im Nu verflogen. Er hätte sie brennend gern in seine Arme genommen und sie geherzt und geküßt. Wieder einmal empfand er es als einen großen Verlust, daß er sie damals am Bahnhof nicht gleich umarmt und geküßt hatte. Dann hätte er das jetzt auch tun können und manch liebes Mal noch. Aber jetzt ließ sich das selbstverständlich nicht mehr nachholen.

»Du reitest ja doch am liebsten allein«, stieß er hervor, den letzten Rest seiner stolzen, gekränkten Männlichkeit wahrend.

Sie sah ihn so hilflos und flehend an, daß er ganz weich wurde.

»Mit dir reite ich doch noch lieber«, sagte sie leise.

Am liebsten hätte er laut aufgejubelt, aber das tat ein Mann nicht, und er wollte ihr doch beweisen, daß er ein solcher war. Aber er sagte gleichwohl tröstend und fast väterlich:

»Ich komme ja oft in den Ferien heim, dann können wir zusammen ausreiten.«

Sie atmete auf, und ihre Augen wurden heller.

»Oh, ich glaubte schon, du bliebest die ganzen drei Jahre fort.«

»Nein, ich komme Weihnachten und Pfingsten und Ostern nach Hause und auch im September und Oktober, wenn Ferien sind.«

Da wurde sie wieder heiter und plauderte, wie er es so gern

hörte. Immer freute er sich an ihrem leichten Akzent, das gab ihr etwas so Fremdartiges. Und er freute sich im stillen, daß es sie so froh machte, ihn in den Ferien in der Heimat zu sehen. Auch er wurde viel vergnügter, und sie scherzten und lachten und kamen in ganz übermütige Stimmung vor Freude darüber, daß sie sich nun wieder ausgesöhnt hatten.

Dolores zeigte Hans nun doch einige schwierige Reitkunststücke. Er staunte darüber und sah ein wenig ängstlich darein, von der Sorge befangen, sie könne zu Schaden kommen. Aber sie lachte übermütig und turnte auf dem Pferd herum wie auf ebener Erde.

»Ich werde dir auch mal etwas vorreiten auf ungesatteltem Pferd, Hans, und den Lasso werde ich dann auch werfen. Soll ich dich das lehren? Es macht viel Vergnügen.«

Begeistert nickte er.

»Das möchte ich gerne lernen.«

»Gut, heute nachmittag fangen wir an.«

Und in bester Stimmung kamen sie nach Hause.

Hans bekam wirklich Unterricht im Lassowerfen, und es machte ihm viel Spaß. Seine kraftvolle Gewandtheit und Elastizität zeigten sich bei dieser Gelegenheit im hellsten Licht, und bald vermochte er den Lasso besser zu werfen als sie. Das machte ihn sehr stolz. Nie war er so versessen darauf gewesen, jemandem zu imponieren wie jetzt. Konnte er sich in einer Sache Dolores überlegen fühlen, war er glücklich und zufrieden. Er wollte ihr doch so gern beweisen, daß er ein Mann war. Gerade sie sollte das nicht bezweifeln, sollte ihn gewiß nicht wieder auslachen. Von ihr wollte er unbedingt für voll genommen werden.

Zu Pfingsten war Egon nach Hause gekommen, um endlich auch Dolores kennenzulernen, und er war ebenso entzückt von ihr wie alle anderen, obwohl er sich sehr erhaben dünkte über alles, »was Weiberröcke trug«. Seine ganze schnoddrige Art ging kläglich in die Brüche, wenn ihn Dolores mit ihren braunen Augen anstrahlte.

Das merkte Hans ebenfalls, und wenn er sich jetzt auch im allgemeinen besser mit Egon stand als früher, so fühlte er doch etwas wie brennende Eifersucht, wenn Dolores sich mit ihm beschäftigte. Sie gab sich Egon gegenüber viel freier und unbefangener, weil er ihr gleichgültiger war als Hans, aber das wußte dieser nicht, und es wühlte nun ein neuer Schmerz in seiner Seele, wenn Dolores freundlich zu Egon war und mit ihm scherzte und lachte.

Egon versuchte es nach Kräften, Dolores mit seiner korpsstudentischen Erziehung zu imponieren, paradierte mit unzähligen Schlagwörtern, klemmte sich ein Monokel in das Auge und warf sich stolz in die Brust. Einige Male hatte Dolores all das beinahe fassungslos angestaunt, und er glaubte darum, ihr sehr imponiert zu haben. Aber eines Tages kopierte sie ihn, indem sie seine Zerevismütze schief auf das Köpfchen drückte, sich sein Einglas mit drolligem Gesichterschneiden ins Auge klemmte und dann, die Hacken zusammenschlagend, mit näselnder Stimme all seine Schlagwörter herunterhaspelte, mit denen er Eindruck auf sie gemacht zu haben geglaubt hatte.

Alle mußten darüber lachen, sie machte das so drollig, daß keiner widerstehen konnte. Aber Egon war tödlich beleidigt und sagte von oben herab:

»Wenn du ein Mann wärst, müßte ich dich fordern, aber du bist ja nur ein dummes Kind.«

Dolores aber amüsierte sich köstlich dabei, sie zeichnete auch noch ein paar Schmisse mit Kreide quer über ihre Wange und klemmte den Stock unter den Arm, wie sie es Egon abgelauscht hatte.

Sie ahnte gar nicht, wie sehr sie Egons Selbstgefühl und Eitelkeit dadurch verletzt hatte.

Hans aber war selig. Er merkte nun endlich, daß Dolores Egon durchaus nicht ernster nahm als ihn, sondern sich im Gegenteil über ihn lustig machte.

Für Egons Eitelkeit war das zu viel gewesen, sein schnell aufgeflammtes Entzücken über Dolores erlosch. Er fand sie auf einmal durchaus nicht mehr so reizend wie vordem und titulierte sie in seinem Innern dumme Gans, wenn er das auch nicht auszusprechen wagte.

Hans wurde das Herz immer leichter, und Egon hörte auf, für ihn gefährlich zu sein.

Egon vertraute nur seiner Schwester an, daß Dolores ein entsetzlich naseweises Ding sei, vorlaut und unerzogen. Jolante suchte Dolores zu verteidigen, hatte sie sich doch über Dolores' Scherz, den sie ganz harmlos fand, selber köstlich amüsiert. Ihr Bruder war sehr unzufrieden mit ihr und sagte wütend:

»Du hast dich überhaupt schauderhaft verändert, seit du verlobt bist. Früher hattest du viel mehr Schneid. Jetzt bist du beinahe wie Eva Maria, so schrecklich tugendhaft und hausbacken.«

Mit seltsam ernsten Augen sah Jolante ihn an.

»Ja, Egon, ich habe mich verändert, aber glaube mir, ich fühle mich viel wohler dabei.«

Er wandte sich achselzuckend ab, erklärte, alles, was in den Rodenberg-Werken lebe, sei entsetzlich rückständig, und reiste einige Tage früher ab, als er vorgehabt hatte.

Es trauerte ihm niemand nach als seine Mutter. Egon hatte sich seit dem Tod seines Vaters sehr wenig verändert, und mit ihm war leider nicht eine so ernste Wandlung vorgegangen wie mit Jolante. In ihm hatten wohl auch nicht so viele Werte verborgen gelegen wie in seiner Schwester.

Im Juli kam dann Heinz Vollmer, Jolantes Verlobter, zu Besuch. Er wohnte in Villa Rodenberg und wurde herzlich aufgenommen von dem kleinen Kreis, der durch ihn eine angenehme Auffrischung erhielt. Heinz Vollmer war ein frischer, sympathischer Mensch, sehr natürlich und vernünftig und liebe Jolante herzlich. Diese erwiderte seine Liebe mit einer Wärme und Innigkeit, die ihr früher niemand zugetraut hätte. Die beiden Brautpaare machten fleißig Zukunftspläne. Es war beschlossen worden, daß sie beide an einem Tag Hochzeit halten wollten, und zwar war der fünfte September als Hochzeitstag ausersehen worden. Das Trauerjahr um Georg Rodenberg war dann vorbei, während Jolantes Vater allerdings erst ein halbes Jahr verschieden war. Frau Melanie hatte erst nicht in diesen frühen Termin für Jolantes Hochzeit willigen wollen, aber alle redeten ihr zu, die Hochzeit nicht länger hinauszuschieben. So willigte sie denn ein, zumal sie einsah, daß der Brautstand für ihre Tochter kein beneidenswerter war, weil ihr Verlobter selten Zeit hatte, sie zu besuchen, und weil Jolante außerdem doch nur noch ein provisorisches Heim in Villa Melanie hatte.

So wurde der fünfte September festgesetzt, und es gab noch alle Hände voll zu tun, um die Aussteuer für die beiden Bräute fertig zu machen. Dabei ergab es sich, daß Tante Melanie mit Jolante und Eva Maria sehr viel Kommissionen in der Stadt zu besorgen hatte, und sie reisten auch für acht Tage nach Berlin, um dort allerlei Einkäufe zu machen. Sie redeten Dolores zu, sie zu begleiten, allein diese dachte mit Schrecken an den Trubel in Hamburg und verzichtete gern. Vielleicht hatte ihren Entschluß auch das beeinflußt, daß Hans sie so flehend ansah. Er wollte nicht gerne so lange auf Dolores' Gesellschaft verzichten, zählte er doch schon die Wochen, bis er nach Charlottenburg gehen würde.

Während die Damen in Berlin waren, war Dolores ganz auf Hans Dornaus Gesellschaft angewiesen.

Tante Melanie hatte es für unerläßlich gefunden, daß Dolores Tanzstunde bekam.

»Du mußt doch bei der Hochzeitsfeier tanzen können, Dolo«, sagte sie.

Und Dolo fügte sich. So wurde jede Woche zweimal ein Tanzlehrer aus der Stadt geholt, und Hans erbot sich, Dolos Partner bei diesen Tanzstunden zu sein. Er hatte die Tanzstunde schon absolviert, als er noch das Gymnasium besuchte, und konnte Dolores wirksame Hilfen geben. Sie fanden beide großes Vergnügen an dieser gemeinsamen Tanzstunde, nachdem sie die erste Scheu glücklich überwunden hatten. Dolo begriff sehr leicht. Ihre schlanke, zierliche Gestalt schwebte graziös in Hans Dornaus Armen dahin, und sie führte die kunstvollsten

Pas mit Eleganz und Sicherheit aus. Als sie sich schon sehr gut mit Hans eingetanzt hatte, fanden sich die Familienmitglieder zuweilen als Zuschauer ein, sogar Onkel Lutz sah zuweilen ein halbes Stündchen zu. Und er freute sich am Anblick des jungen Paares. Wie herrlich paßten sie zusammen. Wie schön müßte es sein, wenn sich seine heimlichen Wünsche erfüllen würden. Mancherlei Beobachtungen hatte er seither angestellt und viel früher, als die beiden jungen Menschen zur Erkenntnis ihrer Gefühle füreinander kamen, hatte er erkannt, daß sich ihre Herzen einander zuneigten. Diese Überzeugung verließ ihn auch nicht, nahm er wahr, wie trotzig sie zuweilen einander befehdeten. Das war ja doch nichts anderes als ein angstvolles Wehren gegen das Gefühl, das sie zueinander zog und das sie beide noch nicht verstanden. In Hans Dornaus Herzen war es wohl ein wenig bewußter, aber Dolo war noch ganz ahnungslos, dessen war er gewiß. Er ließ sich nicht das geringste anmerken, sprach auch sonst mit keinem Menschen darüber. Ganz ruhig sollte emporblühen und reifen, was ihm so große Freude machen würde. Daß seine kleine Dolo in Hans Dornaus Händen am besten aufgehoben sein würde, erschien ihm gewiß, und Hans würde keine Lebensgefährtin finden können, die besser zu ihm paßte als Dolo.

Dolores entwickelte sich in dieser Zeit körperlich und geistig sehr schnell. Sie war etwas größer und voller geworden, und die etwas knabenhafte Wildheit war unter Eva Marias liebevollem Einfluß weiblicher Anmut und Grazie gewichen. Zuweilen brach wohl der kleine Wildling noch etwas durch, aber das ging immer schneller vorüber und kam immer seltener.

Hans fragte sich jetzt zuweilen, ob es vorher je so schön auf der Welt gewesen war wie jetzt. Dann kamen aber wieder Tage, wo er sich so unglücklich und verzweifelt fühlte wie noch nie in seinem Dasein, selbst damals nicht, als sein Leben durch seines Vormunds Nachstellungen bedroht gewesen war. Das war an solchen Tagen, an denen Dolo ihn wieder einmal fühlen ließ, daß er ihr noch gar nicht so sehr imponierte, wie er es so gern getan hätte, oder wenn sie ihm, aus einer gewissen Schamhaftigkeit heraus, kühl und trotzig begegnete. Er ahnte nicht, daß sie ihn nur mit ihren kleinen Spöttereien quälte, um ihm zu verbergen, daß sie zuweilen eine unerklärliche Bangigkeit befalle, die es ihr nötig erscheinen ließ, sich irgendwie zur Wehr zu setzen. Sie ahnte nicht einmal, daß sie ihn damit quälte, denn er rang es seinem Stolz ab, ihr das nicht zu zeigen.

So führten diese beiden jungen Menschen im Grunde immer einen heimlichen Kampf mit ihren mehr oder minder unverstandenen Gefühlen. Zwischendurch konnten sie dann wieder so ausgelassen lustig sein wie ganz unbefangene Kinder. Dann klang Dolores' weiches, warmes Lachen durch das Haus oder durch den Wald, und auch Hans konnte dann, unbekümmert um alles Herzweh, so übermütig und ausgelassen sein, daß man ihm nicht anmerkte, welches tiefe Gefühl sich mehr und mehr in seinem Herzen breitmachte.

Dolores war mit ihren Freundinnen Inez und Angela in regem Briefwechsel geblieben. Immer faßte sie ihre Briefe so ab, daß die beiden jungen Damen die Briefe austauschen konnten. Auf diese Weise kam keine zu kurz, und Dolores brauchte nicht alles zweimal zu schreiben. Denn da es immer sehr ausführliche Episteln wurden, hätte ihr das zuviel Zeit gekostet.

Einige Wochen nach ihrer Ankunft in Villa Melanie hatte sie an Inez geschrieben:

»Meine inniggeliebte Inez!

So viel Neues und Schönes habe ich inzwischen wieder gesehen und erlebt, daß ich nicht alles auf einmal berichten kann, ich muß das so nach und nach mitteilen. Von meinem Aufenthalt in Rio und der Überfahrt mit dem Dampfer habe ich Euch schon ausführlich berichtet; aber nun bin ich schon einige Zeit in Rodenberg und konnte bis heute noch nicht dazu kommen, einen ausführlichen Brief zu schreiben. Ihr müßt Euch denken, daß die Rodenberg-Werke vielleicht fünfmal so groß sind wie das Armada-Werk. Von dem Leben und Treiben auf diesen Werken, durch die mich mein Lutzvater gleich in den ersten Tagen führte, könnt Ihr Euch keinen Begriff machen. Schon die Arbeiterhäuser, die meines Lutzvaters Vater erbauen ließ, um seinen Arbeitern behagliche Heime zu schaffen, bilden eine richtige kleine Stadt. Schmuck und freundlich sind diese Häuser. Alle haben einen kleinen Vorgarten, und alle Fenster sind mit Blumen und hübschen Gardinen geschmückt. Die Kinder sind sauber gewaschen und gekämmt und haben ordentliche Kleider an. Ich wünschte, daß unsere Arbeiter im Silberbergwerk auch so hübsch und behaglich wohnen könnten, und ich bin ganz traurig, daß es nicht der Fall ist. Aber Lutzvater sagt, es sei vorläufig nicht möglich, vielleicht später einmal. Er habe schon von allen Seiten drüben Vorwürfe bekommen, daß er seine Arbeiter zu sehr verwöhne. Nun, die Herren, die ihm das zum Vorwurf machen, sollten nur einmal nach Deutschland kommen und sich die Rodenberg-Werke ansehen. Wenn Ihr überhaupt denkt, daß Deutschland den Eindruck macht, im Weltkrieg besiegt worden zu sein, dann irrt Ihr sehr. Ich kann mir nicht denken, daß es in einem Lande geordnetere Zustände geben kann als hier.

Lutzvater ist hier ein mächtiger Mann. Tausende von Arbeitern und Beamten regiert er, aber ich glaube, sie haben ihn alle gern. Er ist ja auch gut und gerecht, und man sieht hier nur frohe und zufriedene Gesichter, denn alle bekommen ihr Recht, und das wissen sie.

Wir wohnen in Villa Melanie, nach Lutzvaters Schwester so benannt. Es ist ein großes, schönes Gebäude, alles aus Sandstein bis unter das Dach, nicht nur das Fundament aus Stein und oben Holz wie unsere Wohnhäuser drüben. In Rio hast du gewiß schon solche Häuser gesehen, aber in den Campos gibt es so etwas nicht. Der die Villa umgebende Garten ist allerdings kleiner als der um unser Wohnhaus in Armada, und wenn Ihr denkt, daß es hier soviel Blumen gäbe wie drüben, irrt Ihr Euch. Es stehen hauptsächlich Sträucher und Bäume darin. Aber wenn man hier Blumen schneidet und in Vasen ordnet, dann halten sie sich acht Tage frisch. Hinter dem Garten liegt eine Wiese, die sie hier alle groß nennen, aber sie ist winzig klein. Es gibt hier keinen weiten Ausblick wie in den Campos, und das ist das einzige, was mir hier fehlt. In zwei Minuten ist man über die ganze Wiese gelaufen, und dann kommt gleich dichter Wald, der sich bis an die Berge und auch die Berge hinaufzieht. Darin gibt es aber herrliche Reitwege, immer im Schatten, was sehr angenehm ist.

Und nun wollt Ihr natürlich auch Näheres über die Menschen hören, die meine Verwandten sind. Da fange ich gleich mit meiner Cousine Eva Maria an, die ich am liebsten habe. Sie wohnt nur eine halbe Stunde entfernt in der auf dem Berg gelegenen Villa Rodenberg. Von dort kann man die ganzen Werke überblicken. Villa Rodenberg ist Lutzvaters Vaterhaus, hier hat er seine Jugend verlebt, und hier wohnte sein Vater, bis er starb. Und nun ruht er an der Seite seiner ihm im Tod vorausgegangenen Gattin in dem schönen, ganz hinten im Park gelegenen Mausoleum. Lutzvater hat mich hingeführt, und er hat ganz feuchte Augen bekommen, daß er seinen Vater nicht mehr lebend wiedergesehen habe, denn er hat ihn sehr geliebt.

Also, Eva Maria ist mein Liebling. Ihr könnt Euch nicht denken, wie schön und lieb sie ist. Sie ist größer als ich, hat wundervolles blondes Haar und dunkelblaue Augen. Und einen Teint, so zart und hell, daß ich sie nur immer anschauen muß. Sie ist mit Direktor Ralf Bernd verlobt, der Oberingenieur und Doktor und, wie Lutzvater sagt, ein genialer Ingenieur ist. Aber er ist außerdem noch ein sehr interessanter und vornehmer Mensch, und wenn man dieses Brautpaar zusammensieht, kann man sich die schönsten Romane ausdenken. Sie lieben sich sehr, so wie Lutzvater und mein Mütterchen sich liebten. Er paßt herrlich zu ihr, und er und ich sind auch schon gute Freunde.

Eva Maria ist goldig zu mir. Sie lehrt mich alles, was hier in Deutschland eine junge Dame wissen muß, und das ist wahrhaftig nicht wenig. Hier ist eben alles anders als bei uns drüben, und darüber muß ich Euch später wohl noch manchen langen Brief schreiben.

Jeden Morgen gleich nach dem Frühstück reiten wir, Lutzvater, Eva Maria und ihr Verlobter, Hans Dornau und ich aus.

Von Hans Dornau später. Dieser Ritt dauert aber nur eine Stunde, denn länger haben meine Begleiter nicht Zeit. Und Ihr müßt auch nicht denken, daß wir dann in so tollem Tempo umherjagen, wie wir es in den Campos gewöhnt sind, o nein, so viel Raum gibt es hier in Deutschland gar nicht, die Menschen wohnen alle dicht beieinander. Es gibt nirgends eine Gegend, wo keine Häuser stehen, von den Städten gar nicht zu reden. In den Städten gibt es unzählige hohe Häuser, und wenn man mit der Eisenbahn fährt, sieht man immer neue große Städte. Du, liebe Inez, weißt ja von Rio her, wie turbulent es in so einer großen Stadt ist, Angela weiß das noch nicht, denn sie ist ja nur bis Jaimeville gekommen, und da ist es verhältnismäßig ruhig. So wie in Rio ist es auch in Hamburg, nur eben doch anders. In Hamburg laufen die Menschen nicht im Badekostüm durch die Straßen, weil es da viel kühler ist.

Außer Eva Maria habe ich, wie Ihr wißt, noch eine andere Cousine. Sie heißt Jolante und wird nur Jo gerufen. Sie ist ebenfalls sehr nett und lieb zu mir, und ich habe sie auch gern, aber ich geniere mich ein wenig vor ihr; wenn ich mich dumm anstelle, lacht sie mich aus. Sie meint das nicht böse, findet mich nur drollig, aber ich schäme mich dann jedesmal sehr. Eva Maria lacht mich nie aus, auch wenn ich noch so ungeschickt bin. Jo hat ebenfalls einen Bräutigam, er heißt Heinz Vollmer, und er soll sehr lustig sein. Ich kenne ihn noch nicht, er wird erst im Juli zu Besuch kommen. Und Pfingsten kommt zu den Ferien mein anderer Vetter Egon zu Besuch, den ich auch noch nicht kenne. Er studiert Jura und will später Rechtsanwalt werden.

Nun bleibt nur noch Vetter Hans, Eva Marias Bruder. Von ihm brauchte ich eigentlich nichts anderes zu berichten, als daß er das getreue verjüngte Abbild vom Lutzvater ist — fast bis ins kleinste. Er hat denselben Gang, die gleiche Haltung, dieselben Augen, seine Bewegungen und seine Haarfarbe, sogar dieselbe Stimme, nur ein wenig heller. Sie könnten sehr gut Vater und Sohn sein und lieben einander auch so, als ob sie es wären. Er ist bald zweiundzwanzig Jahre alt, und da er Lutzvater so sehr gleicht, mag ich ihn sehr gern. Mit ihm reite ich fast täglich stundenlang, denn er muß überall in den Werken kontrollieren, auch ganz oben im Wald bei den Holzfällern, welche die Hölzer schlagen, die für die Werke gebraucht werden. Da ich ihn überallhin begleite, komme ich täglich zu einem stundenlangen Ritt, was mir sehr lieb ist. Auch wie Hans zu Pferde sitzt, erinnert mich an Lutzvater. Und so werdet Ihr Euch wohl ein Bild von ihm machen können. Auch er ist sehr gut zu mir, aber manchmal zanken wir uns ein wenig, so wie ich mich auch mal mit Euch gezankt habe. Das ist aber nicht bös gemeint.

Alle sind lieb und gut zu mir, und ich habe noch gar kein Heimweh nach den Campos gehabt, obwohl alles hier so eng und nah ist. Nur nach Euch sehne ich mich zuweilen und möchte dann gern mal wieder ein Stündchen mit Euch plaudern und herumtollen. Ich hoffe, bald Briefe von Euch zu bekommen, denn bisher habe ich noch nicht einen einzigen erhalten, die Post braucht eben furchtbar lange.

Ach, nun hätte ich fast Tante Melanie vergessen, die Schwester vom Lutzvater, die jetzt unsere Hausdame ist. Ich habe es mir immer schlimm vorgestellt, eine Hausdame zu haben, aber Tante Melanie ist gar nicht schlimm, sie ist sanft und liebevoll, nur immer noch sehr, sehr traurig über den Verlust ihres schrecklichen Mannes, den sie noch immer für einen guten, edlen Menschen hält. Wenn sie mir so schwärmerisch von ihm erzählt, dann sitze ich stets wie auf Kohlen, weil ich so Angst habe, daß ich mich verraten könnte. Denn sie darf niemals erfahren, ein wie schlechter Mensch er war, und Jolante soll es ebensowenig wissen. Ich will ihnen nur wünschen, daß sie nie zu erfahren brauchen, was für ein Schurke er war.

Aber nun muß ich für heute Schluß machen, ich muß mich für die Abendtafel umkleiden, wir sind heute abend alle zusammen in Villa Melanie. Ich grüße und küsse euch tausendmal. Ihr wechselt doch meine Briefe aus, damit ich nicht alles zweimal schreiben muß. Hoffentlich höre ich bald von Euch, wie drüben alles geht. Viele Küsse nochmals!

Deine – Eure Dolo«

Diesem Brief waren noch mehrere gefolgt, aber von Hans schrieb Dolores immer weniger. Es war eine Scheu in ihr, von ihm zu berichten, weil sie wohl fühlte, daß sie die Hauptsache doch verschweigen mußte. Sie hatte inzwischen auch Briefe von Angela und Inez bekommen, aber die Freundinnen hatten nicht viel Neues zu melden. Sie jammerten nur beide und sehnten sich nach Dolo, und das entlockte dieser Tränen.

VI

Der fünfte September war herbeigekommen. An diesem Tag feierten die ganzen Rodenberg-Werke, ausgenommen die notwendigsten Funktionen. Die Hochöfen mußten zum Beispiel in Betrieb gehalten werden und sonst noch allerlei. Die Arbeiter, die deshalb nicht frei bekommen konnten, erhielten den doppelten Tageslohn, damit sie nicht zu kurz kämen. Lutz Rodenberg, der heute zwei Nichten gleichzeitig verheiratete, die aus dem Hause Rodenberg stammten, wollte, daß all seine Leute an dieser Feier teilnähmen.

Die standesamtliche Trauung hatte schon am Tag vorher stattgefunden. Die kirchliche Feier sollte in Villa Melanie stattfinden. Es waren nur die Verwandten und außerdem die Brautführer und Brautjungfern geladen. Als Brautjungfern fungierten außer Dolo Pensionsfreundinnen von Eva Maria und Jolante. Als Brautführer waren außer Hans und Egon einige Ingenieure aus den Werken und mehrere Kommilitonen von Egon geladen. Auch einige höhere Beamte der Werke befanden sich unter den Gästen, so der kaufmännische Direktor mit seiner Frau und einige Oberingenieure. Es waren immerhin gegen siebzig Personen zusammengekommen.

Hans war Dolos Brautführer, das war schon lange ausgemacht worden, und selbstverständlich war am Tag vorher noch einmal eine grimmige Fehde zwischen ihnen ausgebrochen, zu der eine Geringfügigkeit Anlaß gegeben hatte. Aber, gottlob, am Abend herrschte bereits wieder Friede. Sie waren beide am Hochzeitsmorgen in glückseliger Stimmung.

Dolores war sehr aufgeregt, war es doch gewissermaßen ihr Debüt in der Gesellschaft. Und eine Hochzeitsfeier hatte sie überhaupt noch nicht mitgemacht. Aber sie sah jedenfalls entzückend aus in einem lichtblauen Kleid aus hauchfeinem Crêpe Georgette, das reich mit Perlen bestickt war und über ein Unterkleid von weicher Seide in derselben Farbe herabfiel. Dazu trug sie Schuhe und zarte Seidenstrümpfe in der gleichen Farbe. Um den Hals hatte sie eine kostbare Perlenschnur geschlungen, ein Stück aus dem Nachlaß ihrer Mutter, das sie heute zum ersten Mal trug.

Als sie Hans in ihrer ganzen Lieblichkeit und Anmut entgegentrat, wechselte er vor unterdrückter Erregung die Farbe. So hold und süß hatte sie noch nie ausgesehen. Sie war ein wenig ängstlich, denn sie fürchtete sich sozusagen vor der großen Gesellschaft und wurde die Sorge nicht los, daß sie einen Fauxpas machen könne, zumal doch heute Eva Maria nicht auf sie achtgeben konnte. Als sie in das Zimmer eintrat, in dem die anderen Brautjungfern und Brautführer bereits versammelt waren, bot ihr Hans sogleich seinen Arm, und sie umklammerte diesen, als müsse sie an ihm einen Halt haben.

»O Hans, wenn das nur gutgeht! Heute kann ich Eva Maria doch nicht fragen und Jo auch nicht.«

Das Herz schlug ihm bis zum Hals hinauf, und er drückte ihren Arm fest an sich.

»Sei nur ruhig, Dolo, es wird schon alles gutgehen.«

»Aber du mußt immer bei mir bleiben, Hans.«

Wie gern versprach er das.

»Nicht um die Welt lasse ich dich eine Minute allein«, sagte er, unruhige Blicke auf die anderen Brautführer werfend, von denen er der jüngste war.

»Du, Hans, Eva Maria sieht süß aus wie ein leibhaftiger Engel, ich habe sie eben in ihrem Brautkleid gesehen.«

Er nickte, und seine Augen bekamen einen feuchten Glanz.

»Heute muß ich sie ganz hergeben, Dolo, und wäre es nicht Ralf, der sie mir nimmt, würde mir das noch viel weher tun. Keinem außer ihm gönne ich sie, meine Eva Maria.«

»Er verdient sie auch, denn er hat dir doch das Leben gerettet. Und er ist ein vornehmer und wertvoller Mensch. Sie passen wundervoll zueinander. Weißt du, Jo und ihr Verlobter schienen ja auch sehr glücklich zu sein, und Jo sieht auch sehr schön aus in ihrem weißen Brautkleid, aber so schön wie Eva Maria doch nicht.«

Sie konnten jetzt nicht mehr weiterflüstern, die große Flügeltür wurde aufgetan, die zum Saal führte, wo der Altar aufgebaut war. Und dann öffnete sich die Tür zu den anderen Räumen, und durch sie hindurch schritten die beiden Brautpaare, zuerst Eva Maria und Ralf, und dann Jolante und Heinz Vollmer. Drüben erklang ein Harmonium, und dann fiel die Stimme einer Pensionsfreundin von Eva Maria ein: »Wo du hingehst, da will auch ich hingehen.«

Die beiden Brautpaare waren langsam bis zu dem mit weißem Tüll und Myrten dekorierten Hausaltar geschritten, gefolgt von sämtlichen Brautführern und Braujungfern. Die Brautpaare nahmen dicht vor dem Altar auf bekränzten Sesseln Platz, und um sie herum gruppierten sich die Brautjungfern und Brautführer. Die anderen Gäste sowie Lutz Rodenberg und Frau Melanie hatten auf weiter zurückstehenden Polsterstühlen Platz genommen.

Dann erschien der Prediger, derselbe, der Eva Maria und Jolante konfirmiert hatte. Er trat an den Altar und begann seine Rede, die kurz, aber inhaltsreich war.

Dolo umklammerte Hans Dornaus Arm mit festem Griff. Diese Hochzeitsfeier, die für sie ganz neu war, wirkte stark auf ihr empfängliches Gemüt. Sie war sehr weichherzig. Hans fühlte sich furchtbar stolz, sie beschützen zu dürfen. Er sah prachtvoll aus. Seine schlanke und doch kraftvolle Gestalt in dem elegant sitzenden Frack überragte alle anderen. Nur Lutz Rodenberg war von gleicher Größe wie er und konnte wie immer auch heute eine imponierende Erscheinung genannt werden.

Hans hatte seinen blonden Scheitel heute tadellos in Ordnung gebracht und sah so gut aus, daß Dolores ihn immer wieder ansehen mußte.

Während der Prediger sprach, blickte Dolores zu ihrem Lutzvater hinüber, den sie heute zum erstenmal im Frack sah, und der ihr darin fast fremd erschien. Der Herr der Rodenberg-Werke! So dachte sie, stolz auf ihren Lutzvater. Er nickte ihr leise lächelnd zu. Er freute sich an ihrer Lieblichkeit und sah dann Hans an, der trotz seiner Jugend bereits eine markante Erscheinung war.

Der Prediger hatte zunächst einige einleitende Worte gesprochen, kam aber jetzt auf persönliche Dinge, und alle lauschten andächtig seiner Rede. Auch Dolores verlor keines seiner Worte. Er sprach davon, daß Eva Maria Vater und Mutter frühzeitig habe entbehren müssen. Da dachte Dolores an ihr totes Mütterchen, und ein paar Tränen fielen aus ihren Augen. Hans sah diese Tränen und rückte, die Zähne zusammenbeißend, unruhig auf seinem Sessel hin und her. Wie gerne hätte er Dolo in seine Arme genommen und sie gefragt, warum sie weine. Aber das schickte sich jetzt nicht.

Der Prediger sprach weiter, daß auch die zweite Braut, Jolante Mertens, an diesem ihrem Ehrentag nur noch die Mutter zur Seite habe, während der Vater fehle. Und da begann Frau Melanie leise vor sich hin zu weinen. Für einige empfindsame Damen war dies das Signal, um zu ihren Taschentüchern zu greifen und sie an die Augen zu drücken.

Dolores schluckte krampfhaft. Mit Schrecken hatte sie gewahrt, daß sie ihr Taschentuch vergessen hatte. Angsterfüllt, mit nassen Augen sah sie Hans an.

»Kein Taschentuch!« flüsterte sie ihm zu.

Da zog er schnell das seidene Tuch aus seiner Frackweste und steckte es ihr verstohlen zu. Dankbar und erlöst nickte sie ihm zu. Das machte ihn so glücklich, daß er einen roten Kopf bekam.

Der Prediger war mit seiner eindrucksvollen Rede, deren Wirkung ihn befriedigen konnte, zu Ende, und nun mußten zuerst Eva Maria und Ralf niederknien. Sie bekamen die entscheidenden Fragen vorgelegt, und der Pastor fügte ihre Hände zusammen, nachdem sie die Ringe gewechselt hatten. Dolo war sehr froh, daß sie ein Taschentuch hatte, damit sie wieder und wieder ein verstohlenes Tränchen fortwischen konnte. Sie war nun einmal in der Rührung drin und fand diese ganze Feier so weihevoll und wunderschön, daß sie sich tief ergriffen fühlte. Dann kam das andere Brautpaar an die Reihe. Auch sie wechselten die Ringe und versprachen, einander treu zu sein: »Bis daß der Tod euch scheidet.«

Danach sang Eva Marias Freundin, vom Harmonium begleitet, mit ihrer schönen, klaren Stimme noch ein stimmungsvolles Lied, und damit war der feierliche Trauungsakt beendet.

Jetzt begann die Gratulationscour, und man konnte wieder sprechen, ohne aufzufallen. Ganz aufgelöst vor andächtiger Begeisterung, sagte Dolores zu Hans:

»Oh, wie wunderschön war diese Hochzeitsfeier, so schön hatte ich mir das alles nicht vorgestellt.«

Er sah mit einem weichen Blick auf sie herab, und plötzlich wurde es ihm klar, daß er sich sehnlichst wünschte, eines Tages mit Dolo so vor den Altar treten zu dürfen wie heute Ralf Bernd mit seiner Schwester. Diese Erkenntnis überfiel ihn mit solcher Gewalt, daß er die Farbe wechselte. Er wagte dabei nicht einmal, wie er wünschte, Dolo's Arm an sich zu pressen. Mühsam zwang er sich zur Ruhe und erwiderte:

»Ja, Dolo, es war sehr schön.«

Sie steckte ihm heimlich sein Taschentuch wieder zu.

»Vielen Dank, Hans, es war schrecklich, daß ich kein Taschentuch bei mir hatte. Ich wußte gar nicht, was tun, als ich sein Fehlen bemerkte. Ich muß mir dann gleich ein Taschentuch holen, denn wenn alles weiter so rührend und feierlich ist, kann ich nicht garantieren, daß ich nicht wieder weinen muß.«

»Bleib nur hier, ich hole dir ein Tuch, sobald wir gratuliert haben. Sag mir nur, wie ich darankommen kann.«

»Sag es nur meiner Zofe, sie sitzt im Vorgemach meiner Zimmer. Laß dir lieber gleich zwei geben, es ist besser.«

»Du darfst aber nicht mehr weinen, Dolo«, sagte er heiser.

»Ich kann doch nichts dafür. Und zum Glück war ich nicht die einzige, die weinte. Ich — ich mußte an mein totes Mütterchen denken, ich habe doch auch keine Mutter mehr, wie Eva Maria — und du.«

Und es zuckte schon wieder verräterisch um ihren Mund.

»Weine nur nicht wieder, Dolo — da — nimm wieder mein Tuch, bis ich dir eins geholt habe. Jetzt kommen wir mit der Gratulation an die Reihe — Fassung, liebste Dolo!«

Liebste Dolo! Sie lauschte dem Klang dieser Worte nach, so hatte er sie noch nie genannt. Und die Freude darüber hätte fast wieder einen kleinen Tränenstrom ausgelöst. Wenn man einmal beim Weinen ist, genügt der leiseste Anlaß, um die Tränen von neuem fließen zu lassen.

Aber tapfer rang sie um Fassung, tupfte noch schnell einmal mit Hansens Tuch ihre Augen, und er beschloß, dies Tuch nie wieder waschen zu lassen, weil es Dolos Tränen aufgefangen hatte. Die wollte er heilig aufbewahren.

Sie waren nun bei Eva Maria und Ralf angelangt. Dolo umarmte die junge Frau innig.

»Wie wunderschön war diese Feier, Eva Maria, und wie schön siehst du aus, laß dir von ganzem Herzen Glück wünschen, sei immer so glücklich wie heute.«

Dann wandte sie sich an Ralf.

»Auch dir wünsche ich dasselbe, lieber Ralf.«

Hans hatte inzwischen seine Schwester umarmt und geküßt.

»Alles Glück der Welt für euch beide, Eva Maria, und — behalte mich ein bißchen lieb, ja?«

Sie lächelte ihm mit feuchten Augen zu.

»Keine Sorge, Hans, du und ich, wir bleiben die alten.«

Hans schüttelte Ralf kräftig die Hand.

»Dir gönne ich meine Eva Maria, laß mir nur ein kleines Plätzchen in ihrem Herzen.«

»Lieber Hans, dies Plätzchen soll nie kleiner werden als bisher, wir beide werden uns auch in Eva Marias Herzen vertragen.«

Es dauerte lange, bis den beiden Paaren alle Glückwünsche dargebracht waren. Heinz Vollmer strahlte über das ganze Gesicht. Für ihn und Jolante war die Hochzeitsfeier mehr eine heitere als eine rührende Angelegenheit.

Hans hatte Dolo für einige Minuten an der Seite seiner Tante zurückgelassen, die noch immer in Tränen aufgelöst war und von Dolo gleich noch ein wenig unterstützt wurde. Als Hans mit zwei Taschentüchern zurückkam, hatte Dolo in seinem Tuch so viel der Tränen gesammelt, daß er zufrieden sein konnte. Aber nun redete er Dolo und der Tante energisch zu.

»Nun mal aufgehört mit den Tränen, jetzt ist es genug! Wir feiern doch, gottlob, ein Freudenfest. Und jetzt geht es zu Tisch, und das darf nicht mit verweinten Augen geschehen. Also Mut! Und ein heiteres Gesicht gemacht!«

Dolo nahm ihre Taschentücher beglückt in Empfang, und es war, als habe nur deren Abwesenheit auf ihren Tränenquell gewirkt, sie vergoß keine Träne mehr — die barg Hans alle mit seinem Tuch auf seinem Herzen.

Hans führte Dolo zu Tisch. Die Tafel war auf das prächtigste geschmückt, und Dolo hatte wieder etwas zu staunen. Wie üblich an einer Hochzeitsfeier wurden viele Toaste ausgebracht. Die schönste und inhaltsreichste Rede hielt Lutz Rodenberg. Sie war nicht lang, aber sehr herzlich. Dolo staunte wiederum, daß fast nach jeder Rede mit den Gläsern angestoßen wurde. Reihum ging das, aber es langweilte sie nicht, sie fand es sehr lustig. Mit großem Interesse nahm sie alles in sich auf. Auch die verschiedenen Vorführungen und Vorträge der Brautjungfern und Brautführer amüsierten sie köstlich.

»Oh, Hans«, sagte sie, während einer Pause aufatmend, »daß ich nur nichts vergesse, ich muß das alles doch Inez und Angela berichten.«

»Wenn du etwas vergißt, brauchst du nur mich zu fragen, ich helfe dir, dich zu erinnern. Auf dein Wohl, Dolo!«

»Und auf das deine, Hans!«

Sie stießen mit den Gläsern an, und Dolo lachte unbefangen zu ihm auf. Aber als er sie plötzlich sehr seltsam ansah, wie er sie noch nie angesehen hatte, wurde sie rot und trank in ihrer Verlegenheit das ganze Glas leer.

Dann saßen sie eine Weile ganz stumm und beklommen nebeneinander, bis wieder ein neuer Toast ausgebracht wurde. Die Gläser waren frisch gefüllt worden, und Dolores wollte gerade das ihre ergreifen und abermals einen tüchtigen Zug von dem eisgekühlten Sekt tun, da nahm ihr Hans wie ein sorglicher Vater das volle Glas aus der Hand und stellte ihr ein Glas Wasser hin. Sie sah ihn erstaunt an.

»Warum denn Wasser, Hans, Sekt schmeckt viel besser?«

»Aber er ist gefährlicher. Du hast genug davon. Später kannst du noch ein Glas trinken«, sagte er ruhig.

Und sie wagte keinen Einspruch.

Auch er selber war sehr vorsichtig, er wollte sich nicht wie bei Eva Marias Verlobung einen Schwips zulegen. Ganz nüchtern und klar wollte er bleiben, um diese Feier an Dolos Seite so recht von Herzen zu genießen.

Stundenlang wurde getafelt, getoastet und gesungen. Allerlei Festlieder waren von Freunden und Verwandten mit mehr oder weniger Begabung gedichtet worden. Endlich wurde die Tafel aufgehoben. Und gleich nach der Tafel verschwanden die beiden Brautpaare heimlich, um ihre Hochzeitsreisen anzutreten. Eva Maria und Ralf zog es nach Oberitalien, und Jolante und Heinz Vollmer nach dem südlichen Frankreich.

Gleich nach der Tafel begann der Tanz, und nun stand Hans wahre Höllenqualen aus, wenn ein anderer Herr seine Brautjungfer zum Tanz holte. Er beobachtete es auch als eine lästige Pflicht, daß er mit andern Damen tanzen mußte. Und nach jedem Tanz tauchte er sofort wieder an Dolos Seite auf und merkte beglückt und befriedigt, daß ihre Augen immer froh aufstrahlten, sobald er wieder an ihre Seite trat.

Lutz Rodenberg hatte die Pflichten des Gastgebers zu erfüllen, da die Feier in Villa Melanie stattfand und von ihm ausgerichtet wurde. Er kam also nicht viel dazu, sich um Dolo zu kümmern. Er wußte sie ja auch in guten Händen. Aber zuweilen tauchte er doch für kurze Zeit neben ihr auf. Einmal fragte er:

»Nun, Dolo, wie gefällt dir diese deutsche Hochzeitsfeier?«

»Oh, Lutzvater, es ist ein himmlisch schönes Fest. Nur schade, daß Eva Maria mit ihrem Gatten schon abgereist ist, und Jo und Heinz auch. So haben sie eigentlich recht wenig von diesem Fest, das doch ihnen zu Ehren gefeiert wird. Warum sind sie nicht erst morgen abgereist, wenn das Fest vorüber ist?« fragte sie unschuldvoll.

Lutz sah Hans bei dieser Frage an und freute sich, daß er ganz ernst blieb und einen Ausdruck von Rührung in den Augen hatte.

»Ja, Dolo, das gehört nun einmal zu den Hochzeitsbräuchen. Das Brautpaar muß gleich nach der Tafel aufbrechen«, sagte Lutz anscheinend unbefangen.

»Oh, das ist aber ein recht törichter Brauch«, verwunderte sich Dolo, wurde aber gleich darauf von einem Tänzer entführt.

Lutz und Hans blieben nebeneinander stehen, und Lutz sagte:

»Du wirst dich in den nächsten Wochen drüben recht einsam fühlen, Hans, bis du nach Charlottenburg gehst. Ich mache dir den Vorschlag, in der Zeit deine Mahlzeiten in Villa Melanie einzunehmen.«

Erfreut sah Hans zu ihm auf.

»Darf ich das?«

»Selbstverständlich, auch wir werden froh sein, dich bei uns zu haben, da Jo fort ist. Für Dolo ist es ein bißchen langweilig mit uns beiden alten Leuten zusammen.«

Hans mußte lachen.

»Zu den alten Leuten darfst du dich aber nicht rechnen, Onkel Lutz. Du siehst fabelhaft jung aus, und ich habe gehört, daß verschiedene junge Damen von dir geschwärmt haben. Alle finden dich sehr interessant.«

Lutz lachte.

»Ja, mein Junge, wenn wir in die reiferen Jahre kommen, nennen uns die Frauen interessant. Sieh dir doch meine grauen Haare an.«

»Die verschwinden zwischen dem Blond.«

Lutz ließ seine Augen wohlgefällig auf Hans ruhen.

»Wenn ich dich ansehe, mein lieber Hans, dann weiß ich, wie weit die Jugend hinter mir liegt. Aber ich bedaure es nicht! Da meine Frau mir genommen wurde, wüßte ich nichts mehr mit meiner Jugend anzufangen. Und das Leben ist auch noch lebenswert und schön jenseits der Jugend. Aber sieh, wie graziös meine kleine Dolo dahinschwebt. Sie genießt dieses Fest mit aller Inbrunst.«

Hans, der seine Augen ohnedies nicht von Dolores gelassen hatte, sagte aufatmend:

»Es ist schön, wie sie alles mit der ganzen Intensität ihres empfänglichen Naturells in sich aufnimmt.«

»Das ist schön, ja, aber auch gefährlich. Gott behüte sie vor jedem Kummer, vor allem Leid. Denn so intensiv sie sich freuen kann, so intensiv würde sie auch leiden.«

Erschrocken sah Hans ihn an.

»Nein — sie darf nicht leiden — niemals!« stieß er hervor.

Lutz nickte ihm zu.

»Wenn wir es verhüten können, gewiß nicht. Aber wir wollen nicht solchen Betrachtungen an einem so glücklichen Tage nachhängen. Also, es ist abgemacht, du speist mit uns. Und soweit es dir genehm ist, kannst du auch deine freie Zeit in unserer Gesellschaft verbringen.«

»Dann werde ich sehr viel bei euch sein, Onkel Lutz! Hoffentlich werde ich euch nicht lästig?«

»Ganz gewiß nicht. Wann reist du nach Charlottenburg?«

»Am fünfundzwanzigsten September. Ich muß mir erst noch eine passende Unterkunft suchen und will gleich zu Semesteranfang ohne Störung an die Arbeit gehen. Ich möchte nichts versäumen, damit ich mir den Doktor so schnell wie möglich holen kann.«

»Recht so, Hans, du wirst nicht bummeln, das weiß ich.«

»Bestimmt nicht. Und in meinen Ferien werde ich in den Werken weiterarbeiten, damit ich vorankomme.«

Lutz nickte ihm lächelnd zu. Der tiefe Ernst in Hans Dornaus Augen gefiel ihm. Immer mehr fühlte er sich zu ihm hingezogen, und da ihm das Schicksal einen Sohn versagt hatte, sollte Hans sein Sohn sein – und sein Erbe.

Jetzt kam Dolo am Arm ihres Tänzers zurück. Als dieser sich mit einer Verbeugung entfernt hatte, sagte sie, ein etwas klägliches Gesicht zeigend:

»Etwas finde ich aber nicht nett an diesem Fest.«

»Was denn, Dolo?«

»Daß ich mit jedem Herrn tanzen muß, der mich dazu auffordert, Lutzvater.«

»Oh, gefiel dir dein Tänzer nicht?«

»Ach«, seufzte sie, »die Kommilitonen von Egon sind alle so komische Menschen. Mir scheint, sie haben alle auswendig gelernt, was sie mit einer Dame sprechen müssen. Einer sagt genau dasselbe wie der andere: ›Gnädiges Fräulein tanzen wie eine Elfe‹ – ›Gnädiges Fräulein tragen eine entzückende Toilette‹ – ›Es ist fabelhaft interessant, daß gnädiges Fräulein Brasilianerin sind‹ – ›Sind alle Brasilianerinnen so schön wie gnädiges Fräulein?‹ – Wahrhaftig, Lutzvater, diese Sätze hat jeder wie auswendig gelernt heruntergeschnurrt, und dementsprechend habe auch ich immer dasselbe antworten müssen. Etwas Gescheites ist mir dabei nicht eingefallen.«

Die beiden Herren sahen sich an und lachten. Und Hans fragte mit einem himmlischen Gefühl der Zufriedenheit:

»Gefällt es dir nicht, wenn die Herren dir so nette Sachen sagen?«

»Nette Sachen? Solche Gemeinplätze, die sie sicherlich auf jede andere Dame ebenfalls loslassen!«

»Aber Dolo, du bist ja ganz zornig auf die armen Kommilitonen Egons«, sagte ihr Stiefvater lachend.

»Nun ja, sie mögen das den anderen Damen erzählen und sollen mich in Ruhe lassen. Ich möchte viel lieber nur mit Hans tanzen, mit ihm geht es am besten, weil wir uns in der Tanzstunde eingetanzt haben. Und dann kann man doch mit ihm ein vernünftiges Wort sprechen.«

Mit Vergnügen bemerkte Lutz, daß Hans eine rote Stirn bekam.

»Nun, so will ich euch nicht länger stören, tanze los mit Hans, ehe dich ein anderer Herr engagiert.«

Hans verneigte sich vor Dolo, da eben ein neuer Tanz begann, und sie tanzte glücklich mit ihm davon.

Hans fühlte sich stolz und glücklich, als er sie im Arm hatte, da er wußte, sie tanzte am liebsten mit ihm, und da ihr anscheinend kein anderer besser gefiel als er.

Er ließ bis zum Schluß des Festes nicht leicht wieder einen anderen Tänzer an sie heran, und als er endlich als der letzte der Gäste Villa Melanie verließ, zog er das Tuch hervor, in dem Dolores Tränen gefangen waren, und preßte es an seine Lippen.

VII

Die nächsten Wochen vergingen nur zu schnell für Hans und Dolo. Sie waren sehr viel beisammen, da Hans Dauergast in Villa Melanie war. Er weilte nur noch nachts in Villa Rodenberg, wo außerdem noch einige Handwerker ihr Wesen trieben, weil in Eva Marias Abwesenheit verschiedenes umgeändert und renoviert werden sollte. Hans würde seine Schwester vorläufig nicht wiedersehen; wenn sie von der Hochzeitsreise zurückkam, weilte er schon in Charlottenburg.

Dolo sah der Trennung von Hans mit großer Betrübnis entgegen, und vor lauter Kummer zankte sie ein wenig mit ihm. Aber Hans hatte ein viel zu schweres Herz, als daß er lange mit ihr hätte zanken können, und sobald sie wieder friedlich gesonnen war, versuchte er sie zu trösten.

»Sieh mal, Dolo, bald nach meiner Abreise kommt doch Eva Maria wieder nach Hause.«

»Ach, sie hat dann ihren Mann und ganz gewiß keine Zeit für mich.«

»Du vergißt, daß Ralf den ganzen Tag in den Werken ist. Dann ist Eva Maria sowieso allein, und sie wird sich freuen, wenn sie recht oft mit dir zusammensein kann.«

»Nun ja, das wird sehr nett sein, aber Eva Maria kann höchstens eine Stunde ausreiten — und so lange im Zimmer sitzen, das kann ich nicht. Das halte ich einfach nicht aus!«

»Aber eine gute Fußgängerin ist Eva Maria, ihr könnt ja weite Spaziergänge unternehmen. Zudem ist ja bald Weihnachten, dann bin ich wieder zu Hause. Wir werden zusammen ein herrliches Christfest feiern, das erste für dich in Deutschland. Habt ihr in Armada auch Weihnachten gefeiert?«

»Ja, gewiß, so gut es ging. Aber Mutter und Lutzvater haben immer gesagt, richtig kann man Weihnachten nur in Deutschland feiern.«

Hans nickte.

»Ich glaube das auch. Und es soll ein schönes Fest werden. Hoffentlich liegt dann Schnee. Das wird für dich auch etwas Neues sein. Du hast doch sicher noch keinen Wintersport getrieben?«

»Wir haben ja niemals Schnee gehabt, Hans.«

»Wir werden dann zusammen rodeln. Am Berg, auf dem Villa Rodenberg liegt, gibt es eine famose Rodelbahn. Wenn Schnee liegt, tollt auch Eva Maria gern mit dir dort herum. Da wirst du genügend Bewegung im Freien haben. Es ist ein herrliches Vergnügen.«

Ihre Augen glänzten.

»Ich will mich schon darauf freuen, Lutzvater hat mir oft genug von dem deutschen Winter erzählt.«

Er sah sie mit plötzlich erwachter Sorge an.

»Hoffentlich ist's dir dann nicht zu kalt bei uns. Du mußt dich gut vorsehen, damit du dich ja nicht erkältest. Hast du überhaupt eine Ahnung, was Frieren ist?«

Sie lachte.

»O ja, die Nächte in Armada waren zuweilen sehr kalt, da hat man schon gefroren. Am Tag freilich fast nie.«

»Nun, du wirst staunen, wie kalt es manchmal im Winter bei uns ist. Dann mußt du dich warm anziehen, wenn du ins Freie gehst. Im Haus ist es ja warm genug, da wird geheizt. Hast du eigentlich einen Pelzmantel?«

»Ja, Lutzvater kaufte mir einen während meines Aufenthalts in Hamburg, weil ich dort abends sehr fror.«

»Das ist gut. Sobald dir kalt ist, kriechst du in deinen Pelzmantel. Und wenn es friert und ein scharfer Wind weht, dann sprich im Freien möglichst wenig, du mußt dich erst an den Frost gewöhnen«, sagte er in tiefer Sorge um sie.

Er gab ihr noch eine Menge Verhaltensmaßregeln, wie sie sich am besten vor Frost schützen könne.

Dann kamen die letzten Tage vor seiner Abreise heran, und er hatte allerlei Vorbereitungen zu treffen. Aber jede freie Minute widmete er Dolo. Er fürchtete sich geradezu vor dem Abschied. Dolo aber sah diesem wie einem schweren Verhängnis entgegen. Sie bezwang sich, so gut es gehen wollte, allein ihr Vater merkte doch, wie sie mit ihrem Schmerz kämpfte. Er strich ihr einmal sanft über den Kopf.

»Mußt tapfer sein, Dolo, ich werde es auch sein.«

»Tut es dir auch so schrecklich weh, daß Hans fortgeht?« fragte sie, ahnungslos, wie sehr sie sich damit verriet.

»Ja, Dolo, sehr weh.«

»Aber — es muß sein, nicht wahr?«

»Ja, es geht nicht anders. Hans muß in die Welt hinaus, muß noch mancherlei lernen, was er hier in den Werken nicht lernen kann.«

»Er weiß aber doch schon schrecklich viel.«

»Aber doch nicht genug.«

Sie seufzte.

»Nun ja, er will auch lernen, ein Mann zu sein. Das hat er mir gesagt.«

Er lächelte.

»So, so, ein Mann will er werden? Nun, viel fehlt ihm nicht dazu, ein ganzer Mann zu sein.«

»Da braucht er doch nicht drei Jahre zu lernen?«

»Doch vielleicht auch noch etwas mehr. Wir wollen sehen, daß er diese Lehrzeit nach Möglichkeit abkürzen kann. Er muß doch seinen Doktor machen. Du wirst sehen, so schnell es geht, erreicht er sein Ziel. Und bald ist ja Weihnachten. Dann kommt er in den Ferien heim.«

Sie nickte tapfer.

»Ja, darauf will ich mich freuen.«

»Und du mußt Hans nicht so deutlich zeigen, wie weh dir die Trennung tut, sonst schmerzt sie ihn doppelt.«

Sie seufzte.

»Er freut sich bestimmt, in die Welt hinauszukommen.«

»Meinst du?«

»Ja, er hat es mir gesagt.«

»So? Das hat er dir gesagt?«

»Ja, wie ich ihn auslachte, als er mir bedeutete, er sei ein Mann.«

»Du hast ihn ausgelacht?« fragte er nachdenklich.

»Ein bißchen. Ich sagte ihm, daß er erst einer werden müsse. Und da wurde er böse, und er will es mir zeigen, daß er draußen ein Mann wird, und darauf freut er sich.«

Ein Lächeln huschte über Lutz' Gesicht. Er konnte sich denken, wie sehr Hans sich gekränkt gefühlt hatte, als sie an seiner Männlichkeit gezweifelt hatte. Kindsköpfe! Und doch – welch tiefer Sinn im kindlichen Spiel! Er konnte nun verstehen, was ihn zuerst erstaunt hatte, daß Hans zu Dolo gesagt hatte, daß er sich freue, hinauszukommen. Und er sagte begütigend:

»Es ist sehr gut für ihn, daß er sich den Wind ein wenig um die Nase wehen läßt. Jeder Mann muß sich draußen in der Welt ein wenig umtun. Und wir denken jetzt einfach gar nicht mehr an die Trennung, sondern nur an die Wiederkehr, dann wirst du schon tapfer sein.«

Sie nickte.

»Darauf kannst du dich verlassen, Lutzvater.«

Sie war auch wirklich sehr tapfer, als Hans von ihr Abschied nahm. Das war gut so, sonst hätte Hans vielleicht trotz aller Männlichkeit seine Fassung verloren. Lutz kürzte den Abschied, so gut es ging, ab, um den beiden jungen Menschen zu helfen, tapfer zu bleiben. Er brachte Hans selbst zum Bahnhof, und da Tante Melanie gerade damit beschäftigt war, an Jolante zu schreiben, war Dolo ungestört und konnte ihren Schmerz in der Einsamkeit ihres Zimmers austoben lassen. Er löste sich in einer Tränenflut, und das war gut so. Nachdem sie sich ausgeweint hatte, beruhigte sie sich etwas und begann einen langen Brief an ihre Freundinnen zu schreiben. Sie hatte diesen Briefwechsel in letzter Zeit etwas vernachlässigt. Nach der Hochzeit hatte sie nur noch einen einzigen Brief geschrieben, der freilich eine genaue und ausführliche Beschreibung dieses Festes enthielt. Aber seither hatte Hans sie zu sehr in Anspruch genommen.

Nun hatte sie wieder sehr viel Zeit, und es wurden sehr lange Briefe, die aus ihrer Feder hervorgingen.

Still war es jetzt um Dolo geworden, und wäre Eva Maria Anfang Oktober nicht von ihrer Hochzeitsreise zurückgekommen, hätte sie fast so einsam leben müssen wie auf Armada. Denn mit Tante Melanie konnte man nicht so recht nach Herzenslust plaudern. Aber Eva Maria nahm sich Dolos wieder sehr an. Sie hatte echtes Verständnis für sie und vergaß die Cousine in ihrem jungen Glück nicht.

War ihr Mann in den Werken und ihr Haushalt bestellt, widmete sie sich Dolo, und diese schloß sich immer inniger an Eva Maria an. Sie besuchte mit ihr die Arbeiterfamilien, sie sahen, wie und wo sie helfen konnten, wenn jemand krank war oder wenn sonst Hilfe nötig war. Es gab allerhand für die beiden Damen zu tun, und sie halfen gern und waren froh, sich nützlich machen zu können.

Schon jetzt fingen sie an, für die Weihnachtsbescherung der Arbeiterkinder allerlei Vorbereitungen zu treffen. Es machte ihnen zum Beispiel Spaß, Puppen für die kleinen Mädchen anzukleiden. Das alles kostete Zeit, und Eva Maria war froh, an

Dolo eine Hilfe zu haben. Früher hatte sie das alles allein besorgt. Sie hatte immer monatelang damit zu tun gehabt.

Ihre Morgenritte absolvierten die jungen Damen immer noch in Begleitung von Ralf und Lutz Rodenberg, und fast jeden Vormittag und Nachmittag kam Dolo auf einige Stunden in die Villa Rodenberg.

Immer durfte Dolo dann die Briefe lesen, die Hans an seine Schwester schrieb. In jedem dieser Briefe war auch von Dolo die Rede, und immer bestellte er herzliche Grüße an sie und selbstverständlich auch an die anderen alle. Er fragte seine Schwester, ob sie zuweilen an ihn denke und — ob sie sich auf Weihnachten freue.

Eva Maria berichtete Hans treulich, was Dolo zu seinen Briefen gesagt habe, die sie immer zu lesen bekäme. Zuweilen kam auch eine Karte mit einer schönen Ansicht von Berlin an Dolo selbst. Und Dolo dankte ihm dann ebenfalls auf einer Karte und fügte einige belanglose, aber herzliche Worte bei.

Sonst fand kein Briefwechsel zwischen Hans und Dolo statt. Hans wagte nicht an Dolo zu schreiben, weil er sich inzwischen über sein Empfinden für sie klar geworden war und fürchtete, sich zu verraten. Er war zu ehrenhaft und zu sehr um sie besorgt, als daß er sie dadurch hätte beunruhigen wollen. Und Dolo wagte keinen Brief an Hans zu schreiben, aus Furcht, ihn von seinem Studium abzuhalten und seine Zeit zu sehr in Anspruch zu nehmen. Sonst würde er am Ende nicht in der festgesetzten Zeit fertig, und das wollte sie um keinen Preis verschulden.

Sie hätte auch tatsächlich nicht gewußt, was sie an ihn schreiben sollte, denn — so wie ihr ums Herz war, konnte sie doch nicht an ihn schreiben, das fühlte sie.

Eva Maria merkte sehr bald, daß Dolo, sooft es nur anging, die Rede auf Hans brachte, daß sie vor Erregung rot wurde, wenn sie ihr einen neuen Brief des Bruders zu lesen gab, und daß alle ihre Pläne damit begannen: Wenn Hans erst zu den Ferien nach Hause kommen wird . . .

Und da Hans ebenfalls immer wieder von Dolo schrieb und

sich immer sehr interessiert nach ihrem Befinden, nach ihrem Tun und Lassen erkundigte, ging ihr bald ein Licht auf. Sie merkte, daß sich da etwas zu entwickeln begann, das ihr große Freude machen würde. Sie war aber genauso verständig wie Lutz Rodenberg und rührte mit keinem Wort daran, weder Dolo noch Hans gegenüber. Nicht einmal mit ihrem Gatten sprach sie vorläufig darüber, sie wollte erst ihrer Sache sicher sein und nicht vorschnell urteilen.

VIII

Weihnachten kam schneller heran, als Dolo geglaubt hatte, und etwa vierzehn Tage vor dem Fest fiel der erste Schnee. Das war für Dolo ein Erlebnis, das stark auf sie einwirkte. Wie trunken vor Freude tollte sie zwischen den wirbelnden Schneeflocken umher, haschte mit den Händen danach und fing sie mit den Lippen auf. Und als der Schnee über Nacht so dicht gefallen war, daß er alles in ein dickes weißes Kleid hüllte, schrie sie vor Entzücken laut auf.

Eva Maria schilderte Hans getreulich, wie der erste Schneefall auf Dolo gewirkt hatte, und er antwortete darauf, daß es ihm sehr, sehr leid tue, das nicht miterlebt zu haben. Lutz und Eva Maria begannen eine Schneeballschlacht mit Dolo, und sie beteiligte sich daran mit einem Übermut, der reizend war. Allerdings, als sie den ersten Schneeball in den Händen formte, schrie sie erschrocken auf und ließ ihn schnell wieder fallen. Und lachend sagte sie dann:

»Mir war, als verbrenne mich der Schnee.«

Als sie dann merkte, was die Ursache dieser Empfindung war, versuchte sie es tapfer von neuem, und nun flog Ball auf Ball durch die Luft.

Lutzvater ließ auch gleich den Schlitten instand setzen, der sich in der Wagenremise der Villa Rodenberg befand, und dann fuhr er die beiden Damen im Schlitten spazieren. Das war wieder ein wundervolles Vergnügen für Dolo. An Reiten war ohnedies nicht mehr zu denken.

Aber am schönsten war es, wenn sie mit Eva Maria den Berg herabrodelte. Dann jauchzte sie auf, wenn es pfeilschnell bergab ging. Lachend kletterten die Cousinen wieder hinauf, um abermals herabzusausen. So ging es stundenlang.

Aber große Betrübnis herrschte, als nach einigen Tagen der Schnee wieder weggetaut war.

»Ist nun der Winter vorbei?« fragte sie bitter enttäuscht.

Als man ihr berichtete, daß dies nur ein kurzes Vorspiel gewesen sei, atmete sie auf.

»Hoffentlich fällt Schnee, wenn Hans heimkommt, er wollte doch mit mir rodeln«, sagte sie.

»Ja, hoffentlich fällt vor Weihnachten noch einmal Schnee«, sagte Eva Maria.

»Ist das nicht sicher?«

»Nein, Dolo.«

»Ich dachte, wenn Winter ist, muß auch Schnee fallen.«

»O nein, manchen Winter haben wir sehr viel, manchen Winter sehr wenig Schnee.«

»Dann wünsche ich, daß dies ein Winter mit sehr viel Schnee wird, Schnee ist himmlisch!«

»Nun ja, Dolo, er kommt ja auch direkt vom Himmel«, sagte Eva Maria lachend.

Dolo betete nun jeden Abend, daß am nächsten Morgen alles wieder weiß sein möge. Und ihr Gebet wurde zwei Tage vor Weihnachten erhört. Als sie erwachte, war alles in fleckenloses Weiß gehüllt. Sie jauchzte hell auf, und ihr erster Gedanke war, daß Hans heute bei seiner Ankunft Schnee vorfinden würde.

Eva Maria wollte den Bruder vom Bahnhof abholen. Der Zug kam gegen zwölf Uhr an. Und sie wollte bei dieser Gelegenheit noch allerlei Einkäufe in der Stadt besorgen.

»Oh, nimm mich mit, Eva Maria — ich — weißt du, ich möchte auch noch einige Einkäufe machen, Einkaufen ist herrlich.«

Eva Maria lächelte verstohlen, sagte aber dann ganz ernsthaft:

»Es ist ja auch ganz in Ordnung, daß du Hans vom Bahnhof abholst, er hat dich ja auch abgeholt.«

Dolo wurde ein wenig rot, sagte aber, so ruhig sie konnte:

»Eigentlich hast du recht. Also fahre ich mit dir, ja?«

Eva Maria nickte zustimmend. Das war am Abend vorher gewesen. Und sie hatten vereinbart, daß Eva Maria Dolo um zehn Uhr abholen solle. Dann konnten sie zuerst ihre Weihnachtseinkäufe machen und anschließend um zwölf Uhr auf dem Bahnhof sein.

Dolo fand all die Weihnachtsvorbereitungen wundervoll. Die kleinen Heimlichkeiten machten ihr viel Spaß. Zum ersten Mal beschäftigte sie sich mit Handarbeiten. Mit heißem Bemühen arbeitete sie, von Eva Maria angelernt, für Hans und Onkel Lutz je einen warmen Schal. Das war wirklich keine Kleinigkeit, schon das lange Stillsitzen war eine Leistung für sie.

Sie hatte wieder und wieder von Lutzvater Geld gefordert, um Einkäufe machen zu können. Auch das war für sie eine ungekannte Seligkeit. In einer Ecke ihres Garderobenzimmers war ein ganzer Berg von Paketen und Kartons aufgestapelt; alles Weihnachtsgeschenke. Die Weihnachtstannen hatte sie mit Eva Maria im Wald ausgesucht und dann geschmückt. Dabei entwickelte sie einen Eifer, daß ihr die Wangen glühten. Sie fand alle diese Vorbereitungen entzückend und bedauerte im geheimen nur das eine, daß Hans nicht dabeisein konnte.

Heute war sie jedoch nur mit halber Aufmerksamkeit bei ihren Einkäufen, eigentlich hatte sie ja auch nur vorgegeben, Einkäufe machen zu müssen, weil sie gern mit zum Bahnhof wollte. Aber dann packte sie der Eifer doch wieder, und sie erstand noch allerlei für die Arbeiterkinder, Süßigkeiten und Spielsachen, aber keine praktischen Dinge, denn davon waren schon genug vorhanden.

Die Arbeiterkinder sollten schon heute nachmittag beschert werden. Das war jedes Jahr so, und alles war schon gestern von

Eva Maria und ihr aufgebaut worden. Aber man konnte noch immer einige Sachen dazulegen.

»Eva Maria, noch nie bin ich so glücklich darüber gewesen, daß ich reich bin, wie jetzt. Es ist doch herrlich, wenn man so vielen Menschen eine Freude machen und so viele Dinge einkaufen kann«, sagte sie.

Eva Maria mußte schließlich energisch Schluß machen und zog Dolo lachend mit sich fort, weil diese nicht aufhören konnte, Einkäufe zu machen.

Die beiden Damen fuhren nun zum Bahnhof, es war mittlerweile höchste Zeit geworden. Sie hatten kaum den Bahnsteig betreten, als der Zug auch schon einfuhr. Hans stand am Fenster und erblickte Eva Maria und Dolo nebeneinander. Da war ihm, als setze vor Freude sein Herzschlag aus. Mit einem Satz sprang er aus dem Wagen, ehe dieser stillstand. Die Schwester fiel ihm lachend um den Hals, und seine Augen blickten über Eva Marias Schulter zu Dolo hinüber. Sie war vor Erregung ganz rot geworden und streckte Hans die Hand entgegen. Er ergriff sie mit warmem Druck, und beider Augen versanken für eine Weile ineinander.

»Dolo, du holst mich ab?« fragte er glückstrahlend.

»Ja, Hans, wir hatten noch allerlei Weihnachtsbesorgungen zu machen. Oh, was ist Weihnachten für ein herrliches Fest! Und Schnee liegt auch wieder, so hoch! Wir können rodeln, Hans, das ist wundervoll. Eva Maria und ich haben es jeden Tag getan, solange Schnee lag. Und heute, am Spätnachmittag, gleich nach der Teestunde, wird den Arbeiterkindern beschert. Ich habe noch schnell einige Süßigkeiten und Spielsachen besorgt. Du mußt mir das letzte noch auflegen helfen, gleich nach Tisch, damit alles zur Zeit fertig ist. Und Eva Maria singt Weihnachtslieder! Das klingt so süß! Sie hat eine wundervolle Stimme. Wir haben Weihnachtsbäume geschmückt, Eva Maria und ich, wundervoll sehen sie aus. Ach, Hans, wie schön, wie wunderschön ist es in Deutschland!«

So kam es hastig über ihre Lippen, als wolle sie ihre Befangenheit fortplaudern. Und er lauschte ihrem lieben Stimmchen und entzückte sich von neuem an dem reizvollen Persönchen. Sie sah köstlich aus mit dem von der Kälte geröteten Gesicht und den strahlenden Augen. Gerade nur das Gesicht sah aus dem hohen Kragen ihres Pelzes heraus.

Ihre kindliche Freude am Weihnachtsfest gab ihm seine Fassung wieder. Die heiße Sehnsucht, die er all die Zeit nach ihr empfunden hatte, war nun vorläufig gestillt. Er sah sie vor sich, sie schob ihre Hand unter seinen Arm, und Eva Maria blickte lächelnd auf die beiden. Sie fand Hans ein wenig schmaler, aber gereifter. Froh hängte sie sich in seinen anderen Arm, und so schritten sie zu dreien, fröhlich plaudernd, dem Ausgang des Bahnhofes zu. Am Auto angelangt, gab Hans dem Diener schnell seinen Gepäckschein, und dieser holte den Koffer herbei. Inzwischen hob Hans die beiden Damen in das Auto und setzte sich zu ihnen.

»Wie lange wirst du zu Hause bleiben, Hans?« fragte Dolo eifrig.

»Bis zum sechsten Januar«, erwiderte er und sah sie strahlend an.

Sie schluckte ein wenig vor Freude, daß er so lange bleiben würde. Es verschlug ihr eine Weile die Rede. Schnell rechnete sie aus, daß er also vierzehn Tage daheimbleiben würde. Ach, wenn die doch recht langsam vergehen möchten!

Aber eilig plauderte sie weiter von allerlei nebensächlichen Dingen. Eva Maria kam wenig zu Wort, aber sie erzählte, daß sie Dolo fast mit Gewalt aus den Läden hätte schleppen müssen, weil sie sonst alles ihr Vorgelegte gekauft hätte. Dolo lachte.

»Es ist doch so schön, Weihnachtsgeschenke zu machen, man darf doch niemand vergessen«, sagte sie, sich verteidigend.

»Dann bekomme ich vielleicht auch etwas von dir geschenkt?« fragte Hans, der seine Augen nicht von ihr lassen konnte.

Sie nickte eifrig.

»Selbstverständlich, ich habe mir den Kopf zerbrochen, womit ich dir eine Freude machen könnte. Aber du bekommst erst morgen abend dein Geschenk. Zuerst feiern wir in Villa Melanie, da habe ich alles mit Tante Melanie aufgebaut. Ihr müßt dazu herüberkommen. Denke dir, sogar Handarbeiten habe ich gemacht. Eva Maria hat mich das gelehrt. Oh, wie schwer war es, so lange stillzusitzen. Und ich weiß doch nicht, ob es gut geworden ist. Eva Maria sagt ›ja‹, aber sie will mich nur trösten. Ich wollte doch so gern etwas recht Schönes machen. Eva Maria hat ja wunderbare Arbeiten für euch alle angefertigt. Ganz neidisch bin ich geworden. Aber im nächsten Jahr will ich schon Besseres leisten, ich werde mich üben.«

Hans fragte sich im stillen, ob sie wohl auch für ihn eine Handarbeit gemacht hätte, und er wußte, mochte es sein, was es wolle, daß er sich sehr darüber freuen würde. Und er fragte sich, ob sie sich wohl freuen würde über das von ihm für sie bestimmte Geschenk. Tagelang war er in seinen Freistunden von einem Schaufenster zum anderen gelaufen, um etwas besonders Schönes für sie zu finden, aber nichts war ihm schön genug erschienen.

Und Dolo konnte es kaum aushalten, ihm nicht zu verraten, daß sie für ihn und Lutzvater einen Schal gestrickt habe. Aber sie sagte wenigstens:

»Denke dir, für Lutzvater habe ich einen warmen Schal gestrickt, so lang und so breit!«

Und sie deutete die Größe mit den Händen an.

»Oh, wie sehr werde ich Onkel Lutz um diesen Schal beneiden«, sagte er.

Sie warf Eva Maria einen schelmischen Blick zu.

»Meinst du, daß er sich darüber freuen wird? Er ist schrecklich leichtsinnig und nimmt nicht mal einen Mantel um, wenn er in den Werken von einem Gebäude zum anderen läuft. Und deshalb bekommt er nun einen großen Schal, den kann er schnell umwerfen, sobald er ins Freie geht. Er denkt immer nicht daran, wie kalt es hier im Winter ist, er glaubt wohl immer noch, auf Armada zu sein.«

»Hast du sehr gefroren, als es kalt wurde?« fragte er sie besorgt.

Sie kuschelte sich wohlig in ihren Pelz.

»Oh, ich krieche in meinen Pelz, sobald ich das Haus verlasse. Und wenn wir rodeln, trage ich wollene Sportkleider und eine Lederjacke. Dann hat es mit dem Frieren keine Not. Wirst du mit mir rodeln, Hans? Eva Maria sagt, du kannst es fein!«

»Ich werde stets gerne mit dabeisein, Dolo.«

»Oh, herrlich! Aber erst Weihnachten feiern! Wenn wir bei uns beschert haben, gehen wir alle zur Villa Rodenberg hinüber, wo Eva Maria aufgebaut hat. Du wirst staunen, wie vieles du von ihr geschenkt bekommst; du mußt sehr artig gewesen sein.«

Hans drückte der Schwester die Hand.

»Sehr artig war ich!«

»Und fleißig?« forschte Dolo.

»Sehr fleißig, ich komme gut voran.«

»Aber drei Jahre dauert es doch?«

Er nickte seufzend.

»Mindestens! Aber ich tue, was ich kann. Du kannst dir denken, daß ich Dampf dahintermache.«

»Ist es schön in Berlin?«

»O ja, aber zu Hause ist es schöner.«

»Laufen dort auch so schrecklich viele Menschen auf den Straßen herum und fahren auch so viele Autos wie in Hamburg?«

»Noch viel mehr.«

»Weißt du, vielleicht besuche ich dich mit Lutzvater einmal in Berlin – oder vielmehr in Charlottenburg, das hängt ja zusammen. Ich fürchte mich freilich vor den vielen Wagen und Menschen.«

Seine Augen leuchteten auf.

»Ich führe dich schon sicher, da brauchst du keine Angst zu haben.«

»Du mußt nur selbst immer gut aufpassen, daß dir nichts geschieht. Manchmal habe ich eine schreckliche Angst um dich«, sagte sie, ihn besorgt ansehend.

Wie freute er sich, daß sie sich um ihn sorgte. Seine Augen strahlten in die ihren, daß sie zusammenschrak.

»Du hast Angst um mich?« fragte er heiser und hätte sie am liebsten an sein klopfendes Herz gedrückt.

Sie nickte nur stumm und war froh, daß Eva Maria jetzt das Wort ergriff und einige Fragen an Hans richtete, die sein Studium betrafen.

Die Fahrt verging viel zu schnell für Dolo. Sie wurde mit ihren Paketen vor der Villa Melanie abgesetzt. Man hatte verabredet, daß Hans Dolo gleich nach Tisch abholen sollte, damit sie die letzten Geschenke noch gemeinsam auf den Gabentisch der Kinder legen könnten. Hans wollte dabei zugleich Onkel Lutz und Tante Melanie begrüßen und sich dann mit Eva Maria und ihrem Gatten in der großen Kantine des Werkes treffen, wo wie jedes Jahr die Bescherung für die Arbeiterkinder stattfinden sollte.

Dolo küßte Eva Maria zum Abschied und reichte Hans die Hand.

»Auf Wiedersehen!«

»Auf Wiedersehen, Dolo, ich komme, so schnell ich kann.«

Dann fuhr der Wagen weiter.

In der Villa Rodenberg wurden die Geschwister bereits von Ralf erwartet, der gerade zur Mittagspause von den Werken herübergekommen war. Er begrüßte Hans herzlich, und gleich darauf ging man zu Tisch. Aber kaum daß Hans gegessen hatte, brach er schon wieder auf, um zur Villa Melanie hinüberzugehen. Er wartete nicht einmal, bis der Mokka serviert wurde.

Eva Maria hielt ihn nicht länger auf. Lächelnd sah sie ihm nach, als er in großen Sätzen den Berg hinabstürmte, unbekümmert darum, daß es ziemlich glatt war.

Dolo stand schon wartend am Fenster und winkte ihm zu, als sie ihn erblickte. Es kostete sie viel Selbstüberwindung, hier im Zimmer auf ihn zu warten und ihm nicht entgegenzulaufen. Aber Tante Melanie hätte dann sicherlich gesagt: Eine Dame darf einem Herrn nicht entgegeneilen. So viel wußte sie bereits, daß das kein »guter Ton« war.

Lutzvater und Tante Melanie saßen hinter ihr im Zimmer und nahmen den Mokka ein.

»Hans kommt!« verkündete sie strahlend.

Gleich darauf trat Hans in das Zimmer und begrüßte Tante Melanie und Onkel Lutz in seiner frischen, herzlichen Art. Dann reichte er Dolo die Hand.

»Da bin ich, Dolo, und stelle mich dir ganz zur Verfügung.«

Sie nickte ihm zu.

»Laß Lutzvater seinen Mokka noch trinken, Hans, dann nimmt er uns im Wagen mit hinüber, wir haben eine Menge Pakete mitzunehmen.«

Hans setzte sich zu Onkel Lutz, der ihm einige Fragen stellte. Tante Melanie bot ihm eine Tasse Mokka an, die er gern annahm, da er zu Hause nicht darauf hatte warten wollen.

Hans berichtete dem Onkel von seinem Studium, und dieser merkte wohl, daß Hans sehr fleißig gewesen war.

»Übernimm dich nur nicht, mein Junge, du bist ein bißchen schmal geworden«, sagte er.

Hans richtete sich auf und warf den Kopf zurück.

»Ich will es doch schaffen, Onkel Lutz. Und in der ersten Zeit machte mir das viele Stillsitzen Beschwerden. Mir fehlt der Aufenthalt in der frischen Luft. Da hat man keinen Appetit. Das holt man schon nach. Gib acht, in den vierzehn Tagen Ferien futtere ich das wieder an.«

»Zumal es frischgebackenen Weihnachtskuchen gibt, bei dem du immer deinen Mann gestellt hast«, sagte Frau Melanie lächelnd.

Dolo hatte Hans ernsthaft und prüfend angesehen. Und sie fand, daß Hans schon wie ein richtiger Mann aussah. Als er ihr jetzt seine Augen zuwandte, schrak sie zusammen. Ein wenig verwirrt faßte sie nach der Mokkakanne und füllte erneut die Tassen.

Sie trug ein steingrünes Kleid aus weichem, mattglänzendem Seidenstoff, mit schwarzer Stickerei verziert, und diese Farbe kontrastierte wirkungsvoll mit ihrem kastanienbraunen Haar, das in weichen kurzen Locken ihren Kopf umgab. In jedem neuen Kleid erschien sie Hans besonders reizend. Er sah entzückt die Goldfunken in ihren Augen aufblitzen und war unsagbar glücklich, daß er wieder hineinschauen konnte. Unzählige Male hatte er sich nach diesen Augen gesehnt, die ihm schöner schienen als jedes andere Frauenauge. Immer sah er die Augen im Geiste vor sich, und sie beschützten und bewahrten ihn vor den Gefahren der Großstadt. Die Sehnsucht, sein Ziel zu erreichen, um alsdann dauernd in Dolos Nähe weilen zu dürfen, spornte ihn an und trieb ihn vorwärts. Das Studium wurde ihm viel leichter, als er geglaubt hatte. Er merkte auch, daß das, was er schon in den Werken und unter Ralfs Leitung gelernt hatte, ihm sehr zunutze kam.

Lutz Rodenberg freute sich über Hans. Er merkte, daß dieser mit tiefem Ernst an seine Aufgabe heranging, und es entging ihm nicht, daß die Liebe zu Dolo die Haupttriebfeder dazu war.

Inzwischen hatte der Diener alle Pakete, die Dolo mit zu den Werken hinübernehmen wollte, im Auto verstaut, und nun brach man auf.

Tante Melanie wollte erst ihre Siesta halten und ein wenig später nachkommen, um der Bescherung der Arbeiterkinder beizuwohnen. Und so fuhr Dolo mit Lutzvater und Hans davon.

Lutz begab sich sogleich in sein Kontor, wo er noch zu arbeiten hatte.

Hans und Dolo fuhren bis zur Kantine und packten dort die mitgebrachten Pakete aus. Ihr Inhalt wurde sogleich auf die lange Tafel verteilt, wo für jedes Kind eine Bescherung aufgebaut war. Hans war mit Feuereifer dabei, kannte er doch jedes Kind, das zu den Werken gehörte. Er riet Dolo hier und da zu einer kleinen Änderung der Gaben. Sie ging willig darauf ein.

»Du kennst sie ja alle viel länger als ich und weißt schon eher Bescheid, was ihnen Freude macht«, sagte sie.

Die beiden jungen Menschen waren bei dieser gemeinsamen Beschäftigung restlos glücklich, eben weil sie eine gemeinsame war. Hans war sich dieses Grundes für seine Glückseligkeit bewußt, aber Dolo noch nicht. Sie wußte nicht, weshalb sie in so besonders gehobener Stimmung war, seit Hans wieder da war; sie fand nur, es sei so wunderschön auf der Welt, daß sie nur den einen Wunsch hatte, es möge immer so bleiben.

Sie waren eine kurze Stunde allein, und der nüchterne Kantinenraum dünkte sie schön wie ein Palast. Dann kam Eva Maria und half noch ein wenig mit. Es wurde alles zur rechten Zeit fertig, und das war gut. Draußen hörten sie schon ungeduldige Kinderstimmen und die beschwichtigenden Reden der mitgekommenen Mütter. Hans schaltete jetzt die elektrische Beleuchtung der beiden großen, buntgeschmückten Weihnachtsbäume ein. Auf jeder der weißgedeckten und mit Geschenken reichbeladenen Tafeln stand einer. Heller Glanz verbreitete sich im Kantinenraum. Der Kantinenwirt und seine Frau hielten große Kannen voll Schokolade bereit und für jedes Kind einen länglichen Weihnachtskuchen. Das war Tradition bei der Christbescherung der Kinder, und wenn diese Bewirtung gefehlt hätte, wäre das Fest nur halb so schön geworden. Hans legte eine Platte auf das Grammophon und »Stille Nacht – heilige Nacht« klang durch den Raum. Die Türen wurden geöffnet, und die Kinder zogen ein. Es war eine ansehnliche Schar.

Hans, Dolo und Eva Maria begrüßten die Kinder mit heiteren Worten, und diese wurden gleich sehr zutraulich. Der respekteinflößende Chef der Rodenberg-Werke und seine ersten Beamten sowie Tante Melanie waren schon anwesend, hielten sich aber im Hintergrund, um die Kinder nicht zu stören.

Der Jubel war diesmal besonders groß, dank Dolos Eingreifen fiel die Bescherung für alle viel reichlicher aus als sonst. Es gab einen großen Trubel, Hans mußte mit lauter Stimme kommandieren, damit nicht zu große Verwirrung einriß. Dolo stand mitten unter den Kindern selbst wie ein glückliches Kind, zeigte den kleinen, wie die Spielsachen in Gang gebracht wurden, stopfte hier und da ein Mäulchen mit Süßigkeiten und lachte so warm und herzlich, daß Hans immer zu ihr hinübersehen mußte. Wie süß sie war in ihrer Freude, Freude bereiten zu können.

Dann wurden unter dem Gesang von Weihnachtsliedern die

Geschenke in mit bunten Bändern und Tannenreisern geschmückte Körbe gepackt, die auf jedem Platz bereitstanden. Beim Einpacken halfen die Mütter mit und Dolo und Eva Maria auch. Als die beiden großen Tafeln geleert waren, mußten die Kinder auf den Bänken Platz nehmen, und Kuchen und Schokolade wurden herumgereicht. Auch hierbei bedienten Eva Maria und Dolo die Kinder, und auch Hans griff lustig mit zu. Es herrschte eine sehr vergnügte Stimmung. Dolo blieb bis zum Schluß frisch und munter. Eva Maria war schon ein wenig matt und abgespannt, aber Dolo zeigte noch keine Spur von Müdigkeit. Bis das letzte Kind selig mit seinen Gaben abgezogen war, hatte Dolo für jedes noch ein Scherzwort.

Lutz Rodenberg, Ralf und die andern Herren waren bereits wieder an ihre Arbeit gegangen; Hans aber begleitete seine Schwester, die Tante und Dolo zur Villa Melanie. Dorthin sollten nach Feierabend in den Werken Lutz und Ralf kommen, denn man gedachte, den Abend zusammen zu verbringen. Eva Maria erklärte, sie müsse jetzt erst ein halbes Stündchen Ruhe haben, ihr brumme der Kopf von allem Lärm. Und auch Tante Melanie zog sich mit Eva Maria zurück. So konnte Hans mit Dolo alleinbleiben, und sie plauderten zusammen ohne eine Spur von Müdigkeit.

»Ich gäbe viel darum, könnten unsere Arbeiterkinder im Armada-Werk ebenfalls ein so reizendes Fest erleben. Eure Arbeiter und deren Familien haben es überhaupt viel besser als die drüben bei uns. Ich werde nicht nachlassen mit Bitten, bis Lutzvater auch für unsere Arbeiter so hübsche Häuschen baut und ihnen sonst nach Möglichkeit das Leben leichter macht«, sagte Dolo.

Hans sah sie ernst an.

»Das wird nicht so ohne weiteres gehen, Dolo, ich habe mit Onkel Lutz schon einmal davon gesprochen. Das Armada-Werk besteht erst knapp fünfzehn Jahre, die Rodenberg-Werke bestehen schon über achtzig Jahre. Die Arbeiterhäuser hat mein Großvater vor etwa zehn Jahren bauen lassen. Es ist dazu ein sehr großes Kapital nötig, wenn es sich auch verzinst. Aber es verzinst sich nur sehr niedrig, muß sich niedrig verzinsen, damit die Arbeiter billig wohnen können. Ein im Verhältnis noch so junges Werk wie das eure kann eine solche Belastung noch nicht vertragen. Verstehst du das?«

Sie nickte.

»Es ist aber sehr traurig.«

»Du mußt nicht vergessen, daß eure Arbeiter drüben im Verhältnis nicht unglücklicher sind als unsere Leute, die sind eben noch viel weniger verwöhnt als diese. Und du kannst es ruhig Onkel Lutz überlassen; was er für die Arbeiter drüben tun kann, wird er ohne weiteres tun, dafür ist er seines Vaters Sohn, der auch ein warmes Herz für seine Untergebenen hatte. Sei nicht mehr traurig darüber, Dolo.«

Das klang so warm und liebevoll, daß sie ihm am liebsten um den Hals gefallen wäre. Aber eine unverstandene Scheu hielt sie davon ab. Sie plauderten nun wieder heiter und froh über alles, was ihnen durch den Kopf schoß, bis Eva Maria und die Tante endlich wieder auftauchten. Bald darauf kamen auch die beiden Herren von den Werken herüber, und man ging zu Tisch.

Am nächsten Tag, dem Heiligen Abend, gab es noch eine Menge zu tun, aber Hans und Dolo stahlen sich doch ein Stündchen weg, um zu rodeln. Der Schnee war zu verlockend. Hans speiste zu Mittag in Villa Melanie. Am Nachmittag sollte Jolante mit ihrem Gatten ankommen, die das Weihnachtsfest im einstigen Vaterhaus der jungen Frau verleben wollten. Auch Egon wurde erwartet. Frau Melanie lief in Erwartung ihrer Kinder unruhig im Haus umher, bis sie endlich zum Bahnhof fuhr, um diese abzuholen.

So gab es noch ein herrliches, ungestörtes Plauderstündchen für Hans, Onkel Lutz und Dolo. Sie hatten einander so viel zu sagen, und Lutz beobachtete dabei heimlich die beiden jungen Menschen. Er war nun schon ganz sicher, daß aus Hans und Dolo einmal ein Paar werden würde. Es entging ihm nicht, daß Hans sich schon seiner Liebe zu Dolo voll bewußt war, während

Dolo noch nicht im klaren über ihre Gefühle für Hans war. Als Tante Melanie mit ihren Kindern heimkam — auch Egon war mit demselben Zug angelangt, war es vorläufig mit Ruhe und Behagen vorbei. Jolante und ihr Gatte sorgten für Betrieb, sie waren beide sehr lebhaft und wirbelten alles durcheinander. Sie waren strahlend glücklich, aber ihr Glück war von der Art, daß sie sich Luft machen und andere daran teilnehmen lassen mußten, während Eva Maria und ihr Mann ihr Empfinden still in sich verschlossen hielten und sich zuweilen nur mit leuchtenden Augen ansahen oder sich verstohlen bei den Händen faßten.

Egon sah mit überlegenem Kopfschütteln auf seine Schwester und seinen Schwager, als wollte er sagen: Wie kann man nur so unvernünftig glücklich sein. Er zeigte sich noch etwas überheblicher als früher, unterstrich den Korpsstudenten noch viel mehr und behandelte Hans ein wenig von oben herab. Bei ihm fing eben der Mensch erst beim Korpsstudenten an. Er hatte sich auf einer Mensur noch einen Schmiß geholt, und dieser leuchtete noch sehr rot in seinem etwas blassen Gesicht. Während die anderen alle ihrer Weihnachtsfreude Luft machten, lächelte er über solche »Kinderei« wie ein müder Greis.

Sobald es dunkelte, begann die Bescherung in Villa Melanie, da man ja später noch in Villa Rodenberg bescheren und dort zu Abend essen wollte. Alle spann der Weihnachtszauber ein, nur Egon nicht, der das alles bei sich eine läppische Veranstaltung nannte.

Dolo lachte und weinte durcheinander vor Freude. Sie war von allen Seiten reich beschenkt worden. Am meisten hatte Lutzvater ihr aufgebaut. Aber ganz tief im Herzen freute sie sich am meisten über einen Anhänger in Form eines vierblättrigen Kleeblatts an einem Platinkettchen. Das war Hans Dornaus Geschenk für sie. Außerdem hatte er ihr noch ein Buch geschenkt, über das sie einmal mit ihm gesprochen hatte. In dies Buch hatte er mit seiner schönen charakteristischen Handschrift geschrieben:

»Jede Seite dieses Buches sei ein Gruß für meine liebe Cousine Dolo von ihrem getreuen Vetter Hans.«

Sie las das mit verdächtig blanken Augen. Ihre Wangen röteten sich jäh, und sie legte das Buch still beiseite – niemand sollte diese Inschrift lesen. Und das Platinkettchen mit dem reizenden Anhänger aus vier kleinen, von Brillanten umgebenen Smaragden legte sie gleich um den Hals. Sie besaß zwar reichen, von ihrer Mutter ererbten Schmuck, und doch erschien ihr dieser Anhänger besonders wertvoll, weil er von Hans kam und ein Zeichen war, daß er an sie gedacht hatte.

Lutzvater hatte für Dolo aufgebaut und ein wahres Füllhorn mit Gaben vor ihr ausgeschüttet. Sie dankte ihm lachend und weinend. Hans hatte sie nur stumm die Hand gedrückt – hatte sein Buch vor den Blicken der anderen verborgen und hatte sein Geschenk um den Hals gelegt. Das mußte ihm wohl Dank genug sein, denn er strahlte über das ganze Gesicht.

Und nun bescherte Dolo allen ihre Gaben, sie hatte jedem irgendeinen Wunsch abgelauscht und für jeden das Richtige getroffen. Sie verstand die Kunst des Schenkens. Und zuallerletzt überreichte sie mit einer verschämten Bangigkeit Lutzvater und Hans je einen selbstgestrickten Schal von weicher, grauer Wolle. Der für Lutzvater war mit grünen Streifen verziert, der für Hans mit blauen. Die Arbeit war nicht ganz tadellos gelungen, hier und da konnte man einen sogenannten Prudel entdecken, aber ach, wieviel Mühe hatte es gekostet, diese Riesenarbeit zu bewältigen. Und danach allein wurden diese Geschenke gewürdigt.

»Das nächste Mal werde ich eine bessere Arbeit liefern, ihr müßt den guten Willen für die Tat nehmen«, sagte sie verzagt.

Aber Lutzvater wie auch Hans versicherten ihr, daß sie noch nie einen so schönen Schal besessen hätten und sich gerade so einen sehnlichst gewünscht hätten.

Und stolz lief Hans den ganzen Abend mit dem um die Schultern gelegten Schal umher, obgleich ihm sehr warm dabei wurde.

Lutz Rodenberg hatte auch für seine Neffen und Nichten, sowie für Ralf Bernd und Heinz Vollmer und nicht minder für seine Schwester sehr reiche Geschenke aufgebaut. Auch ihm war es eine Wonne, wieder einmal ein deutsches Weihnachten feiern und alle seine Lieben reich beschenken zu dürfen. Es war bezeichnend für seine Einstellung zu Egon, daß er diesem weiter keine Geschenke aufgebaut hatte als eine Banknotentasche, die allerdings reich gefüllt war. Für Hans hatte er sinnigere Geschenke gewählt und für alle anderen auch. Egon war aber äußerst zufrieden mit diesem Präsent, für Geld hatte er immer sehr gute Verwendung, und der Inhalt der Banknotentasche besserte seine Stimmung ganz erheblich. Solchen Weihnachtszauber ließ er gelten. Der war nach seinem Sinn.

Nach der Bescherung begaben sich alle zur Villa Rodenberg hinüber. Man ging zu Fuß, weil jeder das Bedürfnis hatte, eine Weile in frischer Luft spazierenzugehen. Voran schritt Frau Melanie zwischen Lutz und Egon, dann kam Eva Maria mit ihrem Gatten, danach Jolante und Heinz, und den Schluß bildeten Hans und Dolo. Da alle Herren ihren Damen den Arm geboten hatten, bot auch Hans Dolo den seinen an. Er hatte sich den Schal um den Hals geschlungen und lobte immer wieder, wie schön warm er darin stecke. Er behauptete, sobald er Zeit habe, werde er nachzählen, wie viele Maschen nötig gewesen seien, diesen Schal zu stricken. Und er fragte Dolo, ob sie bei dieser Arbeit auch an ihn gedacht habe.

»Selbstverständlich, Hans, bei jeder Masche. Wie viele es sind, kann ich dir ganz genau sagen, es sind zweihundert Reihen, jede Reihe zu sechzig Maschen, nun rechne dir aus, wie viele das sind.«

Er atmete tief und schwer, weil er sie nicht in seine Arme nehmen und herzen und küssen durfte.

»Barmherziger Gott! Das sind ja zwölftausend Maschen! Oh, deine armen Hände, wie haben sie sich für mich gemüht. Das kann ich ja gar nicht gutmachen, Dolo.«

Sie lachte.

»Manchmal war ich auch der Verzweiflung nahe und wollte es aufgeben, aber dann hat mich Eva Maria nur still angesehen – und da habe ich tapfer weitergestrickt. Wenn man jemand eine Freude machen will, darf einem keine Mühe zu groß sein.«

So plauderte sie weiter – keine Wichtigkeiten – und doch, wie wichtig erschien ihnen jedes Wort. Der Schnee knirschte dazu unter ihren Füßen, und Hans fragte immer wieder, ob Dolo nicht friere. Sie schüttelte lachend den Kopf.

»O nein, mir ist ganz heiß, nur die Nasenspitze friert ein wenig.«

Erfrischt und ermuntert kam man in Villa Rodenberg an. Hier hatten Eva Maria und ihr Gatte ihre Bescherung aufgebaut. Auch hier waren alle Geschenke mit viel Liebe und Verständnis ausgesucht. Eva Maria hatte für jeden irgendeine kunstvolle Handarbeit angefertigt. Wieder kam man in Feststimmung, und Dolo schwamm in einer Woge des Entzückens. Sie fand Weihnachten wundervoll.

Nach der Bescherung wurde getafelt. Der alte Diener Hermann, der seit vierzig Jahren im Hause war, hatte unter Eva Marias Aufsicht die Tafel herrlich geschmückt. Und Eva Maria ließ ein Mahl auftragen, das ihre Hausfrauentugenden im hellsten Licht erstrahlen ließ.

Man war sehr heiter und vergnügt an der Tafel. Volle Harmonie herrschte unter den Familienmitgliedern. Sogar Egon befleißigte sich eines natürlichen Tones; die gut gefüllte Banknotentasche hatte Wunder gewirkt. Um Dolo kümmerte er sich nicht viel, sie war für ihn erledigt, seit sie ihn aufgezogen hatte. Das war aber Hans sehr lieb, so hatte er seinen Frieden und konnte sich ungestört seiner reizenden Cousine widmen.

Nach den Feiertagen huldigten Hans und Dolo dem Wintersport. Sie waren sehr viel aufeinander angewiesen, was für beide sehr angenehm war. Alle anderen waren durch ihre Pflichten in Anspruch genommen. Jolante und ihr Mann sowie auch Egon waren wieder abgereist, und Eva Maria, die noch am meisten mit ihnen zusammen war, schützte auch zuweilen Hausfrauenpflichten vor, wenn Hans sie aufforderte, mit ihnen zu rodeln.

»Dolo hat mehr Zeit als ich, Hans, sie kann sich dir widmen, und ihr machst du die größte Freude, wenn du mit ihr im

Schnee herumtollst. Sie kann nicht genug davon bekommen«, sagte sie.

Dolo konnte allerdings nie genug bekommen in dieser Beziehung.

Der Schnee galt ihr als ein vom Himmel gefallenes Wunder. Ganz trunken war sie zuweilen vor Freude, wenn die Schneeflocken um sie herumtanzten. Und Hans hatte alle Kraft und Selbstbeherrschung nötig, um sie dann nicht in seine Arme zu reißen und zu küssen. So reizend fand er ihre Freude.

Jeden Morgen rodelten sie ein paar Stunden den Berg hinab, und es ging dabei durchaus nicht immer ganz friedlich zu. Zuweilen kamen sie in die kriegerische Stimmung früherer Tage, und Hans mußte kummervoll bemerken, daß er ihr noch immer nicht in dem Maße imponierte, wie er es wünschte. Einmal war er so gekränkt, daß er sagte:

»Wenn du mich so schlecht behandelst, kann ich ja früher wieder abreisen.«

Da wurde sie sehr blaß, sah ihn entsetzt an und sagte erschrocken:

»Hab' ich dich denn so schlecht behandelt, Hans? Das weiß ich doch gar nicht. Du hast dich eben bloß so furchtbar ungeschickt angestellt, daß ich ›dummer Junge‹ zu dir sagen mußte. Das war doch nicht böse gemeint. Du wirst mir doch den Kummer nicht antun, daß du früher abreist?«

Ach, und dabei sah sie ihn so flehend an, daß er am liebsten vor ihr niedergekniet wäre und sie gebeten hätte, sie möge ihm verzeihen, daß er so töricht gewesen sei.

Aber wenn man eben so versessen darauf ist, als Mann zu gelten, dann sieht man so einen »dummen Jungen« als schlimme Beleidigung an.

Der Frieden war jedenfalls wiederhergestellt, und man rodelte getrost den Berg herunter und lachte übermütig miteinander, als der Rodelschlitten umkippte und sie beide kopfüber in dem aufgeschaufelten Schneehaufen landeten. Vergnügt putzten sie sich gegenseitig den Schnee von den Kleidern und begannen von neuem.

Nur zu schnell vergingen die beiden Ferienwochen für Hans, und Dolo stellte eines Tages betrübt fest, daß Hans am übernächsten Tag schon wieder abreisen mußte.

»Das kann doch gar nicht sein, so schnell kann doch die Zeit nicht vergangen sein«, sagte sie kleinlaut.

Aber es war dennoch der Fall, alles Rechnen half nichts. Und am übernächsten Tag wiederholte sich der schmerzliche Abschied für die beiden jungen Menschen. Und wieder flüchtete Dolo in die Einsamkeit ihres Zimmers und weinte herzbrechend, daß Hans nun wieder abgereist war. Und — daß er so traurig dabei ausgesehen hatte.

IX

Dieses himmelhochjauchzende Wiedersehen und zum Tode betrübte Abschiednehmen wiederholte sich in den nächsten Jahren viele Male. Regelmäßig kam Hans zu den Ferien heim, und zweimal war auch Dolo mit Lutzvater in Berlin gewesen. Dann mußte Lutzvater, nach etwa anderthalb Jahren, wieder einmal nach Brasilien reisen, um auf dem Armada-Werk nach dem Rechten zu sehen. Das waren schwere Zeiten für Dolo, obwohl Eva Maria und Tante Melanie alles taten, um sie darüber hinwegzubringen. Lutzvater blieb fast drei Monate fort, und in der ganzen Zeit war auch Hans nicht daheimgewesen. Dolo war glücklich, als der Vater endlich zurückkam und gleich darauf auch Hans wieder Ferien hatte.

So vergingen die Jahre. Hans machte große Fortschritte in seinem Studium, und seine Professoren waren mit ihm sehr zufrieden. Je näher er aber seinem Examen kam, desto unsicherer fühlte er sich. Würde er so gut abschneiden, wie er es gehofft hatte? Es fiel ihm bedrückend auf die Seele, daß er auf dem Gymnasium auch nicht sehr gut abgeschnitten hatte. Was nützte es ihn, wenn er so gut in den Rodenberg-Werken zu Hause war und so genau in allen Dingen Bescheid wußte, wenn er im entscheidenden Moment doch versagte? Die Nöte, die jeder Student durchmachen muß, blieben auch ihm nicht erspart.

Dazu kam in letzter Zeit ein schwerer Herzenskummer um Dolo. Er liebte sie mehr denn je, aber er wußte nicht, ob er ihre Gegenliebe je erringen würde. Manchmal glaubte er fest daran, hielt es überhaupt für unmöglich, daß es anders sein könne, aber dann kamen wieder schwere Zweifel über ihn, wenn Dolo ihm nicht so begegnete, wie er es wünschte. Sie war inzwischen eine erwachsene junge Dame und sich langsam auch dessen bewußt geworden, was Hans ihr bedeutete. Sie fühlte jetzt, daß sie ganz anders für Hans empfand als für alle anderen Menschen, die sie liebte. Je klarer diese Erkenntnis wurde, desto zurückhaltender wurde sie Hans gegenüber. Sie flog ihm jetzt nicht mehr jubelnd entgegen, wenn er in den Ferien heimkam, sondern begrüßte ihn, wie es sich für ein sittsames junges Mädchen gehörte. Manchmal kam dann freilich wieder ein impulsiver Ausbruch, der ihm verriet, daß sie im Grunde doch noch dieselbe war, aber hinterher war sie dann immer doppelt zurückhaltend und förmlich. Zumeist empfand sie dann gerade am wärmsten für ihn und wollte das nur verstecken hinter ihrer Reserve, aber Hans kannte sich in so einer jungen Mädchenseele zu wenig aus und fühlte sich dann todunglücklich. Wurde er dann aber im Zorn und Schmerz auch reserviert und markierte er Gleichgültigkeit, dann hätte sie gern eingelenkt, wenn das nur so leicht gewesen wäre. So machten die beiden alle Krisen einer jungen Liebe durch und wußten nur eins immer ganz genau, daß sie einander schmerzlich entbehrten, wenn sie nicht zusammensein konnten.

So nahte für Hans der Abschluß seines Studiums. Und es wurde ein glänzender Abschluß. Als er mit allem fertig war und nun »Doktor Hans Dornau« hieß, ließ er sich telefonisch mit den Rodenberg-Werken verbinden und verlangte Onkel Lutz an den Apparat.

Dieser meldete sich gleich, denn er allein wußte, daß Hans an diesem Tag vor dem Abschluß stand.

»Hallo, Hans, bist du es?«

Ja, Onkel Lutz, hier Doktor Hans Dornau!«

»Meinen herzlichsten Glückwunsch, mein Junge. Nein — Herr Doktor! Heute will ich dich mal so nennen, so frisch gedoktort, hört man das gern. Ich freue mich. Hast du gut abgeschlossen?«

»Du wirst zufrieden mit mir sein.«

»Bin ich immer gewesen! Wann kommst du heim?«

»In den nächsten Tagen, Onkel Lutz, will nur noch meine Zelte hier abbrechen. Aber bitte, zu Hause niemand etwas verraten, nichts von dem günstigen Abschluß und auch nicht von meiner Ankunft. Ich — will die anderen überraschen.«

Lutz Rodenberg lächelte am Telefon, er wußte, wen Hans hauptsächlich überraschen wollte.

»Nun gut, Hans, so bleibt das vorläufig unter uns. Aber wenn ich nicht genau weiß, wann du kommst, kann ich dir keinen Wagen zum Bahnhof schicken.«

»Ist nicht nötig, ich nehme eine Taxi.«

»Gut, mein Junge! Und — mache in deiner Freude über das beendete Studium keine Dummheiten, du weißt, mir ist das einmal sehr teuer zu stehen gekommen.«

»Unbesorgt! Ich werde vorsichtig sein.«

»Das ist recht! Auf Wiedersehen, Herr Doktor Dornau!«

»Auf Wiedersehen, Onkel Lutz. Ich freue mich sehr auf daheim.«

Lutz Rodenberg hatte eingehängt. Er stand noch eine Weile am Apparat und sah gedankenschwer vor sich hin. Aus der Vergangenheit stieg der Tag empor, da er in seiner Freude über sein abgeschlossenes Studium mit seinen Freunden ein wenig gezecht und dann mit ihnen in eine Schlägerei verwickelt worden war. Ohne sein Verschulden, das Zeugnis konnte er sich ausstellen, war es zu dieser Schlägerei mit einer Gruppe anderer junger Leute gekommen, die wahrscheinlich auch nicht ganz nüchtern gewesen waren. Und dann hatte plötzlich ein Mensch tot vor ihm gelegen, und er hatte geglaubt, den tödlichen Schlag geführt zu haben. Fünfzehn Jahre hatte er das schwer und bitter gebüßt, hatte sich selbst die schwerste Strafe auferlegt — und hatte nach einem halben Menschenalter erst erfahren, daß nicht er den verhängnisvollen Schlag geführt hatte, sondern einer seiner Studienfreunde. Erst auf seinem Sterbelager hatte dieser seine Schuld eingestanden und ihn erlöst.

Lutz seufzte tief auf. Und ein Gebet stieg aus seiner Seele zum Himmel empor, daß das Schicksal Hans vor solchen Erfahrungen bewahren möge, seinetwegen und Dolos wegen. Dolo war das Kind der Frau, die ihn vom Tode errettet und die ihm die fünfzehn Jahre der Verbannung lebenswert gemacht hatte. Dolo sollte glücklich werden.

Er lächelte vor sich hin. Seine kleine Dolo! Wie sie sich wehrte gegen ihre heimliche Liebe zu Hans. Und wie sie sich freuen würde, wenn er nun nicht mehr von ihr fortzugehen brauchte. Wie reizend sie war in ihren unklaren Empfindungen. Lange würde es nicht mehr dauern, dann kam sie zur vollen Erkenntnis ihrer Liebe. Sie stand nun im neunzehnten Lebensjahr, und Hans war fünfundzwanzig Jahre alt geworden. So jung waren sie — sie hatten noch viel Zeit. Aber sie sollten sich nicht lange quälen, jung gefreit, hat nie gereut. Es würde sich ja nun auch bald alles ohne sein Dazutun entwickeln. Und ihm wurde dann ein Herzenswunsch erfüllt.

Lutz Rodenberg hatte, als er vor anderthalb Jahren die Geschäfte auf dem Armada-Werk revidierte, alles in Ordnung gefunden. Er konnte mit den Leistungen seiner Beamten und Arbeiter zufrieden sein und war beruhigt wieder nach Deutschland zurückgekehrt. Er glaubte, diesmal eine längere Pause eintreten lassen zu können, denn er hatte auch in der Folge im ganzen gute Berichte erhalten. Dolo hatte er damals absichtlich nicht mit nach Brasilien genommen. Sie sollte sich erst noch intensiver in Deutschland eingewöhnen.

Vor einigen Monaten war eine amerikanische Gesellschaft an ihn herangetreten mit dem Wunsch, Armada samt dem Silberbergwerk zu kaufen. Alle Anlagen sollten erweitert und eine

Ausbeutung in großem Maßstab vorgenommen werden. Man vermutete noch bedeutende Silberschätze in diesem Boden.

Lutz wußte das selbst sehr wohl, wenn er bisher auch nicht in der Lage gewesen war, das Armada-Werk in dem nötigen Maße zu vergrößern. Die Gesellschaft hatte ihm freilich enorm günstige Bedingungen gestellt, aber er wollte vorläufig keinen Entschluß fassen. Er sagte sich, würde Hans eines Tages Dolos Gatte sein, hätte er vielleicht Lust, das Silberbergwerk in größerem Ausmaß auszubeuten. Lutz selbst betrachtete sich ja nur als Sachwalter Dolos, wenngleich er sein erworbenes Vermögen mit in den Werken stecken hatte. Allerdings hatte er vor, Hans einst zum Erber der Rodenberg-Werke zu machen, aber vorläufig war er selbst erst in der Mitte der Vierzig und konnte noch lange leben, so daß Hans vielleicht zu lange auf dies Erbe warten müßte. Vielleicht zog er es daher doch vor, die Leitung des Armada-Werkes selbst in die Hand zu nehmen und das zur Ausführung zu bringen, was er, Lutz, wegen seiner Rückkehr nach Deutschland nicht hatte unternehmen können. So gab er der amerikanischen Gesellschaft den Bescheid, daß er zur Zeit nicht daran denke, das Armada-Werk zu verkaufen, daß er jedoch später vielleicht auf ihre Offerte zurückkommen werde.

Mit Dolo hatte er vorläufig nicht über dies Angebot gesprochen, sie war zu jung und unerfahren, um sich ein Urteil in dieser Sache bilden zu können. Mit dieser Frage hätte er zugleich die einer künftigen Ehe Dolos aufrollen müssen, und diese wollte er ihr gerade jetzt nicht stellen, da sie mit sich selbst darüber noch nicht im klaren war.

Seine ganze Kraft wurde freilich immer mehr von den Rodenberg-Werken in Anspruch genommen, die unter seiner Führung einen immer bedeutenderen Aufschwung nahmen. Er hätte deshalb Hans sehr gern noch eine Weile als Hilfe an seiner Seite behalten. Andererseits aber leuchtete es ihm ein, daß das Armada-Werk nicht immer ohne einen Herrn bleiben könne und daß es sich zur Zeit nicht genügend rentiere. Mit Hans darüber zu sprechen und so die Angelegenheit zu klären, erschien ihm einstweilen noch verfrüht. Erst mußte sich Hans Dolo erklären und ihr Jawort erringen, dann erst konnte er ihm die Frage vorlegen, ob er das Armada-Werk selber leiten wollte, oder ob er vorziehe, bei ihm in den Rodenberg-Werken zu bleiben und das seiner Gattin gehörige Silberbergwerk unter den angebotenen günstigen Bedingungen zu verkaufen. Jedenfalls mußte sich erst das Verhältnis der beiden jungen Menschen zueinander klären, und das konnte vermutlich nicht mehr allzulange dauern, wenn Hans jetzt nach Abschluß seines Studiums wieder zu Hause blieb.

Gerade in diesen Tagen erhielt Lutz Rodenberg von Direktor Delora vom Armada-Werk die Nachricht, daß er ihm leider eine unangenehme Eröffnung machen müsse. Er habe damit gezögert, so lange es angängig gewesen, um den Chef nicht unnötig zu beunruhigen, allein die gehoffte Besserung der Verhältnisse sei leider nicht eingetreten. Es hätten sich seit einigen Monaten unter den Arbeitern Elemente eingeschlichen, die Unzufriedenheit gesät hätten. Man habe alles getan, um die Arbeiter wieder zur Vernunft zu bringen, aber zwei Agitatoren, die bolschewistische Ideen verbreiteten, wiegelten die Leute immer wieder auf. Man habe die Agitatoren entlassen wollen, aber da sei es zu einer Drohung der Arbeiter gekommen. Sie wollten im Fall der Entlassung ihrer »Führer« die Arbeit niederlegen. Es sei ein ganz renitenter Geist plötzlich in die Arbeiter gefahren, sowohl in die weißen als auch in die schwarzen. Man wisse sich nun nicht mehr zu helfen und müsse ihm das mitteilen. Es wäre sicher gut, wenn er kommen und durch seine Autorität Ordnung schaffen würde; denn die von den Leuten gestellten Forderungen seinen unannehmbar. Aber jene seien so verhetzt, daß sie auf kein vernünftiges Zureden hörten.

Lutz Rodenberg war über diese Nachricht etwas bestürzt. Wie kamen bolschewistische Agitatoren nach Brasilien und in das Armada-Werk? Waren seine Leute drüben, die immer so zufrieden gewesen waren, so leicht zu verhetzen? Er war ärgerlich, daß Direktor Delora ihm nicht sogleich Bericht erstattet hatte. Jedenfalls war es nötig, daß er möglichst schnell hinüberreiste und die Angelegenheit in Ordnung brachte. Sicherlich hatten seine Beamten sich ungeschickt benommen; er aber würde schnell wieder Ruhe und Ordnung schaffen, wenn er hinüberkam. Lutz hatte schon lange im Sinne gehabt, seine Leute drüben etwas besser zu stellen. Bei seiner Rückkehr sollte das geschehen, denn er hatte selbst eingesehen, daß die Arbeiter drüben viel schlechter gestellt waren als in Deutschland. Mochten dann die anderen Arbeitgeber noch so wütend auf ihn werden, er wollte sich nicht darum kümmern.

Er hatte ja seine Belegschaft von jeher besser gehalten, als es sonst in Brasilien Brauch war. Die Verhältnisse lagen eben drüben ganz anders. Dolo hatte ihm schon oft in den Ohren gelegen, warum ihre Leute nicht auch so nette Wohnhäuser hätten und warum drüben dies und das so ganz anders sei. Er hatte es ihr erklärt, so gut es ging. Konnte das Armada-Werk so ausgebaut werden, wie die amerikanische Gesellschaft es vorhatte, dann konnten ganz andere Gewinne erzielt werden. Es mußten aber Millionen hineingesteckt werden, um das Bergwerk richtig ausbeuten zu können. Eine Gesellschaft, der eine große Anzahl von Finanzgrößen angehörte, vermochte das zu schaffen. Und dann konnten auch die Arbeiter anders gestellt werden.

Er wußte, daß Dolo ihn das letztemal nur deshalb allein hatte nach Armada reisen lassen, weil sie sich fürchtete, die ärmlichen Verhältnisse ihrer Leute mit denen der Rodenberg-Leute vergleichen zu müssen. Das hätte ihr zu weh getan.

Mit Inez und Angela war Dolo noch immer im Briefwechsel, aber dieser war nicht mehr ganz so rege wie in der ersten Zeit. Ihr Vater hatte ihr damals, als er drüben gewesen war, die Nachricht mitgebracht, daß Senhor Frasquita nach Jaimeville versetzt worden sei. So waren auch Inez und Angela getrennt worden. Von Inez hatte Dolo in deren letzten Brief gehört, sie habe sich mit dem Sohn eines Geschäftsfreundes ihres Vaters verlobt.

Lutz Rodenberg las den langen Brief seines Direktors immer wieder durch, und es stand für ihn fest, daß er so schnell wie möglich nach Brasilien müsse. Aber er beschloß, diesmal Dolo mitzunehmen — aber nicht sie allein, sondern auch Hans sollte ihn begleiten. Er hatte seine Gründe dafür. Erstens einmal wollte er sich nicht wieder so lange von Dolo trennen. Es war das erstemal sehr bitter für ihn gewesen. Und jetzt war sie so fest mit der deutschen Heimat verwachsen, daß man nicht zu befürchten brauchte, Armada könne Heimwehgefühle in ihr erwecken. Sowenig er sich aber von Dolo trennen wollte, so wenig wollte er ihr eine lange Trennung von Hans auferlegen. Zudem erschien es ihm auch von Wichtigkeit, daß Hans die Armada-Werke einmal in Augenschein nähme, und überhaupt, daß er die Verhältnisse drüben kennenlernte. Bei dieser Gelegenheit konnte er sich dann klar darüber werden, ob er in Zukunft als Dolos Gatte mit ihr auf Armada leben und die Führung des Silberbergwerks selbst in die Hand nehmen wollte oder nicht.

Das würde dann allerdings für ihn selber eine Trennung von Dolo und Hans bedeuten, also von den beiden liebsten Menschen, die er auf Erden besaß. Aber als gewissenhafter Verwalter von Dolos Erbe hatte er sich auch darein zu fügen. Jedenfalls mußte er ihnen die Wahl freistellen. In seinem Herzen hoffte er freilich auf den Entschluß ihrerseits, auf das Armada-Werk zu verzichten. Dann könnte man dies der amerikanischen Gesellschaft überlassen. Aber er wollte weder Dolo noch Hans in irgendeiner Weise beeinflussen. Sie selber sollten ihre Wahl treffen ohne Rücksicht auf ihn. Und um diese Wahl treffen zu können, mußten sie unbedingt jetzt mit ihm nach Brasilien gehen.

So schrieb er schnell entschlossen an Direktor Delora, daß er so bald wie möglich nach Armada kommen werde, um persönlich einzugreifen. Der Direktor möge Pedro Weisung geben, sein Wohnhaus instand zu setzen und die nötige Dienerschaft für einige Wochen zu engagieren. Er werde in Begleitung seiner Tochter und seines Neffen kommen.

Nach Abfassung dieses Briefes suchte er Ralf Bernd in seinem Büro auf. Dieser empfing ihn mit fragenden Augen.

»Führt dich etwas Besonderes zu mir, Onkel Lutz?«

»Ja, Ralf, hast du eine halbe Stunde Zeit für mich?«

»Wir werden uns diese Zeit nehmen, Onkel Lutz.«

Sie setzten sich einander gegenüber, und Lutz sah wohlgefällig in Ralfs energisches Gesicht. Er war sehr zufrieden mit ihm als technischem Direktor der Werke. Aber Ralf war unbedingt überbürdet, und es wäre unbedingt notwendig gewesen, noch einen zweiten technischen Direktor anzustellen. Diesen Posten wollte Lutz gern für Hans freihalten, bis dieser seine Entscheidung getroffen hatte, ob er seine Kräfte den Rodenberg-Werken oder dem Armada-Werk in Zukunft widmen wollte.

»Also, mein lieber Ralf, ich weiß, daß du mit Arbeit überbürdet bist und möchte dich gerne entlasten. Das soll auch geschehen, sobald es möglich ist. Vorläufig aber bin ich gezwungen, dir noch etwas mehr aufzubürden. Meinst du, daß du einige Monate ohne mich hier fertig werden kannst?«

Ralf sah überrascht auf. Einen Moment zögerte er, dann richtete er sich entschlossen auf.

»Wenn du so fragst, weiß ich, daß es notwendig sein wird, und was sein muß, wird geschafft. Wir haben ja immerhin unsere tüchtigen Beamten, die mich wirksam unterstützen. Wenn du die Rodenberg-Werke auf Monate verlassen willst, hast du triftige Gründe dafür, und mir scheint, daß dann nur das Armada-Werk dich ruft, obwohl du mir kürzlich sagtest, daß du eine Reise dorthin noch für ein halbes Jahr zu verschieben gedächtest.«

»Ja, das wollte ich, aber nun sind Verhältnisse eingetreten, die es nötig erscheinen lassen, daß ich möglichst schnell hinübergehe. Hier, bitte, lies diesen Brief von Direktor Delora.«

Er reichte Ralf das Schreiben, und dieser las es durch. Als er es zurückreichte, sah er mit ernsten Augen zu Lutz auf.

»Also auch drüben werden die Arbeiter durch bolschewistische Agenten aufgeputscht?«

Lutz zuckte die Achseln.

»Offen gestanden, Ralf, sie hätten dazu mehr Veranlassung als unsere Arbeiter hier in Deutschland. In Brasilien sind die Verhältnisse teilweise schlimm. Ich habe schon allerlei Zugeständnisse gemacht, und zwar freiwillig. Es wundert mich daher, daß gerade die Armada-Leute sich aufwiegeln lassen, denn sie wissen alle, daß sie es bei mir besser haben als irgendwoanders. Aber immerhin gestehe ich von meinem Standpunkt den Leuten gern eine Aufbesserung ihrer Lage zu. Direktor Delora kennt meine Stellungnahme zu dieser Angelegenheit, und wenn er schreibt, daß die Forderungen der Leute unannehmbar sind, so müssen sie schon sehr verstiegen sein. Man weiß ja, wie das ist; wenn infolge von Aufhetzung einmal wilde Wünsche in den Leuten aufwachen, geht es meistens über jedes vernünftige Ziel hinaus. Sie sind wie Kinder, meistens genügsam, bescheiden und willig, aber wenn man ihnen goldene Früchte zeigt, greifen sie danach und wollen sie um jeden Preis haben. Darüber habe ich mich ja schon verschiedentlich ausgesprochen, aber ich muß sagen, daß ich es nicht für möglich gehalten hätte, daß die Armada-Leute aufgewiegelt werden könnten. Nun ist es anscheinend doch der Fall. Ich weiß nicht, ob meine führenden Beamten Fehler in der Behandlung der Leute gemacht haben, oder ob fremder Einfluß tatsächlich so stark gewirkt hat. Jedenfalls muß ich hinüber, um Ruhe und Ordnung wiederherzustellen. Ich denke, mir wird es schnell gelingen. Ich werde sehen, was ich tun kann, um die Lage der Leute zu verbessern. Was in meinen Kräften steht, werde ich freiwillig tun — zwingen lasse ich mich jedoch zu nichts.«

»Hoffentlich wird es dir nicht zu schwer, Ordnung zu schaffen.«

»Das fürchte ich nicht, die Leute sind zum großen Teil gutartig, zumal die Neger. Unter den Weißen gibt es fast immer abenteuerliche Elemente, aber auch mit denen hoffe ich fertig zu werden. Die Hauptsache ist jetzt, ob du hier so lange allein fertig werden kannst.«

»Es wird auf jeden Fall gehen — gehen müssen, Onkel Lutz. Und dann — Hans wird ja auch bald nach Hause kommen.«

Lutz strich sich über die Stirn.

»Auch auf Hans wirst du nicht rechnen können. Du sollst es zuerst wissen; ich will ihn mit hinübernehmen.«

Forschend sah Ralf in sein Gesicht.

»Hast du Pläne mit Hans?«

»Noch keine bestimmten, Ralf, aber ich möchte, daß er sich drüben umsieht. Er soll sich eventuell darüber klar werden, ob er das Armada-Werk leiten möchte. Mit dir kann ich ja offen sprechen, du wirst kein Wort davon verraten. Ich habe das Gefühl, daß sich zwischen Hans und Dolo etwas anspinnen wird – oder – vielleicht schon angesponnen hat – ganz unbewußt freilich.«

Ralfs Augen zuckten auf.

»Ah, seltsam – Eva Maria sprach kürzlich davon, sie hat allerlei kleine Beobachtungen gemacht; schon seit langer Zeit, nur hat sie jetzt erst mit mir darüber gesprochen.«

Lutz lächelte.

»Frauen sehen schärfer in solchen Dingen als wir, aber immerhin habe auch ich meine Beobachtungen gemacht. Hans und Dolores sind beide noch jung, aber doch nicht mehr zu jung, als daß nicht jeder Tag die Entscheidung bringen könnte. Und da möchte ich auf alle Fälle gewappnet sein. Also kurz und gut, Hans soll mich begleiten, damit er sich klar werden kann, ob er, falls er Dolos Gatte wird, die Leitung des Armada-Werkes selber in die Hand nehmen will. Auch Dolo soll mit uns gehen, sie soll jetzt, nachdem sie das Leben hier in Deutschland kennengelernt hat, sich entscheiden, ob sie in Zukunft Brasilien oder Deutschland als ihre Heimat ansehen will, das heißt, ob sie künftighin auf Armada oder in den Rodenberg-Werken leben will. Kommen sie beide zu der Einsicht, daß es ihnen nicht gefallen würde, dauernd in der allerdings sehr geräumigen und freien Einöde von Armada zu leben, auch dann nicht, wenn sie sich in ihrer gegenseitigen Liebe glücklich fühlen, dann bin ich dafür, daß wir Armada der amerikanischen Gesellschaft überlassen, die deswegen, wie ich dir bereits sagte, an mich herangetreten ist. Selbstverständlich würden wir, Dolo und ich, einen Teil der Aktien übernehmen, und ich würde versuchen, noch bessere Bedingungen zu erhalten. Ich weiß, was der silberhaltige Boden wert ist, es handelt sich um ein Millionenobjekt, auch in Dollar gerechnet. Ich werde mich nicht übers Ohr hauen lassen, denn es ist meine Pflicht, Dolos Erbe so gut wie möglich zu verwalten. Auf alle Fälle habe ich dann nach jeder Richtung hin meine Pflicht getan. Ganz offen, es würde ein schweres Opfer für mich werden, mich von Dolo und Hans trennen zu müssen. Viel lieber würde ich Hans hier auf den Rodenberg-Werken behalten, wo wir ihn, weiß Gott, nötig genug brauchen könnten. Daß ich außerdem in ihm meinen Erben sehe, habe ich dir schon einmal gesagt. Er soll Chef der Rodenberg-Werke sein, wenn ich einmal nicht mehr bin. Bis dahin gehen, so Gott will, noch eine Anzahl Jahre hin — und — auf Armada könnte er jetzt schon der Erste sein. Ich will ihn nicht beeinflussen. Kommt es, wie ich denke, sollen er und Dolo selber wählen. Hans vor allen Dingen, mit offenen Augen soll er wählen können, und deshalb soll er Armada kennenlernen. Dann mag das Schicksal seinen Lauf nehmen. Ich kann mir alsdann sagen, ich habe das Meine getan ohne Rücksicht auf eigene Wünsche. Aber, weder Hans noch Dolo sollen wissen, daß ich sie jetzt vor eine Entscheidung stellen will, sie sollen ganz unbeeinflußt bleiben. Wie die Entscheidung fällt, so muß ich sie hinnehmen.«

Ralf schüttelte ihm herzlich die Hand.

»Man kann dich nur restlos bewundern, Onkel Lutz!«

Lutz wehrte heftig ab.

»Niemand ist zu bewundern, wenn er seine Pflicht tut, mein lieber Ralf. Es ist einfach selbstverständlich. Also, nicht wahr, was wir hier besprochen haben, bleibt unter uns. Auch Eva Maria sage nichts, sie soll sich nicht sorgen um den Bruder, ehe es nicht nötig ist. Auch ihr würde die Trennung schwer, das weiß ich, aber auch sie würde sich fügen, wie ich es tue. Und du bereitest dich schon langsam auf unsere Abreise vor. Entlaste dich, soviel es geht, für die Dauer meiner Abwesenheit. Es ist mir eine große Beruhigung, daß ich die Rodenberg-Werke in deinen Händen weiß. Hans kommt in diesen Tagen heim. Auch das bleibt unter uns, denn er will alle mit seinem Kommen überraschen und auch mit dem Resultat seines Studiums. Ich habe telefonisch mit ihm gesprochen. Auch ich werde Vorbereitungen zu meiner Abreise treffen. Dolo erfährt erst, daß sie mich begleiten soll, wenn Hans hier ist.«

Sie schüttelten sich die Hände und gingen auseinander, jeder seinen Geschäften nach.

X

Dolo stand im Garten, um einen Strauß Herbstblumen zu pflücken, womit sie die Vasen in den Zimmern schmücken wollte. Sie war etwas größer und voller geworden und bot einen entzückenden Anblick in ihrem eleganten silbergrauen Lamé-Kleid. Dolo hatte einen ausgezeichneten Geschmack und wählte instinktiv nur Farben, die vorteilhaft zu ihrer Haarfarbe paßten. Der silbern glänzende, weiche Stoff und ihr kastanienbraunes Haar bildeten einen wundervollen Kontrast.

Das fand auch Hans Dornau, der unbemerkt in den Garten getreten war und sie dort stehen sah. Er war vor einer knappen Stunde in Villa Rodenberg angekommen, hatte seiner freudig überraschten Schwester von seinem beendeten und mit Erfolg abgeschlossenen Studium berichtet und war dann gleich wieder davongestürmt.

»Ich will Tante Melanie und Dolo begrüßen und dann zu den Werken hinübergehen«, hatte er gesagt.

Eva Maria hatte ihn nicht gehalten, ahnte sie doch, wohin ihn seine Sehnsucht trieb.

Tante Melanie hatte er bereits begrüßt, und sie hatte ihm auf seine Frage, wo er Dolo finden würde, gesagt, daß sie im Garten sei, um Blumen abzuschneiden. Und nun stand er hier, erregt bis in sein innerstes Sein, und sah mit heißen Augen auf die schlanke Gestalt in dem silbern schimmernden Kleid, das in weichen Falten an ihr herabfiel. Langsam ging er näher, ohne daß sie ihn bemerkte. Einige Schritte von ihr entfernt, blieb er stehen.

»Dolo!«

Sie zuckte leise zusammen und fuhr zu ihm herum. Wie gelähmt blieb sie stehen, und er sah, daß sie blaß wurde und ihre Augen sich weiteten, diese geliebten, wundervollen Augen, von denen er träumte, wenn er nicht bei ihr war.

»Hans! Du?«

Es kam halberstickt über ihre Lippen.

Schnell trat er auf sie zu und faßte ihre Hände, auch die, in der sie die Blumen hielt.

»Dolo, freust du dich ein wenig, daß ich da bin?«

Jetzt schoß ihr das Blut verräterisch ins Gesicht.

»Ja — o ja — sehr — ich bin nur ein wenig erschrocken, so plötzlich stehst du vor mir — ich hatte gerade an dich gedacht.«

Sie dachte eigentlich immer an ihn, aber das konnte sie ihm doch nicht sagen.

Er sah, daß sie wieder das Kleeblatt um den Hals trug, das er ihr am ersten gemeinsam verlebten Weihnachtsfest geschenkt hatte. Es hob sich leuchtend ab von dem silbrigen Grau des Kleides. Immer hatte er es seitdem an ihr gesehen, aber dann hatte sie stets gewußt, daß er kam. Heute hatte sie das nicht gewußt, und deshalb freute er sich doppelt, daß sie es trug — also auch, wenn er abwesend war.

»Ich wollte dich überraschen, Dolo, alle will ich überraschen. Nur Onkel Lutz wußte, daß ich komme. Ich bin mit meinem Studium fertig. Endlich!« sagte er aufatmend.

Sie sah ihn halb scheu, halb glücklich an.

»Brauchst also nicht mehr fort?«

»Nein, Dolo!«

Ein Leuchten brach aus ihren Augen, das ihm verriet, wie froh sie war, daß er nicht wieder fortgehen mußte. Sie hatte sich inzwischen gefaßt.

»Nun laß dich erst mal willkommen heißen, Hans — vor Schrecken habe ich das ganz vergessen.«

»Macht nichts, wenn ich nur echt willkommen bin.«

»Oh, wie kannst du zweifeln? Nein, du zweifelst ja auch nicht. Also bist du nun ganz fertig mit deinem Studium?«

Er lachte froh.

»Sieh mich nur richtig an. Doktor Hans Dornau steht vor dir.«

Seine Hand hielt noch immer die ihre umschlossen, und er spürte bis ins Herz hinein das leise Beben dieser Hand und nun auch ihren warmen Druck.

»Meinen herzlichen Glückwunsch, lieber Hans. Oder – muß ich jetzt Herr Doktor zu dir sagen?« fragte sie schelmisch.

Er zog die Stirne zusammen und sah drollig wichtig aus.

»Weil du zur Familie gehörst, will ich dir den Doktor erlassen, wenn er mir auch, der Neuheit halber, einstweilen noch lieblich in den Ohren klingt. Aber jetzt sehe ich erst, daß du wieder ein Stück gewachsen bist – sieh nur, bis zur Schulter reichtest du mir knapp, als ich zuletzt hier war, und jetzt – jetzt spüre ich dein Haar an meinem Mund.«

Ganz nahe kam er mit seinen Lippen an ihr Haar und hätte es so gern geküßt. Es flimmerte so goldig in der Herbstsonne und duftete so wundervoll.

Sie zuckte erschrocken ein wenig zurück und sah scheu zu ihm auf. Ganz verwirrt löste sie ihre Hand aus der seinen und machte sich mit den Blumen zu schaffen, damit sie ihn nicht anzusehen brauchte. Und hätte es doch so gern getan. Wie sehr liebte sie dies jetzt so männlich wirkende Gesicht, das noch viel markanter und Lutzvater immer ähnlicher geworden war.

»Ja, Lutzvater sagt auch, ich sei größer geworden. Fast so groß wie Eva Maria bin ich jetzt. Was sagte Eva Maria zu deinem Doktor?«

Damit fand sie den alten, schelmischen Ton wieder. Er konnte seine Augen nicht von ihr lassen.

»Sie hat sich sehr gefreut, hat mich umarmt und geküßt und hat mir viel Liebes und Gutes gesagt.«

Das klang ein wenig vorwurfsvoll, aber er sah, wie verlegen sie wurde und jäh errötete, und obwohl ihn das sehr beglückte, wollte er sie doch aus ihrer Verwirrung erlösen. Er fühlte, noch war es nicht an der Zeit, ihr eine entscheidende Frage vorzulegen. Sie war noch so jung, so unerfahren. Und um ihr die Fassung wiederzugeben, fragte er scheinbar unbefangen:

»Darf ich dir helfen Blumen zu schneiden?«

Sie atmete wie erlöst auf.

»Ja, bitte, ich habe noch nicht genug, ich brauche noch weitere zum Tafelschmuck. Hast du Tante Melanie schon begrüßt?«

»Ja, auch sie hat sich sehr gefreut.«

Strahlend und stolz sah sie zu ihm auf.

»Oh, Hans, nun hast du dein Studium noch früher beendet als Egon. Er wird erst Ostern sein erstes Examen machen.«

Hans lachte.

»Für mich war es auch viel leichter, ich hatte schon vorher so viel gelernt, in den Werken und von Ralf.«

»Eva Maria sagte aber, für dich sei es viel schwerer, weil du so schwer stillsitzen kannst.«

Er reckte sich in den Schultern und atmete erlöst auf.

»Das war das Schwerste, gottlob, daß es überstanden ist. Und noch etwas war sehr schwer.«

»Was denn, Hans?«

»Daß man so viel an zu Hause denken mußte.«

»Hast du das getan?« fragte sie leise.

»Viel zu oft. Wie wundervoll dir dieses schimmernde Grau steht, Dolo.«

Wieder schoß ihr das Blut verräterisch ins Gesicht.

»Oh, du hast doch nicht etwa gelernt, Komplimente zu machen?«

»Nein, nein, ich konstatiere nur die Wahrheit. Du siehst immer so elegant aus und immer noch fremdartig. Alles, was du trägst, kleidet dich. Am liebsten sehe ich dich in Weiß. Das paßt am besten zu dir.«

»Ich trage Weiß auch am liebsten. Drüben in Armada trug ich nur weiße Kleider. Aber hier geht das nicht immer. Und wenn du meinst, daß ich mich gut kleide, so mußt du Eva Maria ein Kompliment machen, sie hat mich auch in dieser Beziehung viel gelehrt. Jetzt habe ich aber genug Blumen.«

Sie legte die letzten abgeschnittenen Blumen zu den anderen

in ein Körbchen und hielt es ihm hin, damit auch er seine Blumen hineinlege. Dann wollte sie das Körbchen an den Arm hängen, aber er nahm es ihr ab, und sie gingen nebeneinander zum Haus.

Zu seiner großen Befriedigung hatte Tante Melanie im Haushalt zu tun, und so konnte er einstweilen mit Dolo allein bleiben. Er sah ihr zu, wie sie die langgestielten Blumen in Vasen ordnete. Wie alles tat sie auch das mit zwangloser Grazie. Er fühlte, wie sehr er sie liebte, wie sein ganzes Sein sich nach ihr sehnte. Für ihn war sie der Inbegriff aller Schönheit und Anmut. Und es war ihm sehr schwer, sich zur Ruhe zu zwingen. Sie plauderten über allerlei, er fragte sie, ob sie noch täglich ausreite, und sie bejahte es und sagte lächelnd:

»Jetzt werde ich hoffentlich wieder mehr dazu kommen. Allein läßt mich Tante Melanie nicht ausreiten. Eva Maria ist aber fast nie länger als eine Stunde im Sattel zu halten, und Ralf und Lutzvater haben zumeist im Kontor zu tun. Nur sonntags reite ich fast den ganzen Vormittag mit Lutzvater. Ich hoffe, du wirst wieder oft zu den Holzfällern hinauf müssen.«

»Das hoffe ich auch, Dolo, ich werde mich jedenfalls wieder zu allen Geschäften drängen, die ich im Freien und zu Pferde erledigen kann. Aber natürlich geht es jetzt wieder in ernsterem Ton, als wenn ich in den Ferien zu Hause war. Jetzt will ich wieder tüchtig arbeiten.«

»Aber wenn du ausreitest, nimmst du mich mit, ja?«

Seine Augen strahlten sie an.

»Gern – oh, wie gern, Dolo.«

Sie plauderten angeregt weiter, immer in der leise verhaltenen Art, durch die ihr wahres Empfinden durchschimmerte, und doch scheinbar ganz unbefangen. Sie merkten nicht, wie schnell die Zeit dabei verging und blickten überrascht auf, als plötzlich Lutz Rodenberg in das Zimmer trat. Dolo flog auf ihn zu.

»Lutzvater – du bist schon da? Ist schon Tischzeit?«

»Ja, Dolo, du hast dich wohl mit Hans verplaudert?«

»Denke doch, Lutzvater, er stand plötzlich vor mir im Garten, wie vom Himmel gefallen. Wie sehr bin ich erschrocken.«

»Und was sagst du zum Herrn Doktor?«

Sie lachte schelmisch und viel sicherer, da nun der Vater dabei war.

»Na großartig, Lutzvater, er ist nun beinahe eine Respektsperson! Drei Doktoren haben wir nun schon in der Familie!«

»Gelt, das ist eine Sache, Dolo!«

Lutz reichte Hans die Hand, der ergriff sie mit beiden Händen.

»Ich wollte noch hinüberkommen, um dich und Ralf zu begrüßen, nun habe ich mich verplaudert.«

»Schadet nichts, mein Junge! Aber nein, so darf ich dich doch nicht mehr nennen, du bist doch ein Mann geworden, ein ganzer Mann, was, Dolo?«

Und Lutz sah forschend zu Dolo hinüber, die auch prompt einen roten Kopf bekam. Sie zwang sich aber zu einem Scherz.

»Herrlich steht ihm die Doktorwürde, ganz imponierend sieht er aus.«

»Willst du dich über mich lustig machen, Dolo?« fragte Hans.

Sie schüttelte den Kopf.

»O nein, das wage ich nicht mehr.«

Lutz faßte Hans an beiden Schultern und schüttelte ihn ein wenig.

»Kommt ja gar nicht mehr in Frage, daß ein kleines Mädchen sich über dich lustig machen darf.«

»Sie ist ja gewachsen, Onkel Lutz, mit dem kleinen Mädchen ist es bei ihr ebenfalls vorbei, aber ich werde sie schon zwingen, mich zu respektieren, als Mann zu respektieren. Mit dem Jungen ist es endgültig vorbei. Aber von dir, Onkel Lutz, höre ich es gern — dein Junge möchte ich immer bleiben.«

Lutz klopfte ihn zärtlich auf die Schultern. Und sie plauderten eine Weile, bis Tante Melanie erschien.

»Du bleibst doch zu Tisch, Hans?« fragte sie.

»Gern, wenn ihr mich hierbehalten wollt, aber ich möchte dann Eva Maria Bescheid sagen.«

»Gut, und nach Tisch habe ich dann einige wichtige Angelegenheiten mit dir zu besprechen, wenn Tante Melanie Siesta hält.«

Hans rief Villa Rodenberg an. Ralf, der zu Tisch nach Hause gekommen war, meldete sich.

»Hallo, Ralf, dich wollte ich in den Werken begrüßen und bin nicht mehr dazugekommen. Guten Tag also!«

»Du nimmst doch auch telefonische Glückwünsche entgegen, Hans? Habe von Eva Maria gehört, daß du den Doktor intus hast.«

»Ja, Ralf, dank deiner gütigen Hilfe.«

»Also, ich gratuliere herzlich, habe mich sehr gefreut. Jedenfalls bin ich sehr stolz auf meinen Schüler. Du, den Doktor begießen wir doch heute noch?«

»Selbstverständlich, aber erst heute abend, Ralf. Bitte sage doch Eva Maria, daß ich nicht zu Mittag heimkomme.«

»Das sage ihr nur selber, sie steht hier neben mir.«

Darauf meldete sich Eva Maria.

»Wahrscheinlich willst du mir sagen, daß du nicht zu Tisch kommst, Hans?«

»So ist es, Eva Maria, ich speise in Villa Melanie. Nach Tisch will Onkel Lutz etwas Wichtiges mit mir besprechen. Sei nicht böse, nein?«

»Nun, ich will nicht böse sein, wenn ich euch alle zusammen heute abend hier bei mir habe. Ralf brennt darauf, eine stimmungsvolle Doktorbowle zu brauen, und ich will dich wenigstens am Abend hier haben.«

»Werde es ausrichten, Eva Maria. Auf Wiedersehen also.«

»Auf Wiedersehn, grüße alle.«

Hans richtete Eva Marias Bestellung aus, und ihre Einladung wurde gern angenommen. Es herrschte noch immer ein reger und harmonischer Verkehr zwischen den beiden Villen, und es war nichts Seltenes, daß deren Bewohner zusammenkamen.

Nach Tisch, als Frau Melanie sich zu ihrem Mittagsschläfchen zurückgezogen hatte, saß Lutz mit Hans und Dolo im Wohnzimmer, das wie alle Räume des Hauses vornehm und elegant ausgestattet war, dabei aber sehr behaglich wirkte. Sie saßen in dem gemütlich eingerichteten Erkerwinkel, wo auf einem runden Tischchen die Mokkamaschine und zierliche Tassen standen. Dolo hatte den Mokka selbst bereitet. Sie hatte überhaupt gelernt, sich im Haushalt zu betätigen, und brauchte jetzt nicht mehr soviel Bedienung wie früher. Ihre Zofe besaß sie freilich noch. Dolo füllte den Herren die Tassen noch einmal und nahm dann ihren Platz wieder ein.

»Also, ich kündigte bereits an, daß ich euch etwas zu sagen hätte«, begann Lutz Rodenberg. »Ich habe vor einigen Tagen von Direktor Delora eine Nachricht bekommen, die es mir notwendig erscheinen läßt, drüben wieder einmal nach dem Rechten zu sehen.«

Dolo seufzte ein wenig.

»Ich habe mir schon gedacht, Lutzvater, daß du wieder einmal hinüberfahren müßtest.«

»Wie steht es, Dolo, willst du mich diesmal begleiten?«

In Dolos Gesicht wechselte jäh die Farbe. Sie sah schnell zu Hans hinüber und bemerkte mit Herzklopfen, daß dieser sehr blaß geworden war. Hans war allerdings sehr erschrocken und dachte bei sich: Wenn Dolo jetzt mit nach Brasilien geht, auf Monate, jetzt gerade, wo ich endlich wieder daheim bin – dann – dann liebt sie mich nicht und wird mich auch nicht lieben.

Dolo aber kämpfte mit widerstreitenden Empfindungen. Von Hans jetzt fortgehen, jetzt, da er endlich wieder daheim war, erschien ihr wie ein großes Herzeleid. Lutzvater aber allein reisen lassen? Sie wußte, wie schwer auch ihm die Trennung werden würde, hatte er ihr doch gesagt, wie sehr er sich während seines Besuches in Armada nach seiner kleinen Dolo gesehnt habe. Welche Pein für sie! Was sollte sie tun? Sie erbleichte jählings, und ihr Vater bemerkte sehr wohl, welchen Kampf sie kämpfte. Er bemerkte auch, daß Hans sehr erschrocken war und unruhig forschend in Dolos Gesicht sah. Er wollte sie beide nicht länger in der Furcht vor einer abermaligen Trennung lassen, wollte Dolo auch nicht vor eine gar so schwere Wahl stellen. Und so sagte er schnell:

»Du kannst es dir noch überlegen, Kind, ich will inzwischen Hans bitten, daß er mich auf dieser Reise begleitet.«

Die beiden jungen Leute fuhren zusammen und sahen ihn atemlos an.

»Mich? Ich soll dich nach Brasilien begleiten, Onkel Lutz?« fragte Hans unsicher. Und wie er kurz vorher davor gezittert hatte, daß Dolo mitreisen würde, so zitterte er jetzt davor, daß sie zurückbleiben könnte.

»Ja, Hans«, sagte der Onkel lächelnd, »ich denke, es ist sehr interessant für dich, wenn du das Armada-Werk und überhaupt Brasilien kennenlernst. Außerdem ist es recht gut, wenn du noch etwas von der Welt kennenlernst. Und letzten Endes möchte ich dir diese Reise stiften als Belohnung dafür, daß du dein Studium in so hervorragender Weise absolviert hast.«

Hans wäre sich beinahe wieder einmal durch seinen jetzt immer so ordentlichen Scheitel gefahren. Er begnügte sich aber damit, über seine heiße Stirn zu streichen. Das Angebot des Onkels kam ihm so unerwartet, daß er völlig fassungslos war. Ohne Frage lockte es ihn sehr, diese Reise zu machen – aber nicht ohne Dolo. Wenn er nur wüßte, ob sie zustimmen oder ablehnen würde. Jetzt war er in der peinlichen Lage, eine Wahl treffen zu müssen. Forschend sah er Dolo an, und ihre Augen trafen mit den seinen zusammen. Und er sah, daß es wie verhaltener Jubel in ihren Augen leuchtete. Ja, sie würde mitkommen, das wußte er jetzt. Dolo sagte aber zu gleicher Zeit:

»Ich komme mit, Lutzvater, selbstverständlich komme ich mit!«

Hans atmete auf und sagte nun schnell:

»Wenn du mich mitnehmen willst, Onkel Lutz – wie gerne begleite ich euch.«

Lutz mußte unwillkürlich ein Lächeln verbergen.

»Also gut, reisen wir zusammen. Aber ihr müßt euch schnell reisefertig machen.«

Hans und Dolo waren wie von einem Bann befreit. Da sie jetzt wußten, daß sie beide die Reise mitmachen würden, erschien sie ihnen in sehr verlockendem Licht.

Lutz setzte ihnen nun genau auseinander, bis zu welchem Zeitpunkt sie sich marschbereit zu halten hätten, und verhehlte auch nicht den Grund, weswegen er es für nötig halte, schon jetzt hinüberzureisen.

»Unsere Arbeiter fangen an, mit ihrem Los unzufrieden zu werden, und Direktor Delora hofft, daß meine Anwesenheit genügt, um sie zu beruhigen.«

Dolo sprang auf.

»Oh, Lutzvater, du wirst ihnen sagen, daß sie es besser haben sollen. Ich selber werde ebenfalls mit ihnen sprechen, sie haben mich sicherlich noch nicht vergessen.«

»Wir werden sehen, was sich tun läßt, Kind.«

»Oh, und ich werde Inez und Angela wiedersehen und Boni und Joni und Pedro — alle werde ich wiedersehen!« rief sie nun in herzlicher Freude.

»Und ich bin sehr neugierig, wie es dir jetzt in Armada gefallen wird, nachdem du dich in Deutschland heimisch fühlen gelernt hast.«

Sie sah den Vater sinnend an.

»Darauf bin ich selber neugierig, Lutzvater. Jedenfalls freue ich mich sehr auf die Reise. Du auch, Hans?«

Mit brennenden Augen sah er sie an. Ob er sich freute! Wochenlang unzertrennlich mit ihr zusammen zu sein, an Bord eines Dampfers, nie weiter voneinander getrennt, als man sehen konnte.

»Ich kann es noch gar nicht fassen, Dolo, alles kommt so überraschend. Ich wollte mich jetzt so recht mit allen Kräften in die Arbeit stürzen — und ich freute mich darauf. Aber — diese Reise — wie sollte ich mich darauf nicht freuen!«

»Die Arbeit hier läuft dir nicht fort, mein Junge, dazu ist später noch Zeit genug. Freilich wird Ralf jetzt doppelt seinen Mann stellen müssen, weil er für alles verantwortlich zeichnen muß. Aber, er hat das schon zweimal getan, und die Beamten werden ihn dabei unterstützen. Für einige Monate muß es gehen.«

Hans und Dolo strahlten sich freudetrunken an. Eifrig besprachen sie alles Nötige mit Lutz. Es mußte doch allerhand geordnet werden.

Am Abend wurde in Villa Rodenberg der Reiseplan den übrigen Familienmitgliedern mitgeteilt. Eva Maria erschrak ein wenig. Sie hatte sich sehr darauf gefreut, ihren Bruder fortan wieder zu Hause zu haben, ihm wieder häusliches Behagen schaffen zu können, nachdem er es so lange hatte entbehren müssen. Aber sie sah, wie sehr sich Hans und Dolo auf die gemeinsame Reise freuten, und malte sich aus, wie unglücklich Hans sich gefühlt hätte, wenn Dolo allein mit ihrem Vater von dannen gezogen wäre. Darum sagte sie nichts davon, daß sie betrübt war.

Frau Melanie war ebenfalls sehr bestürzt.

»Lieber Gott, dann werde ich ja ganz allein sein«, sagte sie.

»Ich schlage vor, Melanie, du lädst dir Jolante für einige Wochen ein. Soviel ich weiß, hat Heinz jetzt bald eine geschäftliche Reise nach England vor. Während dieser Zeit kann Jolante bei dir bleiben. Und zudem hat Egon jetzt Ferien und wird dir einige Wochen Gesellschaft leisten.«

Ergeben nickte Frau Melanie.

»Nun ja, es muß selbstverständlich auch ohne euch gehen. Weihnachten werdet ihr aber hoffentlich zurück sein?«

Lutz rechnete nach.

»O ja, Melanie, unser Dampfer geht am zwanzigsten September. Rechnen wir rund je einen Monat hinüber und herüber, dann bleibt mir noch eine weiterer zur Abwicklung der Geschäfte. Ich denke, wir können es schaffen.«

»O ja, Onkel Lutz, das mußt du mir versprechen, daß ihr Weihnachten wieder zurück seid«, bat Eva Maria.

Lutz nickte ihr zu.

»Mir liegt selber sehr viel an einer möglichst baldigen Rückkehr. Ralf wird fast überanstrengt sein in dieser Zeit.«

»Mache dir deshalb keine Sorge, Onkel Lutz, ich schaffe es schon«, sagte Ralf mit der ihm eigenen Zuversicht.

Man war allseitig ein wenig aufgeregt und debattierte eifrig hin und her. Erst als die Erregung etwas abgeflaut war, sagte Ralf lachend:

»Eigentlich sind wir doch hier zusammengekommen, um einen Doktor zu feiern. Meine exquisite Bowle wartet darauf, getrunken zu werden.«

Der Doktor wurde dann auch noch genügend begossen, und es war ziemlich spät, als man sich trennte. Als Hans sich von Dolo verabschiedete, sagte er mit leise bebender Stimme:

»Ich freue mich sehr auf Brasilien, Dolo, aber wenn du nicht mitkämest, würde ich mich nicht freuen können.«

Sie erwiderte nichts darauf, aber in ihren Augen konnte er lesen, daß sie nicht mit auf diese Reise gegangen wäre, wenn er zurückbleiben hätte müssen. Gerne hätte er sich das von ihr versichern lassen, aber das ging leider nicht an.

XI

Die wenigen Tage bis zum Aufbruch vergingen sehr schnell. Unerläßliche Vorbereitungen nahmen die meiste Zeit in Anspruch.

Dolo hatte gleich am nächsten Tag an ihre beiden Freundinnen in Brasilien geschrieben und ihnen gemeldet, daß sie kommen würde. Angela würde sie auf der Durchreise von Jaimeville sehen, und Inez wollte sie von Armada aus besuchen, falls diese nicht zu ihr kommen konnte.

»Du mußt mich auf die Rancho von Senhor Hermados begleiten, Hans. Dort wirst du einmal sehen, welches Vergnügen es macht, den Lasso zu werfen und auf ungesatteltem Pferd zu reiten. Mein Reitpferd werde ich auch wiedersehen. Ob es mich wohl noch kennt?« fragte sie Hans.

Die beiden jungen Leute kamen in dieser Woche nicht oft zusammen, jeder hatte für sich zuviel zu tun. Aber sie trösteten sich mit der Aussicht auf die kommenden Tage, wo sie ja ständig zusammensein würden. Alles wurde pünktlich fertig. Und dann gab es einen sehr schweren Abschied von Eva Maria. Dieser war das Herz ebenfalls sehr schwer, daß ihr Bruder so weit von ihr fortgehen sollte, weiter, als sie jemals voneinander getrennt gewesen waren. Eine solche Fahrt ins Unbekannte konnte möglicherweise mit allerlei Gefahren verknüpft sein.

Hans tröstete sie liebevoll.

»Nimm es nicht so schwer, Eva Maria, was soll mir denn passieren?«

Sie sah den Bruder mit ihren lieben, schönen Augen an.

»Ach Hans, was kann nicht alles geschehen? Bedenke doch, daß Onkel Lutz einst auf dem Ozean Schiffbruch erlitt.«

»Aber Eva Maria, er reiste damals mit einem sehr untüchtigen, alten Dampfer, der eigentlich gar nicht mehr hätte fahren dürfen. Wir reisen mit einem fast neuen, mit allen Sicherheitsvorrichtungen ausgestatteten Schiff. Sei doch guten Mutes, Weihnachten sehen wir uns wieder!«

»Du schickst mir aber von Rio de Janeiro ein Telegramm, sobald ihr angekommen seid.«

»Das verspreche ich dir.«

Eva Maria hatte seit dem Tod Arthur Mertens' nie wieder solche Sorge um den Bruder gehabt wie jetzt. Aber sie nahm sich zusammen. Sie sagte sich selber, daß es Unsinn sei, sich das Herz so schwer zu machen. Hatte der Himmel ihren Bruder doch vor viel ernsteren Gefahren behütet, und überall war er in Gottes Hand.

Ralf tröstete seine junge Frau nach der Abfahrt der Reisenden so liebreich, daß sie bald wieder ruhig wurde.

Lutz und seine Begleiter kamen in Hamburg gerade zurecht, um sich sogleich an Bord begeben zu können. Es war einer der neuen, großen Luxusdampfer, der sie nach Rio de Janeiro bringen sollte. Er war mit allem Komfort der Neuzeit ausgestattet. Lutz hatte telegrafisch Kabinen belegt. Diese waren, wie er gewünscht hatte, sehr günstig gelegen. Die Kabine Dolos befand sich zwischen denen der beiden Herren. So kam sie sich wohlgeborgen vor. Hans hatte noch keine größere Seereise gemacht, er war nur vor Jahren einmal mit dem Großvater in England gewesen, weiter war er zur See bisher nicht gekommen. So ziemlich das erste war, daß er mit Dolo und Onkel Lutz den ganzen Dampfer besichtigte; als Ingenieur interessierte ihn dessen Bau sehr. Der Dampfer besaß eine Länge von ungefähr zweihundert Meter. Die Kessel waren neuzeitlich für Ölfeuerung eingerichtet. In fünfundzwanzig Bunkern war das nötige Öl hinter und neben den Kesselräumen verstaut. Alles sah sehr sauber und adrett aus und flößte absolutes Vertrauen ein. Noch mehr aber die anderen Einrichtungen. Der Dampfer besaß ein durchlaufendes und ein partielles Deck, durchlaufenden Doppelboden, Schlingerkiele und stählerne Pfahlmasten. Dolo ließ sich alles, was sie sah, von den beiden Herren erklären. Der Dampfer besaß wirklich alle neuzeitlichen Sicherheitsvorrichtungen. Zwei Motorrettungsboote, wie sie an den Küsten gebräuchlich waren, und außerdem befanden sich eine Reihe von Rettungsbooten an Bord, genug, um in der Not alle Passagiere des Dampfers aufnehmen zu können. Eine Radiostation war selbstverständlich auch vorhanden. Ebenso war eine hydraulische Schottenschließvorrichtung vorhanden, wodurch bei Gefahr die Tauchgrenze durch einen bequem zu handhabenden Mechanismus abgeschlossen werden konnte, und außerdem waren zwölf wasserdichte Querschotten angebracht, durch die der ganze Schiffskörper in dreizehn voneinander getrennte Teile zerlegt werden konnte. Daß auch Feuerlöschvorrichtungen nicht fehlten, erschien selbstverständlich. Kurzum, es war für alle Eventualitäten gründlich vorgesorgt, und Hans meinte lachend, daß es geradezu an das Wunderbare streifen müsse, sollte die Fahrt mit einem solchen Dampfer gefährlich werden.

»Schade, daß Eva Maria sich das nicht alles hat ansehen können, sie wäre nicht so ängstlich gewesen«, meinte er.

Etwa fünfzehnhundert Passagiere waren an Bord, außerdem gegen vierhundert Mann Besatzung. Die teilweise durch bewegliche Glasfenster geschützte Deckpromenade gestattete stundenlange Spaziergänge rund um das Schiff herum, was hauptsächlich Hans und Dolo wichtig erschien. Eine große Anzahl von Liegestühlen waren in Reih und Glied aufgestellt. Die große Halle, der Mittelpunkt für alle geselligen Veranstaltungen der Passagiere erster Klasse, war sehr elegant eingerichtet. Hier sollten Konzerte und Bälle stattfinden.

»Oh, Hans, hier können wir auch zusammen tanzen«, sagte Dolo vergnügt. »Als ich herüberfuhr, habe ich nicht getanzt, aber da du bei mir bist, werde ich das tun.«

»Diese Gelegenheit werden wir uns ganz gewiß nicht entgehen lassen«, erwiderte Hans begeistert.

Sie besichtigten auch die reichhaltige Bibliothek, das luxuriöse Lesezimmer, die Rauchzimmer und die Bar. In dem großen Speisesaal waren die Tafeln bereits festlich gedeckt. Es gab zwei große und viele kleine Tafeln, und Lutz belegte für sich und seine Begleitung eine der letzteren, die sich nahe am Fenster befand. Auch ein Musiksalon war eingerichtet und ebenso ein Turnsaal und Bäder. Es war wirklich aller Komfort vorhanden, und Dolo erklärte Hans, dieser Dampfer sei noch viel schöner und größer als der, mit dem sie herübergekommen sei.

Die Kabinen der ersten Klasse waren geräumig und bei aller Zweckmäßigkeit elegant eingerichtet.

Nach der Besichtigung des Dampfers suchten alle drei ihre Kabinen auf und richteten sich wohnlich ein. Dolo war nun schon viel selbständiger als früher und kam ganz gut ohne Bedienung aus. Sie dachte lachend daran, wie sie sich damals bei der Herreise infolge ihres Ungeschickes die Seidenstrümpfe zerrissen hatte. Das konnte ihr jetzt nicht mehr passieren, sie war bei Tante Melanie und auch bei Eva Maria in einer sehr guten Schule gewesen.

Nachdem sie ihre Sachen ausgepackt und an Ort und Stelle plaziert hatte, war es Zeit, sich für die Abendtafel umzukleiden. Als sie fertig war, erwarteten sie schon die beiden Herren vor ihrer Kabine, um sie in den Speisesaal zu führen. Sie nahmen an dem für sie reservierten Tisch Platz, und diese drei eleganten und interessanten Gestalten erregten sofort die Aufmerksamkeit der Mitpassagiere.

Hans und Dolo saßen sich mit glückstrahlenden Gesichtern gegenüber, und Lutz fühlte sich selbst auch jung und glücklich und wies jeden Gedanken, der ihn bedrücken und beunruhigen wollte, energisch von sich. Jedenfalls war er sehr froh, daß er diese beiden geliebten Wesen bei sich hatte und nicht allein reisen mußte.

Es kamen herrliche Tage für Hans und Dolo. Sie waren unzertrennlich. Vom frühen Morgen bis zum späten Abend war Hans Dolos Begleiter. Und als sich im Verlauf der Reise junge Herren an Dolo herandrängen wollten, sah er sie mit so finsteren, drohenden Augen an, daß sie es lieber aufgaben.

Daß die jungen Damen an Bord sich ausnahmslos sehr für Hans interessierten, war kein Wunder. Kraftvoll und jugendfrisch wie er war, konnte niemand den prachtvollen Jungen übersehen. Aber er achtete auf keine dieser Damen, so große Avancen sie ihm auch machten. Nur für Dolo hatte er Augen, denn keine konnte den Vergleich mit ihr aushalten.

Auch Lutz Rodenberg machte wieder, ohne es zu wollen, viele Eroberungen. Seine noch immer ebenmäßige, sehnige Gestalt konnte es mit manchem jüngeren Mann aufnehmen. Und sein interessanter Kopf mußte auffallen unter der vielen Mittelmäßigkeit hier an Bord. Er war noch immer eine imponierende Erscheinung, war mit seinen achtundvierzig Jahren im Grunde noch jünger als mancher, der zehn Jahre weniger zählte. Viele von den Passagieren versuchten, sich diesen drei interessanten Persönlichkeiten zu nähern, aber so leicht war das nicht.

Nur mit wenigen der Fahrtgenossen kamen sie in nähere Beziehungen.

Dolo war so stolz auf ihre beiden Begleiter, wie diese auf sie stolz waren. Sie malte sich oft aus, was Angela und Inez für Augen machen würden, wenn sie Hans zum ersten Mal erblickten. Inez hatte sich ja inzwischen verlobt, aber zweifelsohne würde ihr Verlobter bei weitem nicht den Vergleich mit Hans aushalten. Drüben gab es nicht leicht derartig eindrucksvolle Persönlichkeiten wie ihn.

Ja, Hans imponierte ihr jetzt wirklich, aber sie zeigte ihm das nicht. Noch immer setzte sie sich heimlich zur Wehr gegen das Gefühl, das sie zu ihm zog, und es gab auch jetzt noch hier und da kleine Anlässe, sich gegenseitig zu quälen und zu verletzen. Das geschah jedoch nur aus übergroßer Liebe, die sie einander nicht zeigen und eingestehen wollten, und die Dolo sich nicht einmal selbst eingestand. Solche kleine Plänkeleien, deren Zeuge Lutz Rodenberg zuweilen war, beirrten ihn aber keineswegs in der Überzeugung, daß diese beiden füreinander geschaffen seien. Er erkannte sehr wohl, daß all das nur ein letztes, ohnmächtiges Wehren gegen den Zauber der Liebe war. Diese kleinen Szenen gingen immer schnell vorbei; wenn sie merkten, daß sie sich gegenseitig damit weh taten, lenkten sie schnell wieder ein. Im ganzen waren sie friedlich und glücklich, und jeder Tag dieser Reise war ihnen ein Fest. Als sie nach Wochen im Hafen von Rio de Janeiro einliefen und an der Reling standen, um den grandiosen Anblick zu genießen, sagte Hans aufatmend:

»Wie gut, Dolo, daß uns die Heimreise noch bevorsteht, sonst würde ich es sehr betrüblich finden, daß wir diesen herrlichen Dampfer so bald schon verlassen müssen.«

Sie nickte und sah versonnen auf die Meeresbrandung, die gegen die Felsen schlug. Das da drüben war ihre Heimat, das Land, in dem sie geboren war, und doch hatte sie das Empfinden, ihre wirkliche Heimat sei das, was sie hinter sich gelassen hatte. Mehr als je fühlte sie, daß sie im Herzen eine Deutsche war. Das sprach sie auch Hans gegenüber aus.

Er hörte es, und seine Augen strahlten.

»Du möchtest also nicht mehr für immer in Brasilien leben?«

»Nein, nein! Ich weiß, ich fühle es, Deutschland ist meine wahre Heimat. Nie habe ich mich auf Armada so glücklich gefühlt wie in den Rodenberg-Werken.«

Mit einem ernsten, weichen Ausdruck sah er sie an.

»Das freut mich, Dolo, freut mich sehr. Ich war schon bange, du könntest das Verlangen haben, in Armada zu bleiben.«

»Aber nein, Hans, ich möchte nirgends bleiben, wo —«

Sie stockte, denn sie hatte sagen wollen: wo du nicht bist. Sie erschrak, als sich das über ihre Lippen drängen wollte und vollendete hastig: »Wo Lutzvater nicht ist.«

Und dann fuhr sie eilig fort:

»Wir wollen Lutzvater fragen, ob es sich nicht einrichten läßt, daß wir mit demselben Dampfer heimwärts fahren können.«

Heimwärts! So hatte sie gesagt, und das machte Hans das Herz warm.

Sie suchten Lutz auf, der, in einem der Deckstühle liegend, in einem Buche las. Dolo brachte ihren Wunsch vor, und er nickte ihr lachend zu.

»Wir wollen sehen, ob es sich einrichten läßt, Dolo. Ich spreche nachher mit dem Kapitän, wann er auf der Heimfahrt wieder in Rio anlegt. Es ist möglich, daß wir ihn dann noch erreichen.«

»Komm doch mit an die Reling, Lutzvater, und sieh dir an, wie schön der Blick auf den Hafen ist.«

Er erhob sich.

»Ich habe diese Einreise nun schon dreimal erlebt, Dolo, dies ist das vierte Mal, und ich glaube, ich kenne jeden Felszacken, der sich aus dem Wasser hebt. Aber schön ist der Anblick immer wieder.«

Sie standen alle drei lange an der Reling, Dolo in der Mitte, und Lutz erklärte, was man zu sehen bekam.

In Rio angekommen, begaben sie sich in dasselbe Hotel, wo Lutz immer abzusteigen pflegte, wenn er hier war. Hans gab seinem Versprechen gemäß gleich ein Telegramm an seine Schwester auf. Aber schon am andern Morgen reisten sie weiter. Lutz hatte keine Ruhe mehr.

»Rio kannst du dir auf dem Rückweg ansehen, Hans, jetzt drängt es mich nach Armada. Ich habe das Gefühl, als sei es höchste Zeit, daß ich dorthin komme.«

»Selbstverständlich, Onkel Lutz, die Geschäfte gehen vor«, erwiderte Hand.

So fuhren sie schon am nächsten Tag nach Jaimeville.

Hier wurden sie am Bahnhof von Senhor und Senhora Frasquita und ihrer Tochter Angela erwartet. Aber Dolo fand zu ihrem Erstaunen und ihrer Betrübnis nicht mehr den alten herzlichen Ton Angela gegenüber. Diese war entweder sehr verändert, oder Dolo war früher anspruchsloser gewesen in bezug auf ihren Verkehr. Angela war die typische Kleinstädterin geworden, wußte vor Schüchternheit weder mit Lutz noch mit Hans ein Wort zu sprechen — und sah entschieden etwas mißgünstig auf Dolos elegante Erscheinung.

Senhor und Senhora Frasquita verlangten energisch, daß man bei ihnen Rast machen und einen Imbiß nehmen sollte. Ein halbes Stündchen ließ sich Lutz auch abnötigen, obwohl ihm der Boden unter den Füßen brannte. Er wollte die alten Freunde nicht kränken. Aber er fragte unruhig, ob Senhor Frasquita etwas gehört habe, wie die Verhältnisse auf Armada wären. Dieser wußte aber von nichts, er schien in seiner neuen Stellung vollends zu versimpeln und hatte für nichts ihm Fernerliegendes Interesse.

Die drei Ankömmlinge sahen sich alsbald in einem Heim von so bedrückend kleinbürgerlicher Enge, daß Dolo ganz beklommen atmete. Draußen auf der Poststation hatten die Eltern der Freundin auch nicht luxuriöser gewohnt, aber da war man gleich im Freien, sobald man zur Tür hinaustrat. Hier hauste man in einer engen Straße mit kleinen Häusern. Und man saß zusammen und quälte sich mit einem Gespräch ab, das nicht in Gang kommen wollte. Daß Angela Dolo immer wieder mit diesem abwägenden, mißgünstigen Blick ansah, bemerkte nicht nur Dolo, es entging auch den beiden Herren nicht. Dolo fühlte sich dadurch sehr peinlich berührt. Sie suchte die Schuld an dieser bedrückenden Fremdheit bei sich, wahrscheinlich war sie über den Verkehr mit Angela hinausgewachsen. Es quälte sie geradezu, daß sie nicht mehr so herzlich und vertraulich wie früher zu Angela sein konnte. Um das gutzumachen, überhäufte sie die Freundin mit Geschenken, die sie mitgebracht hatte, und zwang sich immer wieder zu einem herzlichen Ton, der aber gezwungen war.

Senhora Frasquita ließ zum Glück keine Gesprächspause aufkommen. Sie erzählte, wieviel schöner es hier sei als draußen auf der Poststation; sie hätten soviel reizenden Verkehr, Angela habe sehr viel Verehrer und die Auswahl, wen sie mit ihrer Hand beglücken wolle. Sie könne sehr gute Partien machen, wenn sie nur wolle.

Und sie kramte Kleinstadtgeschichten aus, die ihre Zuhörer selbstverständlich nicht interessierten.

Kurzum, es war eine herbe Enttäuschung für Dolo, dieses Wiedersehen mit der Freundin. Sie atmete wie erlöst auf, als sie mit Hans und dem Vater endlich im Auto saß, das vom Armada-Werk geschickt worden war.

»Wie kommt es nur, Lutzvater, daß ich Angela so fremd geworden bin, ich hatte sie so ganz anders in der Erinnerung, und sie wird auch von mir enttäuscht gewesen sein, sie war gar nicht so lieb zu mir wie früher«, sagte sie ganz unglücklich.

Lutz streichelte lächelnd ihre Hand.

»Mein kleine Dolo, du hast inzwischen gelernt, einen andern Maßstab an deine Gesellschaft zu legen. Als du hier lebtest, hattest du außer deiner schwarzen Dienerschaft nur Angela und Inez. Außerdem war Angela durch dich und Inez in eine Sphäre hineingehoben worden, die nicht die ihre war. Sie hat sich gewissermaßen zurückentwickelt, wieder in ihre angestammte Sphäre hinein, während du dich weiterentwickelt hast. Vergleiche doch Eva Maria und Jo mit Angela. Dann wirst du die Erklärung haben, warum dich Angela so sehr enttäuscht hat. Außerdem hat Angela, soweit ich sie beurteilen kann, immer ein wenig Neid gegen dich und Inez empfunden, weil sie arm war und ihr nicht. Man kann ihr daraus keinen Vorwurf machen. Ihr hattet sie verwöhnt, hattet sie an allem Guten teilnehmen lassen, was euch vom Schicksal beschieden war, und sie sah das gewissermaßen als ihr gutes Recht an. Sie war entschieden gekränkt, daß das nicht so weiterging. Von Inez wirst du nicht so enttäuscht sein, sie hat inzwischen auch Ausflüge in die große Welt gemacht und viel gelernt. Auch sie wird mit Angela auseinandergewachsen sein. Mache dir also keine Kopfschmerzen darüber.«

»Aber ich habe Angela vielleicht sehr traurig gemacht?«

»Das brauchst du nicht zu fürchten; sie war nur etwas beklommen, weil sie sicherlich ebenfalls gefühlt hat, daß sie nicht mehr zu dir paßt. Aber die Geschenke, die du ihr hinterlassen hast, werden sie trösten.«

»Dann bin ich sehr froh, daß ich ihr mancherlei mitgebracht habe, was ihr Freude machen wird. Dich, lieber Hans, wage ich nun gar nicht zu fragen, wie dir Angela gefallen hat.«

Hans lachte.

»Nun, sie wäre ein ganz hübsches Mädchen, wenn sie dich nicht so mißgünstig angesehen hätte. Ja, mißgünstig! Das kannst du mir glauben. Und Onkel Lutz hat recht, sie gehört nicht in deine Sphäre.«

Sie sah ihn mit großen Augen an und seufzte tief.

»Dann möchte ich nur noch eines wissen.«

»Was denn, Dolo?«

»Ob ich auf dich und auf euch alle auch so einen rückständigen, unbeholfenen Eindruck gemacht habe wie Angela heute auf mich, als ich mit Lutzvater zu euch kam.«

Hans dachte an den Tag, da er Dolo das erstemal gesehen hatte, damals, als er sie und Onkel Lutz vom Bahnhof abgeholt hatte. Wie eine süße fremde Wunderblume hatte sie da auf ihn gewirkt. Seine Augen leuchteten.

»Ich weiß nur, daß ich dich nie, niemals mit Angela Frasquita vergleichen würde.«

Er hätte am liebsten hinzugefügt: Wenn du nur wüßtest, wie süß und hold du mir erschienen bist, vom ersten Sehen an.

Aber das durfte er nicht sagen. Seine Augen mußten ihr aber doch etwas Ähnliches verraten haben, denn ihr Herz klopfte rasch und laut, und sie sah scheu von ihm fort.

Nun flog das Auto in die Campos hinaus, und davon wurde Dolo nicht enttäuscht. Sie jubelte auf:

»Die Campos! Oh, sieh doch, die Campos, Hans! Oh, wieder einmal zu Pferde darüber hinstürmen, mich wieder einmal austollen in dem hohen, weichen Gras! Ist das nicht schön, Hans?«

»Ja, Dolo, man hat das Gefühl unbegrenzter Freiheit. Aber — wenn die Sonne darauf brennt, müssen die Campos unbarmherzig sein.«

Sinnend schweifte ihr Auge ins Weite. Lutz und Hans beobachteten sie forschend. Kam jetzt das Heimatgefühl über sie? Fühlte sie jetzt, daß sie hierhergehörte? Wurde jetzt das Blut ihres Vaters mächtiger in ihr als das ihrer deutschen Mutter? Fühlte sie, daß sie hierhergehörte und nicht nach Deutschland, wo es so unbegrenzte Weiten nicht gab?

Sie erhielten heute beide keine Antwort, aber Hans klammerte sich zum Trost an das, was Dolo auf dem Dampfer zu ihm gesagt hatte: Deutschland ist meine wahre Heimat. Nie habe ich mich auf Armada so glücklich gefühlt wie in den Rodenberg-Werken.

Lutz aber hatte das nicht gehört, und so hatte er diesen Trost nicht. Jetzt wirkten jedenfalls die Campos mächtig auf sie ein. Die Erinnerung wurde wach an die verstorbene Mutter, an eine trotz aller Abgeschiedenheit sonnige und glückliche Kindheit. Aber immer und überall spielte Lutzvater in diese Erinnerungen hinein, und deshalb — das fühlte Dolo auch in dieser Stunde — konnte ihre Heimat immer nur da sein, wo er neben ihr weilte. Und Hans?

Sie atmete zitternd auf.

Weiter und weiter ging es durch die Campos. Das grüne Grasmeer wogte im Wind, oben in der Luft kreisten Raubvögel, und zuweilen schoß einer herab, um ein Nagetier zu packen, das sich im Gras bemerkbar gemacht hatte. Dann flogen sie wieder den Bergen zu, wo sie nisteten.

Hans staunte die endlose Weite an, und es war sonderbar, daß sie ihm die Brust beengte. Es war ihm eine Erholung, daß er nach Osten zu Berge sehen konnte, die schattenhaft im Dunst lagen, Wolkengebilden gleich. Stundenlang fuhren sie dahin, weiter und weiter. Einmal machten sie eine Pause, um eine Mahlzeit einzunehmen, die sie, in einem Korb verpackt, mit sich führten. Dann ging es weiter, und endlich kamen sie an der Poststation vorüber, der früher Senhor Frasquita vorgestanden hatte. Der neue Postmeister, ein noch junger Mann, stand mit seiner jungen Frau unter der Tür. Lutz ließ halten, stellte sich vor und sprach einige Worte mit ihnen.

»O Herr, es ist gut, daß Sie kommen, im Armada-Werk drohen sie mit Streik«, sagte der Postmeister.

Lutz wandte sich an den Chauffeur, der ihn mit dem Wagen abgeholt hatte, und sah ihn forschend an. Es war ein Neger, und er hieß Tommy.

»Nun, Tommy, du hast mir doch gesagt, es sei alles ruhig im Werk?« fragte er.

Tommy verdrehte seine Augen, daß man fast nur das Weiße sah.

»Tommy weiß nichts«, sagte er.

Aber Lutz merkte dann, daß Tommy einen tückischen Seitenblick zum Postmeister warf. Das gab ihm zu denken. Aber er sagte nichts. Er verabschiedete sich freundlich von dem Postmeister und seiner Frau, und das Auto fuhr weiter. Lutz beobachtete den Chauffeur scharf, änderte aber sein Benehmen in keiner Weise gegen ihn. Ruhig und bestimmt, aber nicht unfreundlich gab er seine Befehle.

Wieder ging es weiter über die weiten Grasfluren, und endlich tauchte der Wirtschaftshof von Armada auf. Dort ließ Lutz abermals halten.

Der Verwalter und seine Frau begrüßten Lutz und Dolo sehr erfreut und Hans mit neugieriger Freundlichkeit. Lutz stieg aus, während Hans und Dolo im Wagen blieben. Er schritt mit dem Verwalter ein wenig weiter dem Hofe zu.

»Wie steht es im Armada-Werk, alles in Ordnung?« fragte Lutz.

Der Verwalter scheuchte einige Leute fort, die neugierig herbeigekommen waren, und blickte zu dem Chauffeur hinüber. Scheinbar zufällig ging er noch einige Schritte weiter mit Lutz, ehe er antwortete:

»Herr, es ist eine arge Zeit! Von irgendwoher, ich weiß nicht von wo, sind schlimme Elemente unter den Arbeitern aufgetaucht. Zwei von ihnen nennen sich Agitatoren, es sind Bolschewisten. Sie predigen den Leuten allerlei Unsinn von Freiheit und Gleichheit und reden ihnen ein, sie hätten gleichfalls ein Recht, ein Herrenleben zu führen. Auch meine Arbeiter sind dadurch verdorben worden, sie laufen an den Sonntagen hinüber, wo die Aufwiegler Reden halten. Es ist nicht mehr wie früher. Alle sind aufsässig, unwillig zur Arbeit, murren über die Kost, die doch wahrhaftig gut und kräftig bei uns ist, und maulen, daß sie schlecht bezahlt würden und zu lange und zu viel arbeiten müßten. Und irgendwie müssen sie sich trotz des Verbotes Alkohol verschaffen, sie betrinken sich und führen dann großartige Reden von Gleichheit und Freiheit und verlangen zu leben wie die Herren. Wie sie sich das vorstellen, weiß ich nicht, sie sind eben verhetzt und wissen nicht, was sie wollen. Es ist gut, daß Sie gekommen sind, Herr, sie müssen wieder vor jemand Respekt bekommen. Der Herr Direktor ist ein ganz tüchtiger Mann, ich will nichts gegen ihn sagen, aber – er hat Angst vor den Leuten – und das merken sie und bekommen deshalb immer mehr Oberwasser.«

»Nun, wir werden sehen! Diese sogenannten Bolschewisten werde ich mir erst einmal etwas genauer ansehen. Ich danke Ihnen jedenfalls für Ihre Auskunft.«

Sie gingen nun, scheinbar in ein belangloses Gespräch vertieft, wieder zu dem Wagen zurück. Lutz sah mit scharfen Augen zu den Leuten hinüber, die im Hof arbeiteten. Sie taten es mit mürrischen Gesichtern, früher hatten sie dabei gescherzt und gelacht. Auch den Chauffeur beobachtete er erneut und bemerkte, daß dieser ein tückisches Gesicht machte.

Ohne sich etwas anmerken zu lassen, verabschiedete sich Lutz von dem Verwalter und stieg wieder in den Wagen.

Vielleicht hätte ich Dolo nicht mit hierhernehmen sollen, dachte er, aber er zeigte diese Unruhe in keiner Weise. Jetzt war doch nichts mehr daran zu ändern. Und es würde sich ja alles wieder in die Reihe bringen lassen.

Immer wieder sah er den Chauffeur an, und mehr und mehr fiel es ihm auf, wie sehr sich dieser verändert hatte. Es war derselbe Mann, der ihn und Dolo früher gefahren hatte. Seit er drüben in Deutschland weilte, steuerte er eines der dem Werk gehörenden Lastautos. Da er tüchtig gewesen war, hatte er ihn nicht entlassen wollen.

Während Lutz sich scheinbar unbefangen und harmlos mit Hans und Dolo unterhielt, beobachtete er den Chauffeur immer wieder, und es wollte ihm scheinen, als wenn dieser ein höhnisches Gesicht zeigte – absichtlich zeigte. Er ignorierte es aber vorläufig. Wollte er doch Dolo nicht unnötig beunruhigen.

Sie langten endlich vor dem Wohnhause in Armada an, und hier wurden sie jubelnd von Pedro, Boni und Joni empfangen. Hier herrschte noch der alte Ton, und Dolo begrüßte die drei Getreuen mit lachender Herzlichkeit und ließ es sich gefallen, daß sie ihr die Hände und die Kleider küßten und sie im Triumph ins Haus brachten.

Auch dazu schnitt Tommy ein höhnisches Gesicht.

Der Bursche ist total verändert und unzweifelhaft verhetzt, dachte Lutz, nahm aber anscheinend keine Notiz davon. Er folgte Dolo mit Hans in das Haus. Während Dolo sich durch ein Bad erfrischte, blieben die Herren noch eine Weile im Wohnzimmer.

»Onkel Lutz, hast du schlechte Auskünfte von dem Verwalter des Wirtschaftshofes erhalten? Du schienst mir sehr ernst und nachdenklich?« fragte Hans.

Lutz sah in mit einem ernsten Ausdruck an.

»Mein lieber Junge, der Verwalter hat mir zunächst nur gesagt, daß unsere Leute durch zwei Agitatoren aufgehetzt werden. Er nennt sie Bolschewisten, ich werde sie mir näher ansehen müssen. Jedenfalls hat sich hier viel verändert, das merke ich schon an dem Verhalten des Chauffeurs Tommy. Er war früher ein aufmerksamer, williger und freundlicher Mensch. Seine jetzigen Allüren gefallen mir nicht. Unstreitig gehört er zu denen, die sich ein Herrenleben zu erobern hoffen. Ich würde die Sache nicht gar zu ernst nehmen, denn ich kenne meine Leute hier, es sind Kinder, wie ich dir schon sagte. So leicht sie verhetzt werden können, so leicht hoffe ich sie wieder zur Vernunft zu bringen. Nur das macht mir Sorge, daß ich Dolo mit herübergenommen habe. Es wäre doch besser gewesen, wenn ich sie nicht gerade jetzt mit herübergebracht hätte.«

Hans richtete sich ruhig und entschlossen auf.

»Sie steht unter unserm Schutz und braucht doch nicht zum Werk hinüber. Hier im Hause ist sie wohl mit Bestimmtheit sicher, da das Werk doch ein gut Stück entfernt liegt. Pedro sowie seine Frau und Tochter zeigten eine so ehrliche Freude, daß ich annehme, daß diese nicht verhetzt worden sind.«

»Ich glaube, mich auf sie verlassen zu können. Aber wes Geistes Kind die Dienerschaft ist, die ich für kurze Zeit habe engagieren lassen, das muß sich erst herausstellen. Auf jeden Fall bitte ich dich, Dolo nicht von der Seite zu gehen, wenn ich drüben im Werk zu tun habe. Du läßt sie auch nie allein aus dem Hause gehen, ich muß erst sehen, wie die Dinge liegen. Und — gehe niemals ohne Waffen — du hast ja deinen Browning mitgebracht!«

»Ja, Onkel Lutz.«

»Nun gut! Für heute ist es zu spät, aber morgen früh werde ich gleich zum Werk hinüberfahren und kontrollieren, was dort los ist und was die Arbeiter nun eigentlich wollen. Mir scheint, das wissen sie selber nicht genau, das wissen wohl nur ihre sogenannten Führer.«

»Da du ohnedies willens bist, die Leute besserzustellen, wird sich ja alles leicht regeln lassen.«

Lutz Rodenbergs Augen blitzten zornig auf.

»Abtrotzen lasse ich mir nichts! Das wäre falsch. Ich kenne meine Leute. Wenn man sich ihnen gegenüber schwach zeigt, werden sie übermütig. Sie müssen den Herrn spüren; sie sind nicht so zielbewußt wie unsere Arbeiter drüben, nicht so geschult. Ohne Disziplin ist hier nichts zu machen. Zeige ich mich ihnen jetzt einen Augenblick schwach, habe ich verspielt. Freiwillig werde ich ihre Lage bessern, so gut es geht, gezwungen nicht um ein Jota. Sonst gehen ihre Ansprüche ins Uferlose, das weiß ich nun schon. Sie scheinen sich bereits in den Gedanken eingelebt zu haben, hier jetzt die Herren spielen zu können; das sehe ich an dem Verhalten des Chauffeurs. Aber ich hoffe, ich werde sie überzeugen, daß sie sich selbst am meisten schaden, wenn sie sich weiter den Kopf verdrehen lassen. Doch nun wollen wir uns erst einmal erfrischen und dann speisen. Du wirst staunen, was ein schwarzer Koch hier zu leisten vermag. Und — kein Wort vorläufig vor Dolo!«

Sie drückten sich die Hände, und Lutz führte Hans selbst auf sein Zimmer.

Lutz hatte schnell ein Bad genommen und sich umgekleidet. Er war früher fertig als Hans und Dolo und ließ Pedro rufen. Dieser erschien sofort, und Lutz merkte nun, daß Pedro eine sorgenvolle Miene zur Schau trug.

»Sag, Pedro, was ist auf dem Werke los?« fragte er ruhig.

Pedro, der schwarze Grandseigneur, sah mit seinen guten, treuen Augen seinem Herrn ins Gesicht.

»Der Teufel ist los, mit Verlaub zu sagen, Herr. Die Leute sind närrisch geworden. Mit einem Mal will jeder über das Dach hinaus. Sie betrinken sich am hellen Tag, und die Bolschewisten bringen sie um Sinn und Verstand mit ihren Hetzereien. Ich weiß nicht, was die Kerle hier wollen. Gutes jedenfalls nicht. Sie wollen irgendwie im Trüben fischen, denn ich traue ihnen alles Schlechte zu. Wenn die es mit unsern Arbeitern gut meinen, wie sie immer betonen, dann will ich mich hängen lassen. Schaffen Sie die beiden Kerle fort von Armada, dann wird von selber wieder Ruhe, Herr, so gewiß ich Pedro heiße. Die Arbeiter kommen nicht mehr regelmäßig zur Arbeit, weil sie so oft betrunken sind. Den Alkohol schmuggeln die beiden fremden Kerle auf irgendeine Weise ein. Es ist höchste Zeit, daß Sie Ordnung schaffen, Herr, sonst kommen sie noch vollends um Sinn und Verstand. Sie sind ja wie die Kinder! Verhetzt und aufgewiegelt, wie sie sind, reden sie plötzlich große Töne von

Freiheit und Gleichheit und Herrenleben. Ist Unsinn, Herr, es hat immer Herren und Diener, reich und arm gegeben und wird es immer geben. Wer das Zeug dazu hat, sich aus eigener Kraft emporzubringen, bis er auf dem Herrensessel sitzt, gut, der soll es tun. Aber auf diese Art geht es nicht. Das habe ich ihnen gesagt, als sie zu mir kamen mit ihrem Geschwätz und verlangten, ich sollte gemeinsame Sache mit ihnen machen, ich sollte meinen Herrn und meine kleine Herrin, die immer gut zu mir waren, verraten. Ich bin zufrieden mit meinem Los, Herr, weil ich weiß, daß ich nicht die Kräfte und die Kenntnisse habe, höher hinaufzusteigen. Und das habe ich ihnen gesagt, und da sind sie wütend davongegangen und haben mir gedroht, ich solle mich hüten. Sie wollten mich verprügeln, wenn ich nicht gemeinsame Sache mit ihnen mache. Nun, ich habe keine Angst, meine Arme sind genauso stark wie die ihren. Ich diene meinem Herrn und meiner kleinen Herrin treu wie bisher.«

Lutz drückte ihm die Hand.

»Das soll dir unvergessen sein, Pedro. Wir werden sehen. Berechtigte Klagen werde ich anhören und Besserung schaffen, obwohl die Leute bei uns besser gestellt sind als sonstwo in Brasilien. Aber abtrotzen lasse ich mir nichts, das kannst du ihnen sagen, wenn sie dir nochmals kommen sollten. Wie steht es mit der Hausdienerschaft, die du hier für die Dauer meiner Anwesenheit engagiert hast?«

»Man sucht auch sie aufzuwiegeln, aber vorläufig ist sie noch ruhig. Es ist aber gut, auch auf sie ein wachsames Auge zu haben.«

»Gut, achte darauf, daß alle abends hier das Haus verlassen und drüben ins Domestikenhaus gehen. Nur du und deine Familie haben die Berechtigung, nach neun Uhr noch hier im Haus zu weilen, ihr habt ja eure Wohnung hier im Souterrain. Du achtest auf die Leute.«

»Das soll geschehen.«

»Dank dir, mein lieber Pedro, ich werde es dir lohnen, daß du treu geblieben bist. Und die Herrin soll nicht beunruhigt werden. Sage deinen Frauen, daß sie über diese Dinge nicht mit ihr sprechen.«

»Es wird alles nach deinem Befehl geschehen, Herr.«

Lutz entließ Pedro, und gleich darauf trat Hans ein. Lutz berichtete ihm, was Pedro ihm gesagt hatte, und fuhr dann fort:

»Mich soll es nicht wundern, wenn die sogenannten Bolschewisten nur ganz gewöhnliche Alkoholschieber sind, die hier ihren Fusel für teures Geld an die Arbeiter verkaufen wollen. Es gelingt ihnen nicht, den Alkohol loszuwerden, wenn sie nicht erst Aufruhr gestiftet haben. Wie gesagt, ich muß mir diese Kerle genauer ansehen.«

Als Dolo eintrat, brachen die beiden Herren ihr Gespräch ab. Dolo erschien in einem weißen Kleid und sah entzückend aus. Lachend berichtete sie, wie närrisch sich Boni und Joni aufgeführt hätten.

»Sie haben mir fast die Kleider vom Leib gerissen, eine gönnt der andern keine Handreichung. Sie sind noch immer so eifersüchtig, mich zu bedienen, wie früher. Was dein Verwalter geschrieben hat, Lutzvater, muß zum mindesten stark übertrieben sein, und ich bin überzeugt, wenn unsre Leute uns sehen und wir mit ihnen sprechen, werden sie schnell wieder vernünftig sein, zumal wenn sie hören, daß du ihre Lage verbessern willst. Ich fahre morgen früh gleich mit dir zum Werk hinüber.«

»Nein, Dolo, du bleibst mit Hans hier und entfernst dich nicht weiter vom Haus, als der Garten reicht.«

»Aber Lutzvater – ich möchte doch durch die Campos streifen, Hans kann mich ja begleiten.«

»Nicht bevor ich drüben gewesen bin und mich über alles orientiert habe. Du kannst ja übermorgen mit hinüberfahren und die Leute begrüßen. Dann ist auch noch Zeit für dich, in die Campos zu streifen. Aber morgen bleibst du zu Hause.«

Wenn Lutzvater so ernst und energisch sprach, dann gab es keine Widerrede, das wußte Dolo aus Erfahrung.

Sie gingen nun zu Tisch, und Hans staunte über die Reichhaltigkeit und Güte der aufgetragenen Speisen. Der schwarze Koch hatte Hervorragendes geleistet. Nach dem Essen plauderte man ein wenig, und dann hörte Lutz, wie Pedro die Dienerschaft aus dem Hause gehen ließ und dann sogleich abschloß. Das Domestikenhaus lag hinter dem Garten, neben der Garage und den Ställen.

Am nächsten Morgen, gleich nach dem Frühstück, ließ Lutz das Auto vorfahren und begab sich hinüber zum Werk. Als er dort angelangt war, bemerkte er, daß die Leute, an denen er vorüberkam, nicht wie sonst freundlich grüßend zu ihm herübersahen, sondern sich mit mürrischen Gesichtern abwandten, um ihn nicht grüßen zu müssen. Lutz zog seine Schlüsse daraus. Vor dem Kontorgebäude ließ er halten, und als er ausstieg, konnte er gerade bemerken, daß der Chauffeur einen raschen Blick mit den Arbeitern tauschte, die sich in der Nähe des Gebäudes zu schaffen machten. Mit großen, ernsten Augen sah er den Chauffeur an. Dieser warf den Kopf zurück und wandte sich höhnisch von ihm ab.

Das sah unbedingt nach Aufsässigkeit aus. Aber noch sagte Lutz kein Wort darüber. Er betrat das Kontorgebäude, und hier kamen ihm der Direktor und die obersten Beamten entgegen und begrüßten ihn.

»Gott sei Dank, Herr Doktor, daß Sie gekommen sind. Wir sind mit unserm Latein zu Ende und wissen nicht mehr, was wir mit den Leuten anfangen sollen«, sagte der Direktor beklommen.

Lutz fühlte, daß aus diesen Worten Furcht sprach und merkte, daß seine Beamten die Fassung verloren hatten.

Er beobachtete, daß ein an der Tür stehender Kontordiener gespannt herüberlauschte. Und er sagte ruhig und laut:

»Wie man die Leute zu behandeln hat, muß man immer wissen, meine Herren. Nur Ruhe, die Angelegenheit wird schnellstens geordnet werden.«

Und er betrat mit den Beamten das Konferenzzimmer, das Doppeltüren besaß. Hier konnten sie nicht belauscht werden.

Und hier erfuhr Lutz alles, was er wissen mußte.

Erst hatte man dem Umstand, daß die Leute sich nach Feierabend zusammenrotteten, keine Wichtigkeit beigelegt. Dann hatte man bemerkt, daß bei diesen Zusammenkünften nicht nur viel geredet, sondern auch viel Alkohol konsumiert wurde. Schließlich verlegten die Arbeiter ihre Zusammenkünfte in die Kantine, und auch hier wurde trotz strengen Verbotes fleißig Branntwein ausgeschenkt. Zwei neu eingestellte weiße Arbeiter hatten sich dann plötzlich als Agitatoren aufgespielt, hatten aufrührerische Reden gehalten, und der Lärm und das Trinken und Zechen hatte bis in die Nacht hinein gedauert. Verstohlen hatten sich einige Beamte an die Kantine herangeschlichen und gelauscht. Die beiden Aufrührer hatten große Töne geredet, daß es in der ganzen Welt zu einem Aufstand der Arbeiter gekommen sei, es sei vorbei mit den Herrenrechten, und wer bisher unten gestanden habe, solle jetzt nach oben kommen. Man solle sich nicht mit Hungerlöhnen abspeisen, solle sich nicht verbieten lassen, Alkohol zu trinken. Der Alkohol sei nicht nur für die Herren da, sondern auch für die Arbeiter, jeder könne so viel und so oft davon zu sich nehmen, wie es ihm gefalle. Der Redner hatte allerhand Schlagworte herausgeschmettert und über die Ausbeutung der Arbeiter durch die Kapitalisten gezetert. Damit sei es ebenfalls vorbei, jetzt käme es den Arbeitern zu, Bedingungen zu stellen, da sie die wahre Macht in den Händen hätten. Die Kapitalisten könnten ohne die Arbeiter gar nichts anfangen. Es sei noch immer die reine Sklaverei, wie die Arbeiter gehalten würden, und damit müsse man gründlich aufräumen. Wie die Wölfe im Schafpelz, so betörten die Kapitalisten die Arbeiter, damit sie ihre letzte Kraft hergäben, und sei das geschehen, so würden sie wie ausgepreßte Zitronen beiseite geworfen. Jetzt sei es an der Zeit für den Arbeiter, seine Rechte zu wahren, er verlange getrost denselben Luxus wie die Reichen, die sich im Schweiße der Arbeiter mästeten. Vor allem solle man sich nicht mehr vorschreiben lassen, wann und wieviel Alkohol man trinken wolle, der Alkohol sei der Freund des Menschen und seine Freude. Ferner solle man höhere Löhne verlangen, das Doppelte wie bisher sei noch nicht genug, und viel kürzere Arbeitszeit, damit man etwas vom Leben habe und sein Gläschen Alkohol in Ruhe trinken könne.

Danach habe man in der Kantine beraten, was für Bedingungen aufgestellt werden sollten, und man sei dabei ins Uferlose gegangen. Das sei vor einigen Tagen geschehen. Die Versammlung habe den Beschluß angenommen, eine Deputation zu wählen und der Direktion durch diese die Bedingungen der Arbeiterschaft stellen zu lassen.

Hier fuhr dann Direktor Delora fort:

»Gestern war diese Deputation da, und selbstverständlich sind die beiden Agitatoren auch hierbei die Anführer und Sprecher gewesen. Wenn die Forderungen nicht restlos erfüllt würden, müsse die Arbeit sofort niedergelegt werden, und was dann geschähe, hätten wir zu verantworten. Die Leute sind so frech und unverschämt aufgetreten, daß wir tatsächlich nicht wußten, was wir dazu sagen sollten. Anscheinend sind die Arbeiter insgesamt von einer Art Taumel befallen und wissen nicht mehr, was sie wollen. Sie haben alle nur das eine Ziel, die Zügel in die Hand zu bekommen und uns ihre Macht fühlen zu lassen. Sie haben ihre Forderungen formuliert und zu Papier gebracht und uns dies Dokument ihrer Borniertheit übergeben.«

Lutz hatte zugehört, ohne ein Wort zu sagen. Immer klarer wurde es ihm, daß die sogenannten Agitatoren nichts anderes waren als Alkoholschieber, die im Trüben fischen wollten und die verschwinden würden, wenn sie die Leute um ihre ganzen Ersparnisse gebracht und genügend Unheil gesät hatten. Die Situation war zweifelsohne sehr ernst, denn wenn die Köpfe seiner Arbeiter durch Alkohol benebelt waren, war ihnen mit Vernunft nicht so leicht beizukommen.

Er verriet aber keinerlei Unruhe, sondern fragte nur:

»Wo sind diese Bedingungen?«

Der Direktor legte ihm das Schriftstück vor. Es war in einem ziemlich unverschämten, drohenden Ton abgefaßt, und Lutz konnte nun wenigstens die Furchtsamkeit seiner Beamten begreifen. Als er das Schriftstück zu Ende gelesen hatte, sah er zu den Beamten auf, die ihn mit unruhiger Erwartung anblickten.

»Und – was haben Sie auf diese Unverschämtheiten geantwortet, meine Herren?«

»Wir hatten gerade Ihr Telegramm von Rio erhalten, Herr Doktor, und sagten den Leuten, daß Sie heute selbst über diese Forderungen entscheiden würden. Die Deputation soll sich heute nachmittag um vier Uhr Ihre Antwort holen. Wir wußten ja nicht, was Sie beschließen würden. Die Leute haben ja schon vor Wochen einmal ihre Forderungen bekanntgegeben, und schon diese waren unannehmbar. Ich schrieb Ihnen darüber, Herr Doktor, und teilte Ihnen mit, daß Ihr Kommen dringend nötig sei. Nun sind die Forderungen noch viel unerfüllbarer geworden, und wir sind froh, daß Sie da sind und selbst die Verhandlungen führen können. Sicher ist, daß der helle Aufruhr ausbrechen wird, wenn es Ihnen nicht gelingt, Ruhe zu stiften. Jedenfalls wollen die Deputierten sich um vier Uhr Ihre Antwort holen.«

Lutz warf das Schriftstück hin und erhob sich mit einem Ruck. Sein Gesicht zeigte eine eiserne Entschlossenheit.

»Gut, die Antwort können sie bekommen, ich werde sie ihnen mit aller Deutlichkeit geben. Es ist ganz ausgeschlossen, daß diese Forderungen bewilligt werden.«

Mit besorgten Gesichtern standen die Beamten um ihn herum.

»Sie werden kein leichtes Spiel haben, Herr Doktor«, sagte der Direktor, »und Sie dürfen nicht vergessen, daß Sie es nicht mehr mit denselben fügsamen, zufriedenen Leuten zu tun haben wir früher. Schon seit etwa einem halben Jahr sind sie verändert. Erst haben wir es auch nicht für ernst genommen. Aber in den letzten zwei Monaten ist es toll geworden. Die Kerle sind wie von Sinnen, zeigen ein freches, höhnisches Wesen, sind faul und nachlässig, und in der letzten Woche ist es schon zu allerlei Ausschreitungen gekommen. Wenn sie sich vollgetrunken haben – wir wissen nicht, wie sie zu dem Alkohol kommen –, dann wissen sie nicht mehr, was sie tun. Wir waren in großer Sorge. Ihre beiden Anführer – oder besser Verführer – schüren das Feuer, und wenn es zum Ausbruch kommt, ist Schlimmes zu befürchten. Werden die Forderungen nicht erfüllt – und sie können einfach nicht erfüllt werden, wenn das Werk weiterbestehen soll –, dann ist unweigerlich der Teufel los.«

Lutz sah die Angelegenheit durchaus nicht so sorglos an, wie er sich den Anschein zu geben suchte. Daß die Leute ungehindert zu Alkohol kommen konnten, erschwerte die Sache. Denn mit ganz oder halb Betrunkenen war nicht vernünftig zu reden. Aber er sah sehr wohl, wie mutlos seine Beamten waren, und sagte sich, daß er ihnen ihren Mut, soweit er überhaupt vorhanden war, nach Möglichkeit zurückgeben mußte.

»Ich sage Ihnen noch einmal – nur Ruhe. Es wird nichts so heiß gegessen, wie es gekocht wird, so heißt ein deutsches Sprichwort.«

»Verzeihen Sie, Herr Doktor, aber hier haben wir es nicht mit bedächtigen Deutschen zu tun, sondern mit einer ziemlich unkultivierten Arbeiterschar, die hitziges Blut in den Adern hat. Die schwarzen Arbeiter sind dabei noch nicht einmal die schlimmsten, die sind nur verhetzt und vom Alkohol benebelt. Aber was wir an weißen Arbeitern hierhaben, ist nicht aus den besten Elementen zusammengesetzt. Denen kommt es nicht darauf an, ein paar Menschen niederzuschlagen. Bei Streitigkeiten fliegt das Messer aus der Tasche, und dann gibt es blutige Köpfe. Solange sie das unter sich ausmachen, mag es gehen; aber – hier würde sich ihre Wut gegen uns richten.«

Lutz sah ruhig auf die zaghaften Beamten.

»Verlieren Sie doch den Mut nicht, und vor allen Dingen lassen Sie sich das nicht anmerken, sonst haben Sie verspielt. Ich werde heute nachmittag mit den Leuten reden und will versuchen, sie zur Vernunft zu bringen.«

»Das wäre eine Erlösung für uns, denn unsere Lage ist nicht gerade beneidenswert. Wir haben deshalb unsere Frauen schon vorgestern nach Jaimeville geschickt. Für Frauen ist hier heißes Pflaster.«

Lutz dachte an Dolores, und es wurde ihm unwillkürlich heiß bei diesem Gedanken.

»Ich habe meine Tochter mitgebracht, das wußten Sie. Warum haben Sie mir mit dem Chauffeur nicht eine Botschaft nach Jaimeville geschickt, daß ich auch meine Tochter dort hätte zurücklassen können?«

Der Direktor wurde ein wenig verlegen. Er hatte sich eingebildet, beim Empfang einer solchen Meldung würde er selber auch nicht nach Armada kommen. Und man setzte doch die letzte Hoffnung auf ihn.

»Ihr Wohnhaus liegt ja eine ganze Strecke vom Werk entfernt, Herr Doktor«, entgegnete er etwas beklommen, »da ist Fräulein Vanzita in Sicherheit. Aber unsere Frauen wohnen mit uns hier direkt auf dem Werk.«

»Nun gut, ich verdenke es Ihnen nicht, daß Sie Ihre Damen in Sicherheit gebracht haben, und es wird hoffentlich für meine Tochter keine Gefahr geben. Aber wenn die Arbeiter die Entfernung Ihrer Damen gemerkt haben, werden sie triumphieren. Sie sehen Ihre Maßnahmen als ein Zeichen von Furcht an, und nun glauben sie Oberwasser zu haben.«

»Wir haben uns den Anschein gegeben, als hätten unsere Frauen in Jaimeville Einkäufe zu besorgen, was ja zuweilen vorkommt. Daß sie vorläufig nicht zurückkommen werden, haben wir verheimlicht. Es ist jedenfalls nicht aufgefallen.«

»Nun gut, Ihre Damen sind in Sicherheit, und ihrer Rückkehr steht hoffentlich bald nichts mehr im Weg. Wie ich Ruhe schaffe, weiß ich momentan selber noch nicht. Erst muß ich mir einmal die beiden Herren Agitatoren ansehen. Daß ich aber Ordnung schaffen werde, darauf können Sie sich verlassen.«

Danach begann Lutz scheinbar sehr gelassen von anderen Dingen zu sprechen, und seine zuversichtliche Haltung stärkte auch seinen Beamten ein wenig das Rückgrat. Ehe Lutz wieder nach Hause fuhr, machte er noch einen Rundgang durch das Werk. Ganz allein ging er von einem Betrieb zum anderen, sah den Leuten eine Weile bei der Arbeit zu und sprach ab und zu mit einem von ihnen. Es konnte ihm unmöglich entgehen, daß die Mienen mancher Leute einen drohenden Ausdruck hatten, allein er beachtete das scheinbar nicht. Die Wirkung seiner zur Schau getragenen Gleichgültigkeit blieb auch nicht aus. Selbst die Trotzigsten schienen unsicher zu werden und wandten sich ab, als ob sie den Blick seiner Augen nicht ertragen könnten.

Nach Beendigung seines Rundganges fuhr er wieder heim. Absichtlich ergriff er keinerlei Maßnahmen irgendwelcher Art. Erst wollte er die Deputation empfangen. Alsdann wollte er handeln. Die gegebene Situation überschaute er vollkommen. Wären die Agitatoren etwas anderes als nur auf den eigenen Vorteil bedachte unsaubere Elemente, die nur im Trüben fischen wollten, hätten sie nicht so unsinnige Forderungen stellen können, wie sie es getan hatten. An eine in geordneten Verhältnissen lebende Arbeiterschaft wurden sie ihren Alkohol nicht los. Wo kein Chaos herrschte, erreichten sie überhaupt nicht ihr Ziel. Hatten sie auch schon viel zuviel Unheil gestiftet, so wollte Lutz dennoch mit allen Kräften verhindern, daß seine Leute noch tiefer ins Unglück hineingerissen würden. Darum mußte er die Rädelsführer auf irgendeine Weise unschädlich zu machen suchen. Sie mußten unter allen Umständen entfernt werden. Dann würde sich alles wieder regeln lassen.

Daheim angelangt, fand Lutz Hans und Dolo auf der Veranda. Sie sahen ihm mit gespannten Mienen entgegen. Lutz zwang sich zu einem Scherz, um dem Chauffeur zu beweisen, wie ruhig er sei, und sagte zu diesem:

»Um drei Uhr fahre ich wieder zum Werk, also pünktlich mit dem Wagen zur Stelle sein.«

Tommy räkelte sich lässig auf dem Führersitz und antwortete nicht. Lutz sah ihn scharf an.

»Verstanden?«

»Ich höre sehr gut!« erwiderte Tommy in frechem Ton.

Da öffnete Lutz ruhig die Tür zum Führersitz, hob den Chauffeur am Kragen mit einem Ruck herunter und stellte ihn auf die Füße.

»So, mein Bürschchen! Für Leute deines Schlages habe ich in meinen Diensten keine Verwendung, du bist entlassen. Laß dir dein Gehalt an der Kasse bis zum Monatsende auszahlen, damit sind wir miteinander quitt.«

Er sagte das ganz gelassen, aber so energisch und bestimmt, daß der verdutzte Tommy kein Wort hervorbrachte. Er fletschte nur die Zähne und drückte sich mit einem tückischen Blick zur Seite.

Dolo und Hans hatten diese kleine Szene mit Bestürzung angesehen.

»Lutzvater, was war das?« fragte Dolo erschrocken.

Lutz lachte scheinbar sorglos.

»Nichts von Bedeutung; es war die etwas plötzliche Entlassung eines renitenten Chauffeurs. Er hat inzwischen verlernt, wie er sich seinem Herrn gegenüber zu benehmen hat. Ich werde also selbst chauffieren, wenn ich nach Tisch wieder zum Werk hinüber muß.«

»Ich kann dich ja hinüberfahren, Onkel Lutz«, sagte Hans.

»Nein, mein Junge, dich kann ich anderweitig besser gebrauchen.«

Damit brachte Lutz, als sei nichts geschehen, den Wagen in Ordnung, den er gleich stehen ließ. Hans merkte sehr wohl, daß der Onkel nicht so ruhig war, wie er sie glauben machen wollte. Dieser kam nun auf die Veranda herauf.

»Wie war es drüben im Werk, Lutzvater? Nicht wahr, es war gleich alles gut, wie du kamst?«

Lutz lächelte:

»Nun, ich werde ihnen heute nachmittag noch ein bißchen zureden müssen, Dolo, aber dann wird wohl alles in die Reihe kommen.«

Und scheinbar sorglos setzte er sich mit Hans und Dolo zu Tisch. Als aber nach aufgehobener Tafel Dolo für eine Weile das Zimmer verlassen hatte, sagte Lutz hastig:

»Mein lieber Hans, die Sache ist doch nicht ganz so harmlos, wie ich sie Dolo hinstellte. Meine Herren Beamten sind durch die Bank Feiglinge und haben sich ins Bockshorn jagen lassen. Sie haben, statt gleich im Anfang gründlich einzugreifen und die beiden sogenannten bolschewistischen Agitatoren davonzujagen, zitternd und bebend alles durchgehen lassen. Nun sind die Leute frech geworden — du hattest ein Beispiel an dem Chauffeur, der sich über mich erhaben dünkte —, und leider scheint der Alkohol bereits sehr böse auf die Arbeiterschaft eingewirkt zu haben. Ich habe Alkohol im Werk streng verboten, wäre ich hier gewesen und hätte den ersten Kerl betrunken gesehen, hätte ich sofort reinen Tisch gemacht. Jedenfalls wird es also ein bißchen hart auf hart hergehen. Hätte ich geahnt, wie die Dinge hier in Wahrheit stehen, hätte ich Dolo nicht mit herübergebracht oder sie wenigstens in Jaimeville gelassen — nur wäre sie dort wahrscheinlich nicht zurückgeblieben, wenn sie nur die geringste Gefahr für uns gewittert hätte. Sie ist ein tapferer kleiner Kerl! Und nun ist sie einmal da, und wir müssen alles tun, um sie von etwaigen Unruhen fernzuhalten. Deshalb bin ich sehr froh, daß du mit hier bist und zu ihrem Schutz zurückbleiben kannst, wenn ich drüben im Werk festgehalten werde. Die Leute haben ganz unsinnige Forderungen gestellt, wie sie eben ein richtiger Agitator von einiger Erfahrung gar nicht hätte aufstellen lassen. Ich habe diese Brüder noch gar nicht zu Gesicht bekommen und werde erst um vier Uhr das Vergnügen haben, sie mir gegenüber zu sehen. Es wird wahrscheinlich etwas stürmisch hergehen, und ich werde meine Nerven brauchen.«

»Laß mich mit hinüber, Onkel Lutz!«

»Ausgeschlossen, du kannst mir drüben gar nichts nützen. Aber damit ich ruhig sein kann, mußt du eben bei Dolo bleiben, hier bist du mir wichtig. Sie darf um keinen Preis das Haus verlassen. Achte auch ein wenig darauf, daß Tommy sich hier nicht etwa bemerkbar macht. Der Bursche machte verdammt tückische Augen. Dolo muß dem Werk unbedingt fernbleiben. Die Beamten haben ihre Frauen schon vorgestern nach Jaimeville gebracht.«

Hans sah mit einem ernsten Blick zur Tür, durch die Dolo sich entfernt hatte.

»Sollten wir Dolo nicht lieber auch nach Jaimeville zurückbringen?«

»Sie geht nicht, wie ich sie kenne — und — es wird ja nicht nötig sein. Ich werde sehen, wie die Dinge heute nachmittag liegen. Sehe ich, daß ich die Leute nicht zur Vernunft bringen kann, hole ich militärische Hilfe. Ich habe nicht Lust, mir erst alles demolieren zu lassen, und will auch nicht, daß meine bloß verhetzten Leute sich ins Unglück stürzen. Es sind zum großen Teil doch nur törichte Kinder, denen man den Sinn verwirrt hat. Ich werde ja heute nachmittag sehen, ob ich allein mit ihnen fertig werde. Sonst rufe ich, wie gesagt, Hilfe herbei, und bis die eintrifft, ist Dolo hier unter deinem und Pedros Schutz in Sicherheit.«

Jetzt kam Dolo zurück. Sie war nicht einmal sehr in Unruhe, denn sie war fest davon überzeugt, daß es dem Vater unbedingt gelingen werde, das Losbrechen eines Sturmes zu verhindern.

Die beiden Herren sprachen von gleichgültigen Dingen.

XII

Gleich nach drei Uhr fuhr Lutz selbst im Auto zum Werk hinüber. Während er durch das Werk fuhr, sah er starr geradeaus. Er hielt vor dem Kontorgebäude, das mit seiner Hinterfront ziemlich nahe an eine steile Felswand herangebaut war, schloß den Wagen ab und ging hinein. Er fand seine Beamten schon vollzählig im Konferenzzimmer versammelt.

»Hat der Chauffeur Tommy sich sein Gehalt auszahlen lassen?« fragte er den Kassierer.

»Ja, Herr Doktor.«

»Sie haben ihn entlassen, Herr Doktor?« fragte der Direktor.

»Ja, er war unverschämt, da habe ich ihn von dem Führersitz herabgehoben, und damit hatte unser gegenseitiges Verhältnis ein Ende. So etwas darf man nicht hingehen lassen, gerade in solchen Zeiten nicht.«

»Er wird aber nun auch noch mit aufhetzen, es wird böses Blut machen.«

Lutz wandte sich mit ruhigem und bestimmtem Ausdruck dem Direktor zu.

»Auch das würde mich nicht veranlassen, ihn nur noch eine Stunde in meinen Diensten zu behalten.«

Halb betreten, halb bewundernd sahen ihn die Beamten an.

Lutz legte ihnen noch einige Fragen vor und erledigte einige geschäftliche Angelegenheiten, als sei nichts geschehen. Pünktlich um vier Uhr ließ sich die Deputation melden. Es waren vier weiße und vier schwarze Männer. Lutz kannte sie alle bis auf zwei der Weißen, und er sagte sich, diese müßten die »Agitatoren« sein. Sie machten einen sehr ungünstigen Eindruck auf ihn. Sie hatten gemeine, unsympathische Gesichter, warfen sich in die Brust und sahen ihn herausfordernd an. Lutz ignorierte sie vorläufig scheinbar, obwohl er sie mit einem scharfen Blick gleich richtig taxiert hatte. Die andern sah er der Reihe nach ruhig prüfend an, dann wandte er sich an den größten der Neger, einen herkulisch gebauten Mann.

»Nun, Sam, wie geht es deiner Frau, ist sie ganz auf dem Posten?«

Sam hatte sich anscheinend zu einer drohenden Miene aufgepulvert. Das schien ihm aber zu vergehen bei dieser unerwarteten Frage seines Herrn. Und Sam mußte sehr unbequemerweise daran denken, daß die kleine Herrin seine Frau vor Jahren selbst gesundgepflegt und sie zu diesem Zweck ins Haus genommen hatte, damit sie sich auf der schattigen Veranda und in der Ruhe des Hauses recht hatte erholen können. Auch daran mußte Sam denken, daß seine jetzt kerngesunde Frau ihm Vorwürfe gemacht hatte, daß er sich von den Fremden hatte beschwatzen lassen.

»Sie ist gesund, Herr«, sagte er und wagte Lutz nicht anzusehen.

»Das freut mich. Und wie geht es deinem kleinen Mädchen, Norris, kann sie jetzt tüchtig laufen?« fragte Lutz den zweiten Neger.

Der wurde auch etwas kleiner. Dolo hatte Norris' Töchterchen einen Wagen geschenkt und sie selber stundenlang darin spazierengefahren, weil ihre Beinchen zum Laufen zu schwach gewesen waren.

»Es geht ihr gut, und sie kann gut laufen, Herr.«

So fragte er alle diese Leute, und jeden konnte er an etwas erinnern, was ihm jetzt unangenehm war. Die beiden »Agitatoren« traten unruhig von einem Fuß auf den andern, und der eine sagte schließlich schroff:

»Dazu sind wir nicht hergekommen, wir haben wichtigere Dinge zu verhandeln.«

Langsam wandte sich Lutz ihm zu, maß ihn mit einem Blick vom Kopf bis zu den Füßen und sah dann auch den andern ruhig prüfend an.

»Sie hatte ich noch nicht gefragt«, sagte er scharf und kurz und fuhr dann fort: »Sie beide kenne ich noch nicht. Sie sind wohl noch nicht lange im Werk?«

Die beiden sahen ihn frech und höhnisch an.

»Lange genug, um zu sehen, daß auch hier der Arbeiter ausgenutzt und wie ein Stück Vieh behandelt wird.«

Lutz schwoll die Zornader an, aber er beherrschte sich.

»Zum Vieh würdigt ihr meine Leute herab, dadurch, daß ihr ihnen euren Fusel zu trinken gebt. Also Sie beide sind die sogenannten bolschewistischen Agitatoren? So sehen Sie eigentlich nicht aus, denn in der Regel sind das intelligente und wohlunterrichtete Leute, die wenigstens von dem Willen beseelt sind, das Los der Arbeiter zu verbessern. Ihr zwei seht mir eher aus wie ganz gewöhnliche Alkoholschieber.«

»Wenn Ihnen unser Gesicht nicht gefällt, dann beruht das auf Gegenseitigkeit, Ihres gefällt uns auch nicht. Und nun beantworten Sie uns endlich die Frage, ob Sie unsere Forderungen erfüllen wollen oder nicht«, sagte der eine, während der andere ein wenig zusammengezuckt war und etwas unsicher aussah.

Lutz richtete sich hoch auf und sah den Sprecher durchdringend an.

»Nun denn, hier meine Antwort: Nein, ich werde diese Forderungen nicht bewilligen, weil sie ganz unannehmbar sind. Aber auch wenn sie annehmbar wären, würde ich mir auf diese Art nichts abtrotzen lassen. Ich bin von Deutschland herübergekommen, um meine Arbeiter freiwillig aufzubessern, wie ich ihnen immer, soweit ich konnte, freiwillige Zugeständnisse gemacht habe. Aber versteht mich gut, nur freiwillig werde ich tun, was ich kann, gezwungen nichts. Eher lasse ich das Armada-Werk eingehen. Dann seht zu, wo ihr Arbeit und Brot bekommt. Ich habe mit meinen Arbeitern lange Jahre in Ruhe und Frieden gelebt, sie haben es immer besser gehabt als an irgendeiner anderen Stelle in Brasilien, das wißt ihr alle. Sie beide, die Sie hier fremd sind und meine Arbeiter aufgewiegelt haben, ihnen mit törichten Schlagworten die Köpfe so lange verdreht haben, bis sie nicht mehr wußten, was recht und unrecht ist, Sie wollen ja gar nicht, daß ich mich mit meinen Leuten einige, Sie wollen nur im Trüben fischen und geschmuggelten Fusel für teures Geld an sie loswerden. Sam, Norris, seid ihr denn blind? Lorenzo, Durano, habt ihr euch von dem schlechten Fusel schon ganz den Verstand umnebeln lassen? Teilt euren Kameraden mit, was ich hier gesagt habe. Macht euch frei von diesen beiden Halunken, die euch nur ins Unglück stürzen wollen. Was ich euch bewilligen kann, werde ich freiwillig tun, aber erst, wenn ihr wieder vernünftig geworden seid. Zwingen lasse ich mich, wie gesagt, zu nichts. Das ist mein letztes Wort.«

Ruhig und bestimmt hatten Lutz' Worte geklungen, und er merkte sehr wohl, daß sie auf Sam und Norris Eindruck machten und daß auch Lorenzo und Durano nachdenklich geworden waren und unsicher zu den beiden »Agitatoren« hinübersahen. Die andern behielten freilich ihre trotzigen Mienen bei, und der

Wortführer lachte höhnisch auf. Er sah Lutz mit einem bösen Blick an, denn er merkte, daß seine Begleiter anfingen, unsicher zu werden.

»Laßt euch nicht beschwatzen, Kameraden, einen Dreck werdet ihr bekommen, wenn ihr nicht bei der Stange bleibt. Vergeßt nicht, daß ihr euch selber frei machen müßt von der Unterdrückung durch das Kapital. Beharrt auf eurer Forderung.«

Lutz sah ihn streng und scharf an.

»Sie und Ihr Komplice sind fristlos entlassen. Leute ihres Schlages kann ich nicht unter meinen Arbeitern dulden. Binnen vierundzwanzig Stunden haben Sie das Armada-Werk zu verlassen.«

Wieder lachte der Wortführer höhnisch auf.

»Das könnte euch so passen! Das gibt es nicht, wenn wir entlassen werden, legen alle andern sofort die Arbeit nieder. Was dann geschieht, auf Ihr Haupt, Herr Doktor! Ich und mein Genosse sind hierhergekommen, um unsere Kameraden aus der Sklaverei des Kapitals zu befreien, und wir verlassen sie nicht. Wir helfen ihnen, ihr Recht zu bekommen, und weichen nicht von der Stelle.«

»Bis ihr den letzten Tropfen eures Fusels an den Mann gebracht habt. Aber das werde ich euch unterbinden. Sam, Norris, Lorenzo, Durano, sagt euren Kameraden, was ich euch gesagt habe, jagt die Verführer von dannen und macht euch von ihnen frei.«

»Das möchten Sie wohl, damit die alte Sklaverei ihren Fortgang nimmt! Nein, Herr Doktor, wir stehen Mann zu Mann. Was Sie da faseln von Fusel und Alkohol, ist ja Finte! Sie wollen den Arbeitern nur den Genuß vergraulen, den Sie sich täglich gönnen. Das könnte Ihnen so passen, wenn sie die Leute wieder unter das alte Joch ducken könnten. Aber dann haben Sie nicht mit uns gerechnet, wir verlassen unsere Kameraden nicht, erst recht nicht, weil Sie es wollen.«

Lutz schlug auf den Tisch.

»Genug! Wir sind fertig miteinander. Was ich gesagt habe,

gilt, ich nehme nicht ein Jota davon zurück. Überlegt euch das, Leute, hört auf mich und nicht auf diese Fremden, die euch ins Unglück bringen wollen. Und nun Schluß – ihr habt euren Bescheid, und damit basta!«

Langsam ging die Deputation aus dem Zimmer. Aber schon ehe die Tür sich hinter ihnen schloß, hörten die Zurückbleibenden, wie die beiden Agitatoren auf die Leute loshetzten und sie aufwiegelten.

Lutz sah ihnen eine Weile stumm nach. Dann wandte er sich, als sei nichts gewesen, an seine Beamten, die mit blassen, erschrockenen Gesichtern dastanden.

»Das gibt Mord und Totschlag, Herr Doktor«, sagte der Direktor heiser.

Lutz schüttelte verständnislos den Kopf.

»Wie können Sie sich nur so einschüchtern lassen, meine Herren? Gewiß, die Sache ist ernster, als ich dachte, und ich fürchte, daß die beiden Halunken nicht Ruhe geben, bis sie unsere Arbeiter vollends um ihr bißchen Verstand gebracht haben. Und weil ich es nicht darauf ankommen lassen will, daß sie sich alle unglücklich machen und daß sie hier im Werk in ihrem Unverstand alles demolieren, werde ich nach Jaimeville fahren und Militär herbeiholen. Die beiden Burschen müssen verhaftet und unschädlich gemacht werden. Sobald Militär anrückt und die beiden Rädelsführer dingfest gemacht sind, werden die andern schnell zur Vernunft kommen. Leider sind die militärischen Behörden in solchen Fällen etwas schwerfällig, es genügt nicht, daß ich einen von Ihnen nach Jaimeville schicke, da muß man energisch auftreten können. Nun, ich habe gute Verbindungen und hoffe, daß ich schnell zum Ziel komme. Also beruhigen Sie sich, und fassen Sie Mut. Nur nicht merken lassen, daß Sie irgend etwas fürchten.«

Die Beamten atmeten auf.

»Das wird das beste sein, Herr Doktor, wenn Sie Militär requirieren können«, sagte der Direktor.

Lutz lächelte ein wenig.

»Ja, ja, ich werde nicht lange zögern. Eine Weile wird hoffentlich das, was ich gesagt habe, auf die Leute einspritzen. Sam und Norris fühlten sich anscheinend nicht wohl in ihrer Haut als Deputationsmitglieder, und Lorenzo und Durano waren zumindest unsicher. Vielleicht versuchen sie auf ihre Kameraden einzuwirken. Wieweit sie damit Glück haben, weiß man nicht, ich will es jedenfalls nicht darauf ankommen lassen. Also beruhigen Sie sich und – niemand darf erfahren, daß ich Militär hole. Ich will sehen, daß ich unbemerkt fortfahren kann, so daß niemand etwas von meiner Abwesenheit erfährt. Sehen Sie sich auf alle Fälle heute nacht vor, die Halunken werden die Leute wieder betrunken machen, und dann haben sie leichtes Spiel. Ich möchte nicht, daß einer von Ihnen zu Schaden kommt. Ich halte es für das beste, wenn Sie hier im Kontorgebäude bleiben, da sind Sie zusammen, und solange es ruhig bleibt, können Sie hier in den Sesseln zu schlafen versuchen. Sollten wirklich irgendwelche Unruhen ausbrechen, können Sie sich in den Keller flüchten, dort sind Sie sicher und können sich halten, bis ich zurückkomme. Lassen Sie es nicht darauf ankommen, daß sie auf die Leute schießen müssen, verstecken Sie sich lieber, wie gesagt, in den Kellern. Bis ich Hilfe bringe, dürften Sie dort vollkommen sicher sein.«

Er gab den Beamten noch verschiedene gute Ratschläge, und diese waren sehr froh, daß sie nicht hinausbrauchten und nach menschlichem Ermessen geborgen waren.

Lutz verabschiedete sich darauf mit dem Ratschlag, hinter ihm die Eingangstür abzuschließen, aber so, daß es niemand merke.

Scheinbar ganz sorglos trat Lutz ins Freie. Ein einziger Blick genügte ihm, um zu erkennen, daß die Leute die Arbeit niedergelegt hatten und in Strömen der großen Kantine zueilten. Da würden sie wieder mit Branntwein traktiert und aufgehetzt werden, die beiden Fremden wollten sicherlich noch soviel wie möglich von ihrer schlechten Ware an den Mann bringen. Es war ihm klar, ohne Tumult würde es nicht abgehen. Darum mußte so schnell wie möglich gehandelt werden. Er wollte in der Nacht nach Jaimeville fahren, dann konnte er in aller Frühe dort sein und morgen abend schon wieder mit militärischer Begleitung zurückkommen. Er überlegte, ob er Dolo nicht doch mit zur Stadt nehmen solle, aber er verwarf den Gedanken sofort wieder. Er würde mit höchster Geschwindigkeit fahren müssen, und so mit Dolo durch die Nacht zu rasen würde ihn ihretwegen unruhig machen. Er brauchte aber seine Nerven und mußte vollkommen unbehindert sein. Es war besser, sie blieb daheim. Bis morgen abend würde er mit Hilfe zurück sein, und bis dahin würde ihr nichts geschehen.

Es war ihm ein tröstlicher Gedanke, daß er sich immer gut mit den Behörden gestellt hatte. Er hatte vor seiner ersten Abreise dem Stadtkommandanten sein wertvollstes Reitpferd geschenkt und sich auch sonst auf mancherlei Art seine Gunst erkauft. Man konnte ja nie wissen, wie man ihn brauchen würde. Und jetzt brauchte er ihn sehr nötig. Daß es auch jetzt nicht ohne »klingende« Überredung gehen würde, wußte er nur zu gut, deshalb mußte er sein Scheckbuch mitnehmen.

Hoffentlich blieb bis morgen abend alles ruhig. Heute würden sich die Leute wahrscheinlich alle bei der erneuten Beratung in der Kantine einen Mordsrausch holen und dann erst einmal ausschlafen. Daß morgen die Arbeit bereits wieder aufgenommen werden würde, war kaum zu erwarten, und bis irgendwer vielleicht wieder Lust bekam, eine Hand zu rühren, war er bestimmt zurück.

Es würde schon alles gutgehen – mußte gutgehen.

Als Lutz nach Hause kam, war es bereits halb sieben Uhr. Er fuhr das Auto in die Garage, sah es gleich noch einmal nach, füllte das Benzin auf und verstaute noch einen Kanister im Auto. Dann ging er ins Wohnhaus hinüber, wo er von Hans und Dolo schon mit Ungeduld erwartet wurde.

Dolo flog ihm entgegen.

»Ist alles gutgegangen, Lutzvater?«

Er zog sie an sich und sah über ihre Schultern hinweg ernst in die fragenden Augen seines Neffen.

»Nicht so gut, wie ich es wünschte, Dolo. Die Leute sind leider so gründlich verhetzt, daß nicht viel mit ihnen anzufangen war. Ich mußte ihre äußerst unverschämten Forderungen kurz ablehnen. Und — sie haben die Arbeit niedergelegt.«

»Oh, Lutzvater, laß mich doch zu ihnen sprechen, mich kennen sie doch alle, auf mich werden sie hören.«

Er streichelte ihr Haar.

»Nein, Dolo, das würde gar keinen Zweck haben, jetzt nicht, erst müssen die beiden Halunken unschädlich gemacht werden, die sie verführt und beschwatzt haben. Du würdest dich nur unnötigen Belästigungen aussetzen. Ich will diese Nacht nach Jaimeville fahren und Militär herbeiholen, denn ich darf es nicht darauf ankommen lassen, daß sie mir in ihrem Unverstand alles demolieren.«

Dolo machte große Augen.

»Hältst du das für möglich?«

»Wenn diese Leute den Kopf verlieren, ist alles möglich. Es hat keinen Zweck mehr, dir Sand in die Augen zu streuen, es ist besser, wenn du klar siehst, damit du nicht unvernünftig bist. Die Revolte muß im Keim erstickt werden. Mit militärischer Hilfe müssen die beiden fremden Halunken verhaftet und fortgeschafft werden, dann wird schnell Ruhe eintreten.«

»Aber — es wird den Leuten nichts geschehen, Lutzvater?«

»Eben weil ich verhüten will, daß es zu einer Katastrophe kommt, hole ich Militär. Denn wenn ich es erst so weit kommen lasse, daß sie alles zerschlagen, haben sie keine Arbeit mehr und werden obendrein noch in Haft genommen. Was wird dann aus ihren Familien? Nein, nein, hier heißt es schnell und energisch eingreifen. Es wird mit aller Schonung geschehen, dafür kennst du mich. Ich muß in der Nacht fahren, ohne daß jemand weiß, was ich vorhabe, sonst hätte ich dich mitgenommen, du hättest bei Angela bleiben können, bis alles wieder in Ordnung ist.«

Dolo schüttelte energisch den Kopf.

»Auf gar keinen Fall, Lutzvater, ich bleibe bei euch!«

»Das dachte ich mir, ich kenne dich doch. Also du bleibst mit Hans ruhig hier im Haus, ihr schließt, sobald die Dienerschaft um neun Uhr das Haus verlassen hat, alles ab, Türen und Fensterläden. Das ist wahrscheinlich eine überflüssige Vorsicht, denn die Leute werden bei ihren sogenannten Beratungen und ihrem Fusel bleiben, aber wir wollen nichts versäumen. Und jetzt rufe mir Pedro, er soll mir allerlei richten, ohne daß die Dienerschaft etwas davon merkt.«

Dolo ging hinaus. Lutz sah Hans mit ernsten Augen an.

»Hast du genug Munition für deinen Browning?«

»Reichlich genug, Onkel Lutz.«

»Gut, halte alles bereit. Zur Not hat ja auch Dolo ihre Waffe und Munition. Pedro ist ebenfalls gut bewaffnet. Den allerschlimmsten Fall angenommen, daß die Arbeiter darauf verfallen, hierherzukommen und einen Druck auf mich auszuüben, könnt ihr euch verteidigen, bis ich zurückkomme. Waffen haben die Leute nicht, nur ihre Handwerkszeuge; so könnt ihr sie mit euren Waffen in Schach halten. Ihr vermeidet selbstverständlich tunlichst, jemanden zu verwunden. Es wird genügen, wenn einige Schreckschüsse abgegeben werden, denn vor Schießwaffen haben alle Schwarzen einen Heidenrespekt. Es ist freilich möglich, daß die beiden fremden Halunken Schießwaffen haben. Da müßt ihr euch vorsehen. Aber wie gesagt, das ist nur für den allerschlimmsten Fall, ich will nur nichts außer acht lassen. Die schwarze Dienerschaft lasse ich um neun Uhr hinausschaffen, wie jeden Abend, ich halte es für besser, weil ich ihrer nicht ganz sicher bin. Nur Pedro mit Frau und Tochter bleibt im Haus. Du läßt Dolo nicht aus der Tür, bis ich zurück bin, und läßt überhaupt niemanden herein, der nicht hereingehört. Ich kann mich auf dich verlassen!«

»Vollständig, Onkel Lutz, ich werde deine Anordnungen genau befolgen. Aber wird dir nicht Gefahr drohen, wenn du allein in der Nacht durch die Campos fährst? Wenn sie merken, daß du Militär holst, werden sie dir dann keinen Hinterhalt legen?«

»Unbesorgt, es wird ihnen nicht kund werden, daß ich heute nacht fahre. Wenn sie überhaupt daran denken, ich könnte Hilfe herbeiholen, dann werden sie das nicht vor morgen früh erwarten, und dann würde ich wahrscheinlich nicht mehr unbehindert fortkommen. Deshalb fahre ich schon heute nacht.«

Jetzt kam Dolo mit Pedro zurück.

»Pedro, packe mir Mundvorrat ein, ich muß nach Jaimeville – aber kein Mensch darf das wissen.«

»Ja, Herr, ich verstehe!« sagte Pedro ruhig.

Lutz gab ihm weitere Befehle, wie er sich zu verhalten habe.

»Sobald du das geringste Verdächtige bemerkst, gibst du Doktor Dornau Bescheid. Du kannst dich ja in englischer Sprache mit ihm verständigen.«

»Es wird alles geschehen, wie du befiehlst, Herr.«

»Und wenn heute abend das Essen aufgetragen wird und ich am Tisch fehle, machst du der Dienerschaft begreiflich, daß ich zu Bett gegangen sei, weil ich mich nicht wohl fühle.«

»Es soll geschehen.«

»Gut, nun bringe mit den Mundvorrat; etwas reichlich, damit ich unterwegs damit auskomme.«

Pedro entfernte sich und brachte bald ein Paket mit dem gewünschten Proviant. Lutz hatte sich inzwischen für die Fahrt zurechtgemacht.

»So, Pedro, nun sorge dafür, daß die gesamte Dienerschaft für eine Viertelstunde im Domestikenzimmer versammelt bleibt, damit sie mich nicht sieht, wenn ich zur Garage hinübergehe und mit dem Auto wegfahre.«

»Es ist gut, Herr, in fünf Minuten werde ich alle zusammengeläutet haben und werde ihnen über irgend etwas einen Vortrag halten, damit sie eine Viertelstunde beschäftigt sind.«

»Richtig, Pedro, mache deine Sache gut, ich verlasse mich wie immer auf dich.«

Pedro ging hinaus, und gleich darauf ertönte die Glocke, welche die Dienerschaft zusammenrief. Man hörte die Diener zusammenlaufen, und dann wurde es still. Lutz verabschiedete sich hastig von Hans und Dolo, nahm das Paket mit den Eßvorräten und ging leise hinaus.

Lautlos glitt er über die Veranda und lief zur Garage hinüber. Wenige Minuten später sahen Dolo und Hans das Auto drüben in die Campos hinausfahren. Lutz fuhr so geräuschlos wie möglich und hatte die Scheinwerfer noch nicht eingeschaltet. Das wollte er erst tun, wenn er in einiger Entfernung vom Haus war. Die Garage hatte er abgeschlossen, nachdem er den Wagen herausgefahren hatte, damit die Dienerschaft glauben sollte, das Auto befinde sich darinnen.

Als Lutz außer Sicht des Hauses war, schaltete er die Scheinwerfer ein, und dann ging es in toller Fahrt durch die Campos. Er wollte unbedingt am Morgen in Jaimeville sein.

Hans und Dolo hatten ihm nachgesehen, soweit sie konnten. Dann schloß Hans sogleich die Türen und zog die Fensterläden zu. Nur die Tür, durch die sich die Dienstboten entfernen würden, ließ er noch offen.

Pedro hatte nach Entlassung der Hausleute gleichfalls Türen und Fenster des von ihm bewohnten Souterrains auftragsgemäß geschlossen. Er sah auch seinen Revolver nach, legte ihn mit der nötigen Munition handlich zurecht und ging dann wieder hinauf.

Inzwischen war das Abendessen aufgetragen worden, und Dolo sagte ruhig zu dem einen Diener:

»Nimm das dritte Besteck fort, der Herr speist nicht mit uns, ihm ist nicht wohl, und er hat sich bereits zur Ruhe begeben. Sage draußen, die Leute sollen keinen unnötigen Lärm machen, damit der Herr nicht gestört wird.«

Hans hatte den Diener scharf angesehen, während Dolo mit ihm sprach, und bemerkte, daß es eigentümlich in seinen dunklen Augen aufblitzte. Er fragte Dolo, was sie zu ihm gesagt habe; da sie portugiesisch gesprochen hatte, hatte er es nicht verstanden. Dolo teilte es ihm in deutscher Sprache mit, und nun konnte Hans sich das erklären, was er beobachtet hatte. Der Diener hatte zweifelsohne angenommen, dem Herrn sei aus

Angst vor dem Aufstand übel geworden. So würde er es sicher seinen Kollegen mitteilen.

Hans und Dolo nahmen anscheinend ganz ruhig das Abendessen ein. Es mundete ihnen heute nicht besonders, denn beide waren begreiflicherweise etwas unruhig. Nach dem Essen gebot Dolo den Dienern abzuräumen.

»Ihr könnt dann zur Ruhe gehen, wir bedürfen eurer nicht mehr.«

Und sie lauschten dann beide hinter den weggehenden Dienern her. Sobald der letzte das Haus verlassen hatte, schloß Pedro auch die hintere Ausgangstür und ging noch einmal prüfend durch das ganze Haus. Er sah, daß Hans schon alles gut gesichert und Fenster und Türen geschlossen hatte. Auch Pedro zog sich nunmehr zurück, um noch ein Stündchen mit seiner Familie zusammen zu sein. Dolo sagte ihm, daß sie auf Bonis und Jonis Hilfe heute verzichten würde, sie würde wohl erst sehr spät zu Bett gehen. Pedro machte seine Verbeugung und entfernte sich.

Hans und Dolo saßen im Wohnzimmer einander gegenüber. Sie besprachen mit ernsten Gesichtern die Lage der Dinge.

»Hast du Angst, Dolo?« fragte Hans, besorgt in ihr Gesicht sehend, das ihm heute ernster und gereifter als sonst erschien.

»Nur ein wenig um Lutzvater, Hans. Du hast ja gesehen, wie schlecht der Weg durch die Campos zuweilen ist, und er wird sehr schnell fahren.«

»Um ihn brauchst du dich nicht zu sorgen, Dolo, er kennt doch den Weg. Ich glaube, er hätte dich sehr gern mit nach Jaimeville genommen, um dich vollkommen in Sicherheit zu wissen.«

Sie schüttelte heftig den Kopf.

»Meinst du, ich ließe mich fortschicken, wenn ich euch beide in Gefahr weiß?«

»Von Gefahr kann keine Rede sein. Wir hätten dir nur gerne Unruhe erspart. Daß du bei Frasquitas nicht gern bleiben möchtest, verstehe ich, aber du hättest dich vielleicht zu deiner Freundin Inez begeben können. Liegt die Rancho Senhor Hermados auch so weit entfernt wie Jaimeville?«

»O nein, knapp halb so weit. Aber gib dir keine Mühe, ich gehe nicht fort. Um mich brauchst du auch keine Angst zu haben, mir tun die Leute nichts.«

Da gab er es auf. Aber um sie irgendwie zu unterhalten und abzulenken, sagte er:

»Wenn ich mich nicht irre, so hast du mir einmal erzählt, daß du dich mit Inez Hermados etwa in der Mitte auf dem Weg durch die Berge getroffen hast, wenn ihr euch sehen wolltet.«

»Ja, das ist einige Male geschehen. Meistens fuhren wir aber im Auto zueinander.«

»In welcher Richtung liegt die Rancho?«

»In nördlicher durch die Campos. Über die Berge geht es aber direkt nach Nordosten.«

»Und über die Berge führt ein richtiger Reitweg?«

»Nun ja, eigentlich nur ein schmaler Fußpfad. Wir sind oft in den Bergen gewesen, Lutzvater und ich, früher war auch meine Mutter mit uns dort. Lutzvater hat sogar oben in den Bergen, etwa zwei Stunden aufwärts, eine Hütte für uns bauen lassen, wo wir öfters Rast gemacht haben. Und in dieser Hütte habe ich auch bisweilen Unterschlupf gefunden, wenn ich allein in den Bergen war, zu Pferde oder zu Fuß. Sie ist sehr nett ausgestattet, eine Feuerstelle und ein Geschirrschrank mit allem Nötigen ist dort zu finden, und ich glaube, es sind sogar noch Konserven vorhanden. Ehe wir damals nach Deutschland abreisten, sind wir nicht wieder hinaufgekommen. Wenn wir irgend Zeit haben, mußt du einmal mit mir hinaufsteigen. Die Hütte liegt auf einer kleinen Waldlichtung, dicht neben einem Quell, wo man köstliches Trinkwasser hat. Ich bin neugierig, ob noch alles gut imstande ist. Die Hütte ist immer abgeschlossen, und der Schlüssel liegt unter dem Dach auf einem Balken verborgen, wo ihn so leicht niemand findet. Außerdem kommt selten ein Mensch dort hinauf.«

»Und Tiere können nicht eindringen?«

»Nein! Wie sollten sie denn?«

»Die Hütte ist also, wie du sagst, in etwa zwei Stunden zu erreichen?«

»Direkt von hier aus ist es etwas weiter, ich meine nur bergauf ist es zwei Stunden. Gleich hinter dem Werk führt der Weg empor, und von da aus braucht man etwa zwei Stunden.«

»Also da, wo die kahlen Felsen des Armada-Werkes in die bewaldeten Berge übergehen?«

»Ganz recht, direkt nordostwärts muß man sich vom Werk aus halten. Es ist ein herrlicher Weg, wir müssen ihn einmal zusammen gehen. Hätten wir Pferde hier, wäre es noch schöner, ihn zu reiten. Ich könnte mir mein Pferd wohl von der Rancho herüberbringen lassen, aber du und Lutzvater seid hier ja nicht beritten. Es lohnt sich auch nicht, für die kurze Zeit unseres hiesigen Aufenthaltes Pferde anzuschaffen. Ich werde Senhor Hermados mein Pferd wahrscheinlich verkaufen, denn — ich werde es voraussichtlich nie mehr reiten.«

Er sah sie forschend an.

»Willst du damit sagen, daß du nie wieder nach Armada zurückkehren wirst, wenn du es diesmal verlassen hast?«

»Höchstens wieder einmal für kurze Zeit, so wie jetzt, wenn es nötig sein würde — aber — nie wieder auf die Dauer.«

»Trotz des Zaubers, den die Campos auf dich ausüben?«

Sie strich sich über die Stirn und sah ihn sinnend an.

»Ja, trotzdem — ich wurzle nicht mehr in diesem Boden, das fühle ich; ich weiß nicht, ob ich mich darüber freuen oder traurig sein soll.«

Er sah sie mit seltsam brennenden Augen an.

»Ich — ich freue mich, Dolo, daß du zu uns gehören willst, ganz und für immer.«

Sie erschrak ein wenig vor seinem Blick und sagte schnell ablenkend: »Wollen wir eine Partie Domino spielen, oder bist du müde?«

»Nein, müde bin ich gewiß nicht, und ich werde nicht so bald zu Bett gehen. Gern spiele ich mit dir Domino.«

Sie holte den Kasten mit dem Spiel aus dem Nebenzimmer und sie begannen zu spielen. Dazwischen plauderten sie wieder eine Weile und spielten dann wieder eine Partie. Sie hatten beide keine Lust, zur Ruhe zu gehen. Es lag etwas in der Luft wie eine verhaltene Erwartung. Am liebsten hätten sie beide die ganze Nacht durchwacht.

Hans verspürte immerfort eine leise Unruhe. Er war sich zu sehr bewußt, daß Dolo ihm von ihrem Vater anvertraut worden war und daß er sie vor jeder Gefahr beschützen müsse. Und es lag doch eine gewisse Nervosität über ihm. Er fühlte, daß er hier in einem fremden Land war und daß es immerhin möglich war, daß die Arbeiter in ihrer Trunkenheit vom Werk hierherüber kommen könnten. Man mußte jedenfalls darauf gefaßt sein. Da er aber Dolo nicht ängstlich machen wollte, lauschte er nur von Zeit zu Zeit verstohlen hinaus. Andernfalls hätte er vielleicht zuweilen einen Rundgang um das Haus gemacht. Aber Dolo würde dann stutzig werden. So blieb er ihr gegenüber sitzen. Und seine Augen hingen immer wieder mit verstohlenem Entzücken an ihrem süßen Gesicht. Er fühlte, lange ertrug er die Unsicherheit nicht mehr. Noch auf dieser Reise mußte sich sein Schicksal entscheiden. Denn es würde sein Schicksal ausmachen, ob Dolo ihm würde angehören wollen oder nicht.

XIII

Auf dem Armada-Werk hatten sich die Arbeiter inzwischen in der großen Kantine versammelt. Sam und Norris hatten ihren schwarzen Kameraden mitgeteilt, was der Herr ihnen gesagt hatte, und Sam hatte hinzugefügt:

»Die kleine Herrin hat mein Weib gesundgepflegt, und der Herr hat uns damals reich beschenkt.«

»Und meiner kleinen Tochter hat die Herrin einen Wagen gekauft und sie darin spazierengefahren, als sie nicht laufen konnte. Und der Herr hat uns viel Gutes getan.«

Da erinnerten sich wohl noch manche unter ihnen, daß auch sie Wohltaten von der Herrschaft empfangen hatten. Aber die Mehrzahl wollte nichts davon hören. Und als hernach die »Agitatoren« wieder zu den Leuten in der Kantine sprachen, sie aufhetzten mit allerlei Versprechungen und ihnen die Schnapsgläser wieder füllen ließen, war alles vergessen, was Sam und Norris gesagt hatten, und auch Lorenzo und Durano. Sie berauschten sich am Schnaps und an ihren vagen Hoffnungen auf ein Leben in Faulheit und Überfluß und wurden, den Worten der Aufwiegler lauschend, immer wilder und aufgeregter.

Sam aber saß still und nachdenklich zwischen den anderen und leerte das Glas nicht so oft wie sonst. Er dachte an die kleine Herrin und an seine Frau, die ihm schon so oft Vernunft gepredigt hatte, und er kam nicht mehr in die rechte Aufruhrstimmung hinein. Auch Norris schien nicht mehr mit allem einverstanden zu sein, was die Agitatoren redeten. Es wollte auch ihm auf einmal scheinen, als sei es mit den Versprechungen der Fremden nicht weit her und als sei man doch früher ganz zufrieden und froh gewesen, viel mehr als jetzt.

Aber sie wagten beide nichts mehr zu sagen, denn dann würden die anderen, die nichts davon hören wollten, am Ende über sie herfallen.

Und jetzt meldete sich Tommy, der Chauffeur, der auch mit in der Kantine war, zu Wort.

»Der Herr wird morgen nach Jaimeville fahren und Militär holen, wenn wir das nicht vereiteln!« rief er mit tückisch funkelnden Augen.

Da horchten alle auf, auch die beiden Agitatoren. Sie sahen sich einen Moment an, dann sagte der eine zu Tommy:

»Wie soll man das vereiteln?«

»Ich werde mich zur Garage schleichen, ich habe einen Nachschlüssel. Und ich werde die Reifen alle zerschneiden, dann kann er nicht fortfahren.«

Alle brüllten ihm Beifall zu.

»Bravo, Tommy, das tu, das ist ein famoser Einfall, du bist

ein gescheiter Kerl, bravo!« rief der eine der Agitatoren und klopfte Tommy auf die Schulter.

Dieser reckte sich eitel und wohlgefällig und grinste über das ganze Gesicht.

»Ich habe auch noch einen anderen Vorschlag.«

»So sprich!«

»Wir müssen die kleine Herrin in unsere Gewalt bekommen und sie als Geisel festsetzen, bis man unsere Forderungen erfüllt hat. Wir müssen drohen, sie zu töten, dann bewilligt man alles!«

Sam zuckte leise zusammen und schob hastig das Schnapsglas von sich. Aber er sagte nichts, er lauschte nur mit angespannter Aufmerksamkeit auf das, was nun noch kommen würde.

Die beiden Agitatoren flammten begeistert auf.

»Bravo, Tommy, das ist eine gute Idee. Haben wir die Herrin, dann werden sie schon kirre werden. Aber — wie können wir uns ihrer bemächtigen, hast du da auch einen Vorschlag, du kluger Tommy?«

Tommy kam sich sehr wichtig vor und lachte eitel, sich in den Schultern reckend und den Oberkörper zurückbiegend.

»Ich kenne mich aus im Wohnhaus der Herrschaft — mein Liebchen ist Joni, Pedros Tochter. Sie läßt mich auf ein verabredetes Zeichen auch zur Nacht ein. Wenn ich sie dann schnell knebele und binde, kann ich so viele einlassen wie nötig sind, die Herrin zu holen. Ich weiß, wo das Schlafzimmer der Herrin liegt. Wir schleichen uns zu ihr, knebeln sie, binden sie und schaffen sie fort an einen Ort, wo wir sie in sicherem Gewahrsam halten.«

Der Agitator umarmte Tommy, und die anderen schrien und jubelten. Sie hoben Tommy auf den Tisch, tranken ihm begeistert zu. Ha, war der Tommy ein Kerl! Nun mußte es ja klappen, nun mußte der Herr klein beigeben, wenn man die Herrin gefangengenommen hatte und nicht eher herausgab, als bis alles bewilligt wurde.

Sam wollte protestieren, der jungen Herrin dürfe kein Leid

geschehen, aber er sah nur in verzerrte, aufgeregte Gesichter, und man überschrie ihn. Da schwieg er still. Erst als es etwas ruhiger wurde, erhob er sich und sagte:

»Das wird uns teuer zu stehen kommen, wenn wir uns an der Herrin vergreifen, das müßt ihr bedenken.«

Er wollte auf diese Weise versuchen, das Verhängnis von der kleinen Herrin abzuwenden, die so viel Gutes an seiner Frau getan hatte.

Aber die Agitatoren wollten sich diesen herrlichen Trumpf nicht aus den Händen nehmen lassen.

»Unsinn, es geschieht ihr ja nichts, wir bringen sie nur in ein sicheres Versteck. Der Herr soll nur Angst bekommen, daß wir ihr ein Leid zufügen, das wird ihn kirre machen.«

Alle schrien abermals Beifall, und Tommy war der Held des Abends und sonnte sich in dem Ruhm, ein gescheiter Kerl zu sein. Und er zeigte die Zähne. Jetzt kam er zu seiner Rache, der »deutsche Hund« hatte ihn vom Fahrersitz gerissen und ihn entlassen, weil er nicht gleich »kusch-kusch« gemacht hatte.

Er hetzte nun noch viel mehr als die Agitatoren, und die halbbetrunkenen Leute, denen immer wieder fleißig Schnaps eingeschenkt wurde, berauschten sich an dem Gedanken, die Herrin in ihre Gewalt zu bekommen und den Herrn zu ängstigen, bis er ganz klein beigab.

Aber je wüster die Szene wurde, desto stiller wurde Sam. Er trank schon längst nicht mehr. Der im Grunde gutmütige Neger war zur Vernunft gekommen und sah die ganze Sache mit bedeutend klareren Augen an, seit der Herr so ruhig mit ihm gesprochen hatte. Es tat ihm leid, daß die Herrin geängstigt und gedemütigt werden sollte. Durfte er das zulassen? Was würde sein Weib dann zu ihm sagen? War er nicht ein schlechter Mensch, den die Strafe des Himmels ereilen mußte, wenn er das zuließ? Aber — was konnte er tun?

Mit starrem Gesicht saß er da, den mächtigen Körper nach vorne geneigt, und lauschte dem, was beschlossen wurde. Alles wurde reiflich überlegt, soweit der Alkohol das zuließ. Nüchtern, völlig nüchtern waren nur die beiden Agitatoren. Sie führten wieder das große Wort, und der eitle Tommy durfte mitsprechen, weil er es gewesen, der den famosen Plan ausgeheckt hatte.

Dann wurde eine Anzahl Leute durch das Los bestimmt, die den Plan ausführen sollten. Tommy und die beiden Agitatoren mußten selbstverständlich mit dabeisein, außerdem wurden noch acht weitere ausgelost. Vier Weiße und vier Schwarze. Unter den ausgelosten Schwarzen befand sich Sam. Er wollte erst ablehnen, wollte sich dagegen verwahren, aber dann schwieg er doch. Nicht weil er sich fürchtete, daß man über ihn herfallen würde, sondern weil ihm plötzlich der Einfall kam, daß er auf diese Weise Roheiten verhindern konnte. Der Herrin sollte nichts Schlimmes geschehen, solange er es hindern konnte.

Nach zehn Uhr brachen die Ausgelosten mit Tommy und den beiden Agitatoren an der Spitze zum Wohnhaus der Herrschaft auf. Es war sehr dunkel draußen, und das begünstigte ihr Heranschleichen. Zwar war das ganze Haus dunkel — daß im Wohnzimmer noch Licht brannte, wußten sie nicht, da die dichtschließenden Fensterläden das verbargen. Wie ausgestorben lag das Haus da, aber vorsichtigerweise krochen sie den letzten Teil des Weges heran.

Schon waren sie an die Garage herangekommen. Tommy wurde aufgefordert, diese zu öffnen, damit die Reifen demoliert werden könnten. Tommy zog den Nachschlüssel aus der Tasche und öffnete leise das Garagentor. Die anderen folgten ihm leise in das Innere des Raumes. Tommy tappte im Finstern nach der Stelle, wo sonst das Auto stand, aber er tappte ins Leere. Er stieß einen Fluch aus und ließ einen Moment seine Taschenlampe aufleuchten — die Garage war leer.

»Ha, der deutsche Hund ist mit dem Auto davon, um Militär herbeizuholen«, stieß er wütend hervor.

Die anderen standen eine Weile fassungslos. Sam sah eine Gelegenheit, der kleinen Herrin Schlimmes zu ersparen.

»Wir müssen schnell zurück, niemand darf ahnen, was wir

vorhatten, sonst geht es uns schlecht, wenn das Militär kommt«, stieß er hervor.

Einige wandten sich schon furchtsam zum Gehen, aber der Agitator wußte, daß seine Sache verloren war, wenn jetzt eine Panik eintrat.

»Halt, ihr Memmen, stillgestanden!« rief er leise. »Verliert doch nicht den Kopf! Jetzt müssen wir erst recht eine Geisel haben, damit man uns nicht mit Waffen angreift. Wenn wir die Herrin bei uns haben, wird das Militär sich hüten zu schießen.«

»Und wir können uns nur volle Straffreiheit und die Erfüllung unserer Forderungen sichern, wenn wir die Herrin in unserer Gewalt haben. Da der Herr unterwegs nach Jaimeville ist, werden wir es leicht haben, die Herrin zu entführen. Die Dienerschaft ist nicht im Haus, und mit Pedro und dem jungen deutschen Doktor, der mitgekommen ist, werden wir leicht fertig, falls sie uns in die Quere kommen. Also vorwärts, wir führen aus, was wir uns vorgenommen haben. Ihr wollt euch doch nicht ohne weiteres von dem Militär totschießen lassen«, fügte der andere Agitator hinzu.

Tommy warf sich in die Brust.

»Ist ein Kinderspiel, die Herrin zu entführen. Also los, wer keine Memme ist!« sagte er.

Und so schlichen sie leise zum Wohnhaus hinüber. Erst als sie ganz dicht herangekommen waren, sahen sie, daß alle Läden geschlossen waren. Tommy grinste, während Sam ergeben seufzte, seine List war mißlungen.

Leise schlich Tommy ans Fenster, hinter dem Jonis Schlafzimmer lag. Rechts und links von ihm postierten sich die anderen und drücken sich dicht an die Verandawand. Tommy klopfte nun leise auf eine verabredete Art an Jonis Fensterladen. Er besuchte Joni nicht zum ersten Mal auf diese Weise. Gleich darauf wurde der Fensterladen vorsichtig geöffnet, und Joni erschien am offenen Fenster.

Sie sah nur Tommy stehen.

»Tommy, lieber Tommy! Bist du wirklich vom Herrn entlassen worden?« fragte sie zärtlich und leise.

Er schwang sich zu ihr ins Zimmer.

»Ja, Joni, der deutsche Hund hat mich entlassen.«

»Oh, sprich nicht so vom Herrn, er ist doch so gut.«

»Nicht zu mir, und nun muß ich fort, und wir werden uns vielleicht nie mehr wiedersehen.«

Weinend fiel sie ihm um den Hals.

»Mein Tommy, du darfst mich nicht verlassen, ich werde den Herrn bitten, er soll dir verzeihen.«

»Schweig!«

Er erstickte weitere Worte mit seinen Küssen und hielt sie fest. Und dann steckte er ihr plötzlich einen bereitgehaltenen Knebel in den Mund, sie noch immer festhaltend.

»Jetzt höre mir zu, Joni! Halt still, wehre dich nicht, es hilft dir nichts.«

Und er band ihre Hände zusammen, drückte sie in einen Sessel und fesselte ihr auch die Füße, trotz ihres Wehrens.

»Halt still, Liebchen, sonst muß ich dir weh tun«, flüsterte er. »Und nun hör zu. Es soll dir kein Leid geschehen, ich muß dich nur unschädlich machen. Die Kameraden und ich haben ein Geschäft im Haus vor, bei dem du nicht zugegen sein darfst. Verhalte dich ruhig, rühre dich nicht. Und wenn man dich morgen hier findet, dann weißt du nicht, wer dich gefesselt hat, verstehst du. Ein Unbekannter hat dich gefesselt, dich geknebelt. Sei folgsam, Liebchen, dann wird alles gut, und dein Tommy wird dich bald heiraten. Aber nun keinen Mucks mehr, sonst muß ich dir den Knebel tiefer in den Hals hineinschieben, und das tut weh. Und wenn du nicht still bist, dann tun dir die andern weh, die mit mir sind.«

So flüsterte er ihr zu, während er sie fesselte.

Joni hörte das alles wie in einem schrecklichen Traum. Ihr Tommy, ihr geliebter Tommy hatte sie gebunden und geknebelt, er hatte mit den andern etwas Böses vor. Die Augen traten ihr vor Entsetzen beinahe aus dem Kopf, als sie dunkle Schatten durch das Fenster einsteigen sah. Dumpf stöhnte sie auf. Das hörte ihr Vater im Nebenzimmer, der durch irgend etwas aus dem Schlaf geweckt worden war. Er sprang auf aus dem Bett und zündete ein Licht an, um nach seiner Tochter zu sehen. Als er die Tür zu ihrem Zimmer öffnete, war er im Nu von den Männern überfallen, geknebelt und gebunden, ehe er nur begriff, was hier vorging. Er wollte schreien, Hans Dornau durch seinen Schrei warnen, weil er sofort ahnte, daß dieser Überfall der Herrschaft galt. Aber ehe er einen Laut hervorbringen konnte, saß auch ihm schon ein Knebel im Hals, und trotz seiner verzweifelten Gegenwehr war er schnell gefesselt. Dasselbe geschah mit Boni, die ihrem Gatten folgen wollte, weil sie nicht wußte, was geschah. Und fein säuberlich wurden Pedro und seine Gattin in ihrer primitiven Nachtkleidung neben Joni auf den Fußboden gelegt. Sie konnten sich weder rühren noch einen Laut von sich geben. Die Hände hatte man ihnen auf dem Rücken gefesselt.

Und nun schlichen die Männer, Tommy, der mit seiner Taschenlampe leuchtete, dicht auf den Fersen folgend, durch das Haus und hinauf zur Herrschaftswohnung. Alle hatten sich ihres Schuhwerks entledigt, ehe sie in Jonis Kammer stiegen. Lautlos schlichen sie die Treppe hinauf. Als sie oben ankamen, sahen sie aus dem Wohnzimmer einen schwachen Lichtschein durch den Türspalt und das Schlüsselloch dringen. Tommy machte den anderen ein Zeichen, daß sie zurückbleiben möchten. Er schlich mit einer katzenartigen Behendigkeit an die Tür heran und spähte durch das Schlüsselloch. Da sah er die Herrin am Tisch sitzen, mit müde blinzelnden Augen, und ihr gegenüber saß der junge deutsche Doktor und sah sie an.

Tommy schlich zu seinen Begleitern zurück.

»Da drinnen sind die Herrin und der deutsche junge Doktor, sie sind noch nicht zur Ruhe gegangen. Mit ihnen haben wir es jetzt noch zu tun. Wir müssen erst den Doktor unschädlich machen. Ich locke ihn aus dem Zimmer. Er wird herauskommen und wahrscheinlich eine Schußwaffe in den Händen halten. Sofort müßt ihr sie ihm aus der Hand schlagen und ihn überfallen wie Pedro, ehe er weiß, wie ihm geschieht. Die Herrin holen wir beide, Sam und ich. Sam ist der Stärkste, er soll die Herrin forttragen.«

Die anderen nickten und postierten sich neben der Tür.

Drinnen hob Hans, einen Moment lauschend, den Kopf. Ihm war, als habe er ein leises Geräusch gehört. Und nun klopfte es hart an die Tür. Mit einem Satz war Hans aufgesprungen und faßte nach seinem Browning. Schnell ging er zur Tür und öffnete mit einem Ruck. Draußen war es ganz dunkel, Tommy hatte seine Taschenlampe ausgemacht, damit Hans nicht etwa auf sie zielen könne. In demselben Moment, da Hans über die Schwelle trat, bekam er einen schweren Schlag über den Arm, so daß er wie gelähmt zu Boden fiel. Im Nu stürzte sich die ganze Bande, außer Sam und Tommy, auf ihn, entriß ihm den Browning, aus dem er nur einen Schuß abgeben konnte, ohne jemand zu treffen.

»Dolo!« schrie er auf, in höchster Angst um ihr Leben. Aber da wurde ihm schon ein Knebel in den Mund gestoßen, und im Nu war er gefesselt.

Dolo, die erschrocken aufgesprungen war, war plötzlich wieder hellwach und munter und wollte instinktiv Hans zu Hilfe eilen, als sie sah, daß er von mehreren Männern umringt war. Und ehe sie noch einen Schritt getan hatte, war Tommy schon bei ihr und steckte auch ihr einen Knebel in den Mund. Sie war noch nicht recht zur Besinnung gekommen, da war auch sie an Händen und Füßen gebunden. Tommy rief dem herkulischen Sam zu:

»Los, Sam, trag sie fort!«

Dolo sah noch, daß Sam auf sie zukam und sie emporhob, dann schwanden ihr die Sinne. Eilig verließen die Verschwörer mit ihrer Beute das Haus, zogen draußen leise ihre Schuhe an und eilten davon. Sie kümmerten sich weder um Hans noch um Pedro und seine Familie. Drüben das Domestikenhaus war dunkel, die Dienerschaft hatte von alledem nichts gehört.

Sam trug die schlanke weiße Gestalt sorgsam wie eine Mutter ihr Kind, während er mit den andern davoneilte, dem Werk zu.

Mitleidig lockerte er den Knebel etwas, damit Dolo besser atmen konnte. Sie kam langsam wieder zu sich und wollte schreien, aber es wurde nur ein dumpfes Stöhnen. Sam beugte sich im vollen Lauf zu ihr herab.

»Still, Herrin, Sam läßt dir kein Leid geschehen. Du darfst nicht schreien, dann lockere ich dir den Knebel noch etwas. Aber still mußt du sein, sonst merken es die andern«, flüsterte er ihr zu und lockerte den Knebel noch mehr.

Dolo holte tief Luft und sah dankbar zu Sam empor. Ihr Mut war nicht gebrochen, sie war nur zu sehr überrascht gewesen. Aber sie machte sich große Sorge um Hans! Was war mit ihm geschehen? Sie hatte nur gesehen, daß er gestürzt war und von vielen Männern überfallen wurde. Was war mit Hans geschehen? Ihr Herz schrie verzweifelt nach ihm. Als wenn Sam das geahnt hätte, sagte er leise im Gehen:

»Dem jungen deutschen Doktor ist weiter kein Leid zugefügt worden, Herrin, sie haben ihn nur gefesselt und geknebelt wie dich. Sei ganz ruhig. Sam ist nur mitgekommen, um dich beschützen zu können. Schweig still, gib dir den Anschein, als seiest du ohnmächtig. Sam wird dir helfen, so gut er kann.«

Die andern liefen hinter und neben ihm durch das hohe Camposgras. Sie hörten nicht, was Sam seiner kleinen Herrin zuflüsterte. Dolo atmete erlöst auf, als sie vernahm, daß Hans nichts Schlimmeres widerfahren war. Guter Sam! Sie drückte ihr Köpfchen dankbar an seine Schulter, weil sie ihm anders nicht danken konnte.

So ging es in größter Eile zum Werk.

Dort wurde Dolo in eine feste Blockhütte getragen, die für den Wächter des Werkes bestimmt war. Diese Hütte stand hinten an der Felswand, in der Nähe einer kleinen nichtbenutzten Seitenpforte. Sie war verschlossen. In dieser Blockhütte stand eine einfache Holzpritsche, über die eine wollene Decke gebreitet war. Hier pflegte der Wächter seine Nachtruhe zu halten, wenn er seinen Rundgang durch das Werk beendet hatte. Heute befand sich der Wächter unter den Aufrührern.

Sam hatte Dolo nochmals zugeflüstert:

»Stelle dich ohnmächtig, rühre dich nicht, und hab keine Angst, wenn Sam jetzt auch böse zu dir spricht. Sam läßt dir kein Leid geschehen.«

Sie tat, wie er geheißen, und lag mit geschlossenen Augen in seinen Armen.

Sam legte Dolo auf die harte Holzpritsche und breitete die wollene Decke über sie. Dann richtete er sich auf.

»Sie ist ohnmächtig, wir müssen ihr den Knebel herausnehmen, sonst erstickt sie. Solange sie ohnmächtig ist, wird sie keinen Laut von sich geben. Sollte sie schreien, können wir ihr den Knebel wieder in den Mund schieben. Es darf ihr aber kein Leid geschehen, sonst kommen wir in Teufels Küche.«

Der Chauffeur und der eine Agitator beugten sich über Dolo, die bleich und mit geschlossenen Augen dalag. Die Angst, daß die nach Alkohol riechenden Männer sie anfassen könnten, ließ ihren Herzschlag stocken, aber sie rührte sich nicht, Sams Weisung folgend.

»Ja, sie ist ohnmächtig. Entferne den Knebel, Sam; aber sobald sie schreit, muß sie ihn wiederbekommen, damit sie nicht verraten kann, wo sie sich befindet. Hier ist sie übrigens nicht sicher genug. Bis morgen früh mag sie hier bleiben, aber dann müssen wir sie an einen besseren Ort bringen, wir werden uns das überlegen. Wir müssen unsere Geisel sicher verwahren, sonst erfüllt man unsere Forderungen nicht, und man wird uns auch nicht Straffreiheit zusichern«, sagte der Agitator.

Sam beugte sich nun wieder zu Dolo herab und zog vorsichtig, damit er ihr nicht weh tat, den Knebel aus dem Mund. Dabei flüsterte er wieder leise:

»Ruhe! Keinen Laut!«

»So, nun fort von hier! Bis morgen früh mag sie auf der Pritsche liegen. Dadurch wird sie mal zu spüren bekommen, wie ›schön‹ es sich auf hartem Holzlager ruht! Und mag sie sich nur nach ihrem seidenen Bettchen sehnen!«

So fuhr Sam in rohem Ton fort, und die andern lachten höhnisch zu seinen Worten.

Alle verließen die Blockhütte, an deren Tür außen und innen schwere Riegel angebracht waren, aber kein Schloß. Sam riegelte die Tür von außen zu, und der Chauffeur sah nach, ob der Riegel auch ordentlich festhielt und nicht etwa von innen aufgemacht werden konnte. Aber das war unmöglich.

»Einer müßte Wache stehen«, sagte er dabei.

»Das ist nicht nötig«, meinte der Agitator. »Sam, du gehst ab und zu herüber und lauschst, ob sie nicht schreit. Tut sie das, muß sie den Knebel wiederbekommen.«

Sam war froh, daß man ihn damit beauftragte.

»Ich werde aufpassen, und wenn sie schreit, werde ich sie schon still kriegen«, sagte er roh.

»Es darf ihr aber nichts geschehen, Sam. Wir müssen sie wohlbehalten abliefern können, wenn unsere Wünsche erfüllt sind, verstanden?«

Sam grinste.

»Weiß ich, werde schon selber darauf achten, daß man unsere Geisel nicht wertlos macht. Habe sie deshalb bereits in die wollene Decke des Wächters eingewickelt, damit sie sich nicht erkältet.«

»In der Wolldecke sind hoffentlich Flöhe genug, um ihr die Einsamkeit zu versüßen«, sagte Tommy lachend und schadenfroh.

Sam hätte ihm am liebsten einen Faustschlag dafür versetzt, aber er lachte roh auf. Wenn er Dolo irgendwie helfen wollte, durfte er nicht merken lassen, daß ihn Mitleid mit ihr erfüllte. Sie entfernten sich alle, um den in der Kantine bei Schnaps und wüsten Reden wartenden Kameraden zu melden, daß die Geisel eingebracht war.

Indessen lag Dolo stumm und starr auf der harten Holzpritsche und war froh, daß der Knebel aus ihrem Mund entfernt worden war. So konnte sie wenigstens frei atmen. Sie hatte nun gehört, daß man nicht die Absicht hatte, ihr ein Leid zuzufügen, sondern sie nur als Geisel gefangengenommen hatte. Aber all ihre große Herzensangst galt Hans. Wenn sie durch Sam auch beruhigt worden war, daß ihm kein Leid zugefügt worden sei, wußte sie doch, daß man ihn gefesselt und geknebelt auf dem Fußboden hatte liegen lassen. Oh, wie er sich um sie ängstigen, wie er außer sich sein würde, daß man sie fortgeschleppt hatte. Mit aller Kraft hatte er sich gegen die Eindringlinge gewehrt, aber es waren sieben oder acht gewesen, die über ihn hergefallen waren. Einer solchen Übermacht hatte er erliegen müssen. Und nun lag er dort, den scheußlichen Knebel im Mund, und konnte nicht einmal Pedro um Hilfe rufen. Pedro würde ihn erst morgen früh finden, wenn er nach oben ging.

Daß Pedro und Frau und Tochter ebenfalls gebunden und geknebelt im Souterrain lagen, ahnte Dolo zum Glück nicht, sonst hätte sie sich noch viel größere Sorge gemacht.

»Hans, lieber Hans, sei doch ruhig, sorge dich nicht um mich, sie werden mir nichts zuleide tun, wenn es auch scheußlich ist, hier gefesselt auf der Pritsche liegen zu müssen. Die Stricke tun mir weh — so weh werden sie dir auch tun. Armer Hans — armer Hans! Und Lutzvater — oh, wie wird er erschrecken, wenn er erfährt, daß sie mich entführt haben.«

Sie öffnete die Augen ein wenig und sah sich in der Hütte um. Der Lichtschein einer Bogenlampe fiel von draußen durch das winzige Fenster in die Hütte. Sie konnte sehen, daß sich außer der Pritsche nur noch ein Stuhl, ein Tisch und ein kleiner Ofen darin befanden. Auf dem Ofen kochte sich der Wächter in der Nacht seinen Tee oder Kaffee.

Es war eine traurige Behausung. Dolos Herz erfüllte Mitleid mit dem Wächter, der hier nachts so primitiv untergebracht war. Das sollte anders werden; wenn sie nur erst wieder frei und alles sich beruhigt hatte, dann sollte vieles hier anders werden. Die Arbeiter sollten so hübsche freundliche Häuser bekommen wie die in den Rodenberg-Werken. Aber im tiefsten Herzen erschüttert war Dolo darüber, daß ihre Arbeiter so mit ihr umgegangen waren. Das war eine bittere Erfahrung für sie. Als Geisel lag sie hier — man hielt sie gefangen, bis alle Forderungen erfüllt wären. Aber Lutzvater hatte doch gesagt, daß die

Forderungen der Arbeiter unerfüllbar seien. Was würde nun mit ihr geschehen, wenn man sie nicht erfüllen konnte? Würde man sie töten?

Sie schauerte zusammen, und eine unheimliche Angst befiel sie. Sam? Würde er ihr wirklich helfen können? Ach, wenn sie nur nicht gefesselt wäre, dann würde sie versuchen zu entkommen. Aber sie konnte sich kaum rühren.

Hans — lieber Hans, wäre ich doch bei dir! dachte sie sehnsüchtig. Und sie versuchte mit aller Kraft, sich aufzurichten, so daß sie wenigstens sitzen oder stehen konnte, damit sie das harte Holz nicht so sehr fühlte. Und es gelang. Atemlos lauschte sie hinaus. Wenn sich jemand der Hütte näherte, mußte sie sich schnell wieder hinlegen und ohnmächtig stellen. Gottlob, daß sie sitzen konnte. Und nun versuchte sie auch, ob ihr das Stehen möglich sei. Ja, auch das ging. Es war immerhin eine Wohltat, nicht ununterbrochen reglos daliegen zu müssen. Aber einen Schritt zu gehen war ihr unmöglich. Sie sah zum kleinen Fenster hinüber und versuchte, einen Teil des Werkes zu übersehen. Überall brannten noch die elektrischen Lampen, niemand hatte wohl daran gedacht, sie auszudrehen. Sie bemerkte, daß vor der Kantine aufgeregte Menschen hin und her gingen. Aufseufzend setzte sie sich wieder auf die Pritsche und lauschte angstvoll hinaus. »Sam — lieber Sam — kannst du nichts für mich tun? Oh, bin ich erst wieder frei, wie will ich dir's lohnen, daß du gut mit mir warst!«

Drüben in der Kantine waren die Entführer Dolos mit Hallo empfangen worden.

»Habt ihr das Frauenzimmer?« schrien die Männer, die inzwischen fleißig gebechert hatten und noch stärker benebelt waren als zuvor. Die Zurückkommenden berichteten, daß die Herrin in sicherem Gewahrsam sei.

»Aber der deutsche Hund ist mit dem Auto nach Jaimeville, um Militär herbeizuholen«, brüllte Tommy über die Menge hinweg.

Da wurde es plötzlich still. Die Leute sahen sich starr an, und es war, als seien sie plötzlich alle ernüchtert worden. Aber da sprang der eine Agitator auf den Tisch.

»Um so nötiger war es, daß wir die Geisel in unsere Gewalt brachten. Ein Glück, daß wir sie haben. Das Militär wird nicht wagen auf uns zu schießen, wenn sie wissen, daß die Geisel in unserer Hand ist. Jetzt müssen sie unsere Forderungen erfüllen, wir liefern die Herrin nicht eher aus. Und auch erst dann, wenn uns völlige Straffreiheit zugesichert worden ist. Jetzt haben wir das Heft fest in der Hand. Darauf wollen wir trinken, Schnaps her, schenkt ein!«

Und nun regten sich die Leute wieder, bekamen wieder Mut und steigerten sich in neue Wut hinein, vielleicht gerade deshalb, weil sie einen Augenblick schwach geworden waren. Mit dem Militär wollten sie nicht gern etwas zu tun haben, aber man hatte ja die Geisel. Kein Haar durfte ihnen gekrümmt werden, weil sie die Herrin in ihrer Gewalt hatten.

Es wurde weiter gezecht, weiter gelärmt, und immer hitziger wurden die Reden, immer mehr berauschten sich alle Anwesenden an ihrer eingebildeten Macht. Schließlich drängten sie sich zur Kantine hinaus und zogen vor das Kontorgebäude. Die Beamten hatten sicherlich gewußt, daß der Herr nach Jaimeville gefahren war, um das Militär zu holen. Feige hatten sie sich so lange in dem Kontorgebäude eingeschlossen, man wollte ihnen einmal ein bißchen Angst machen.

Schreiend und johlend zogen sie vor das Kontorgebäude und riefen den Namen des Direktors und die der andern. Niemand ließ sich am Fenster sehen, die verängstigten Beamten saßen drinnen im Konferenzzimmer und sahen sich mit entsetzten Augen an, als sie das Schreien und Johlen hörten. Schrille Pfiffe wurden laut und höhnische Reden.

»Denen ist das Herz in die Hosen gefallen«, johlten die Leute draußen und berauschten sich an dem Gedanken, daß die Beamten, die sonst ihre Vorgesetzten waren und kommandieren konnten, jetzt Angst vor ihnen hatten.

»Wir müssen in die Keller flüchten, das nimmt kein gutes Ende«, sagte Direktor Delora.

Und die andern, die längst gerne hinuntergegangen wären, sich aber ihre Furcht nicht hatten anmerken lassen wollen, sprangen wie erlöst auf.

Gerade in dem Augenblick, als sie das Konferenzzimmer verließen, flog ein handgroßer Stein durch eine Fensterscheibe. Daraufhin liefen die verängstigten Beamten in wilder Flucht in den Keller hinunter, schlossen sich dort ein und verbarrikadierten sich.

Der erste Steinwurf war das Signal zu einer tollen Hatz. Jeder, der einen Stein erwischen konnte, schleuderte ihn durch die Fenster; es klirrte ununterbrochen, und jede zerbrochene Scheibe löste ein lautes Johlen und Pfeifen aus. Es war ein ohrenbetäubender Lärm. Das alles konnte Dolo durch das kleine Fenster in der Blockhütte beobachten, und entsetzt starrten ihre Augen auf die Menschenmenge, die wie von Sinnen war. Immer banger klopfte ihr Herz. Wenn es diesen Teufeln nun einfiel, hierherzukommen, sie aus der Blockhütte zu zerren und auch auf sie mit Steinen zu werfen, wie sie auf die Beamten warfen?

Verzweifelt zerrte sie an ihren Fesseln. Ach, daß sie sich lösten, daß sie versuchen könnte, dem Graus hier zu entrinnen! Aber wie sollte sie fliehen? Die Tür war verschlossen, ringsum feste Holzwände! Und das Fenster war so winzig klein, daß sie nicht hätte hindurchschlüpfen können. Und Sam kam nicht, um ihr zu helfen. Er konnte wohl nicht, die andern paßten wohl zu gut auf ihn auf.

Sam – lieber Sam, rette mich! Hans, armer Hans – wie er um sie leiden würde. Ja, das wußte sie, entsetzlich würde ihn der Gedanke quälen, wehrlos, wie er war, nichts zu ihrer Rettung unternehmen zu können. Und wenn ihn Pedro auch morgen früh erlöste, er wußte ja nicht, wo sie hingebracht worden war. Und was konnte er, ein einzelner Mensch, gegen so viele ausrichten?

Und Lutzvater? Ach, daß Lutzvater nur erst da wäre! Nur

wissen, daß er zurückgekommen und daß Hans befreit war. Das mußte schon eine Wohltat sein.

Wieder hörte sie das laute Johlen der Menge, das Klirren der zerbrechenden Scheiben. Das Herz schlug ihr vor Angst wie ein Hammer in der Brust. Aufstöhnend sank sie auf die Pritsche zurück.

XIV

Als Hans von den Entführern Dolos zu Boden geworfen worden war, hatte er nur einen Gedanken: Dolo! Was geschah mit ihr, was hatten die Leute mit ihr vor? Er wußte, daß der Anschlag ihr galt, und er mußte machtlos zusehen, wie der Herkules von einem Neger sie auf den Arm nahm und davontrug. Er stöhnte, daß er fast erstickt wäre, und riß an seinen Fesseln, daß sie ihm ins Fleisch schnitten. Und er konnte sich nur denken, daß man Dolo als Geisel gefangennehmen wollte. Ein ganz klein wenig beruhigte ihn das. Er sagte sich, daß sie ihr nichts anhaben würden, wenn sie von ihnen als Geisel betrachtet wurde.

Aber dieser kleine Trost hielt nicht lange vor! Andere Gedanken marterten sein Hirn. Bittere Selbstvorwürfe zerfleischten sein Herz. Wie hatte er sich düpieren lassen durch diese Bande! Er war nicht achtsam genug gewesen. Dennoch, wie war es möglich, daß geschehen konnte, was geschehen war? Wie waren die Anführer ins Haus gekommen? Ohne daß er einen Laut gehört hatte, so aufmerksam er auch immer wieder hinausgelauscht hatte. Jemand von der Dienerschaft mußte mit ihnen im Bunde gewesen sein, denn wenn eine der Türen oder ein Fenster gewaltsam geöffnet worden wäre, hätte er es unweigerlich hören müssen. Und nun lag er hier im Finstern, unfähig, auch nur ein Glied zu rühren, nicht imstande, einen Laut von sich zu geben, fast erstickend an dem Druck des entsetzlichen Knebels. Wenn er sich doch frei machen könnte, Dolo folgen, sie ihren Entführern entreißen! Niemals zuvor hatte er sich so unglücklich gefühlt wie in dieser Stunde, nicht einmal damals, als sein Onkel ihm nach dem Leben getrachtet hatte.

Ob Pedro nichts gehört hatte? Einen Schuß hatte Hans doch abgegeben, ehe man ihm seine Waffe aus der Hand gerissen hatte. Sie war mit hartem Knall auf den Fußboden gefallen, das hatte er gehört. Und es war doch immerhin einiger Lärm entstanden bei dem Überfall auf ihn, bei der Entführung Dolos. Hatte Pedro nichts von alledem gehört? Und warum kam er ihm dann nicht wenigstens jetzt zu Hilfe, wenn er es vorhin vielleicht aus Angst nicht gewagt hatte? Oder war Pedro vielleicht gar mit den Entführern im Bunde? Er kannte den Alten ja nicht so genau wie sein Herr.

Wenn er nur Licht hätte machen können. Er wußte, daß sich dicht neben der Tür, vor der er niedergeworfen worden war, der Knopf befand, der das elektrische Licht einschaltete. Alle Kraft anstrengend, hob er seine gefesselten Beine hoch und suchte mit den Füßen nach dem Lichtknopf. Es dauerte lange, bis er sich an den Schalter herangetastet hatte. Nun versuchte er immer wieder, mit dem Absatz den Lichtknopf niederzudrücken. Es gelang ihm nicht. Seine Hände, die man ihm auf dem Rücken zusammengebunden hatte, begannen zu schmerzen. Die ganze Last seines Körpers ruhte darauf, während er sich immer wieder von neuem um das Niederdrücken des Lichtknopfes mühte. Schon wollte er aufgeben, weil es viele Male mißlungen war, aber plötzlich hatte er dann doch die richtige Stelle erwischt, und mit einem Male wurde es hell. Er atmete auf. Gottlob, nun konnte er wenigstens sehen. Da, dicht neben ihm lag sein Browning, den mitzunehmen die Bande in ihrer Hast und Aufregung vergessen hatte.

Hätte er wenigstens nur den Knebel entfernen können. Er probierte mit der Zunge. Der Knebel bestand aus einem groben, faserigen Gewebe. Aber es war unmöglich, ihn aus dem Mund zu bringen, ohne daß er die Hände frei hatte.

Und Dolo trug man inzwischen fort — immer weiter fort! Ein qualvolles Stöhnen entrang sich seiner Brust. Mit großen suchenden Augen starrte er um sich, ob er nicht irgend etwas finden konnte, woran er seine Fesseln zerreißen konnte. Aber nichts war auf der leeren Diele zu sehen. Nur da oben, fast in Mannshöhe, ragte ein Nagel aus der Wand — ein Nagel — was konnte man mit diesem Nagel beginnen, wenn man ihn erreichen könnte? Er wußte es nicht, aber unwillkürlich versuchte er nun, sich herumzudrehen, damit er sich aufrichten konnte. Seine große körperliche Gewandtheit kam ihm dabei zustatten. Es gelang ihm wirklich, sich an der Wand emporzuschieben, dahin, wo der Nagel aus der Wand herausragte. Er drehte sich langsam um, so daß er nun, mit dem Gesicht zur Wand, aufrecht dastand. Dicht vor seinem Gesicht steckte der Nagel in der Wand. Und plötzlich kam ihm der Gedanke, daß dieser Nagel ihn vielleicht von dem Knebel befreien könnte. Er versuchte, den Nagel in den Knebel zu stoßen, es gelang. Und nun bemühte er sich, das faserige, den Knebel bildende Gewebe am Kopf dieses Nagels gewissermaßen aufzuspießen, so daß es daran hängenbleiben mußte. Und — o Glück — der Versuch gelang, er fühlte, wie der Nagelkopf sich in dem faserigen Gewebe verfing. Nun warf er mit einem Ruck den Kopf zurück, so weit es ging — und das Gewebe blieb an dem Nagel hängen, und ein Teil davon wurde aus seinem Mund gezogen. Das wiederholte er noch einige Male, und auf diese Weise befreite er sich nach und nach ganz von dem Knebel.

Oh, die Wohltat, wieder frei atmen zu können. In langen Zügen trank er die Luft ein. Und dann begann er laut zu schreien. Er rief Pedros Namen, rief nach Boni und Joni. Aber niemand antwortete ihm. Und nun erst kam ihm der Gedanke, daß Pedro und seine Familie vielleicht auch von der Bande überfallen worden waren.

Verzweifelt, immer angstvoll an Dolo denkend, ließ er sich wieder auf den Boden gleiten und sah auf seine Fußfesseln herab. Er trug Halbschuhe, und oberhalb dieser Schuhe hatte man ihm den Strick um die Knöchel gebunden. Vielleicht hatte er durch seine Anstrengungen, sich zu befreien, den Strick schon etwas gelockert, er schien ihm nicht ganz so fest zu sein wie anfangs. Wenn es ihm gelang, den einen Schuh auszuziehen, könnte er vielleicht mit dem Fuß durch die Schlinge kriechen. Er versuchte es, aber das war gar nicht so einfach. Immer wieder versuchte er mit dem andern Fuß, den Schuh abzustreifen. Dabei taten ihm Fuß und Knöchel sehr weh, aber darauf achtete er kaum. Und nach einer Weile gelang es ihm wirklich, den Halbschuh abzustreifen. Dann riß er mit aller Kraft an der Fessel, bewegte die Füße hin und her, bis er endlich merkte, daß die eine Schlinge sich etwas weitete, während dafür die andere um so enger wurde. Zum Glück war es die Schlinge, die um den Knöchel des von dem Schuh befreiten Fußes lag. Und endlich gelang es ihm, den einen Fuß vollends aus der Schlinge zu ziehen. Aufatmend erhob er sich. Nun konnte er wenigstens laufen, wenn ihm auch um den einen Fuß noch die Fessel lag.

Ein wenig steif und mit schmerzenden Knöcheln taumelte er einige Schritte hin und her und ging endlich die Treppe hinab in das Souterrain. Überall, wo er hinkam, drückte er mit dem Ellbogen auf die Schalter der elektrischen Beleuchtung. So wurde es überall hell, wohin er kam. Nun stand er im Souterrain und sah dort eine Tür aufstehen. Er war sich sehr wohl bewußt, daß es möglich war, daß die Bande Wachen zurückgelassen haben könnte. Er wußte nicht, ob er nicht einen Schlag vor den Kopf erhalten würde, wenn er jetzt durch diese Tür ging. Aber es mußte gewagt werden, obwohl er ganz wehrlos war mit seinen auf dem Rücken gefesselten Händen. Er trat über die Schwelle durch die offene Tür und drückte auch hier auf den Schalter. Als es hell wurde, sah er Pedro und Boni gefesselt auf der Erde liegen und neben ihnen Joni gefesselt in einem Sessel sitzen. Ein Blick genügte, um zu erkennen, daß alle drei geknebelt waren. Nun wußte er, warum Pedro nicht gekommen war.

Boni und Joni waren anscheinend ohnmächtig, aber Pedro sah ihn mit großen Augen an, obwohl auch seine Adern angeschwollen waren. Hans stand vor ihn.

»Pedro, man hat die Herrin fortgeschleppt, mich haben sie niedergeschlagen, als ich aus dem Zimmer trat. Sie haben mich geknebelt und gefesselt, genau wie euch. Ich habe mich von dem Knebel und der einen Fußfessel befreien können, nach langer Mühe. Jetzt müssen wir sehen, wie wir uns gegenseitig befreien können. Drehen Sie sich um, Pedro, legen Sie sich auf die Seite. Ich will mich Rücken an Rücken zu Ihnen legen, und wir wollen sehen, ob wir so die Handfesseln gegenseitig abstreifen können. Haben Sie mich verstanden?«

Pedro gab Hans mit den Augen ein Zeichen, daß er ihn verstanden habe. Hans legte sich neben ihn auf den Boden, während Pedro sich umdrehte. Sie lagen nun Rücken an Rücken nebeneinander, unablässig bemüht, die Knoten ihrer Handfesseln zu lösen. Hans gelang es zuerst, Pedros Hände frei zu machen.

»So, Pedro, nun befreien Sie sich erst von dem Knebel und dann erlösen Sie zunächst Ihre Frau und Ihre Tochter; und dann helfen Sie mir.«

Nach wenigen Minuten waren alle wieder Herr ihrer Glieder und Stimme.

Pedro erzählte, daß er in seiner Tochter Zimmer ein Stöhnen vernommen habe. Als er hinübergeeilt sei, um nachzusehen, was ihr zugestoßen sei, sei er selber gefesselt und geknebelt worden, ehe er die Möglichkeit gehabt habe, einen Laut von sich zu geben.

Er habe nur gesehen, daß der ehemalige Chauffeur Tommy sich im Zimmer Jonis befunden habe.

Diese berichtete ihrerseits etwas stockend und aufgeregt, ein Pochen an ihrem Fenster habe sie aus dem Schlaf geweckt und jemand habe leise gerufen: »Joni, mach auf!« Sie habe gemeint, es sei der Herr, der Einlaß begehre, denn sie habe gedacht, es sei ihm mit dem Auto etwas passiert – sie habe ihn nämlich fortfahren sehen. Deshalb habe sie geöffnet, und da sei eine dunkle Gestalt ins Zimmer gesprungen und habe sie geknebelt und gefesselt. Weiter wisse sie nichts, denn sie sei vor Angst und Schrecken ohnmächtig geworden.

Niemand zweifelte an diesem Bericht, wenn er auch der Wahrheit nicht ganz entsprach, und niemand machte ihr Vorwürfe.

Hans, der nun wieder fest auf den Füßen stand, runzelte gleichwohl die Brauen. »Höre, Pedro, der Chauffeur war es, der auch die Herrin knebelte und fesselte, und ein Riesengroßer schleppte sie fort. Ich vermute, man hält sie auf dem Werk gefangen, und ich eile, sie zu befreien.« Er hatte sich hierbei der englischen Sprache bedient.

Pedro, der sich wie Hans seine schmerzenden Gelenke rieb, sagte sofort: »Ich gehe mit, Herr Doktor.«

»So machen Sie sich schnell fertig. Ich will meinen andern Schuh oben anziehen und mich mit Revolver und Munition versehen. Nehmen auch Sie eine Waffe mit, man weiß nie, ob man sie nicht brauchen kann. Sagen Sie Ihrer Frau und Ihrer Tochter Bescheid, für den Fall, daß wir nicht zurückkommen, damit sie meinem Onkel bei seiner Rückkehr morgen abend alles berichten, was geschehen ist. Sie sollen ihm sagen, daß wir zum Werk hinüber sind, um zu versuchen, die Herrin zu befreien.«

Hans lief nun wieder hinauf, wo er seinen Schuh und seinen Browning fand. Er zog schnell den Schuh an und schob den Revolver in die Tasche. Auch ein festes Messer steckte er zu sich und sonst noch allerlei, was er vielleicht benutzen konnte. Es fiel ihm beklemmend auf die Seele, daß er so keinerlei Ahnung von der Lage des Werkes hatte, und als Pedro gleich darauf fertig vor ihm stand, sagte er ihm das.

»Wie kann man am besten unbemerkt in das Werk hineinkommen, Pedro?«

Pedro überlegte einen Moment, dann zuckte es in seinem Gesicht.

»Einen Augenblick, Herr Doktor, ich bin gleich wieder da.«

Er verschwand und kam nach kurzer Zeit mit einem Schlüssel in der Hand zurück.

»Da, Herr, dieser Schlüssel ist für eine Nebenpforte, die fast gar nicht mehr benutzt wird. Ich habe früher zuweilen diesen

Eingang benutzt, wenn ich dem Herrn schnell etwas bringen sollte. Der Weg durch diese Nebenpforte ist etwas näher. Am Haupteingang sind vielleicht durch die Anführer Wachen aufgestellt worden, so daß Sie nicht durchgelassen würden. Ich weiß noch einen anderen Eingang, durch die Hütten der Arbeiter, aber es ist besser, wenn jeder von uns einen anderen Weg nimmt, dann haben wir bessere Aussicht, die Herrin zu finden. Auch ich darf mich nicht sehen lassen. Bitte benutzen Sie diesen Schlüssel, ich werde Ihnen den Weg noch genau beschreiben.«

Hans nahm den Schlüssel und steckte ihn ein.

Boni hatte sich inzwischen auch wieder gefaßt und kam, wenn auch noch etwas benommen, mit Joni herauf. Sie jammerte um ihre junge Herrin und jammerte um ihren Mann, weil sie wußte, daß er sich in Gefahr begab. Aber er sagte ruhig und bestimmt in der Art, die ihn so vornehm erscheinen ließ:

»Wie soll ich vor meinem Herrn bestehen, Boni, wenn ich nicht alles tue, was in meiner Macht steht, um der Herrin zu helfen? Halte uns nicht auf. Sind wir bis morgen abend nicht zurück, melde dem Herrn alles, was geschehen ist.«

Ohne weiter auf Frau und Tochter zu achten, trat Pedro mit Hans hinaus ins Freie.

Pedro hatte infolge der Fesselung geschwollene Knöchel und kam nicht so schnell voran wie Hans. Diesen trieb die Angst um Dolo zu größter Eile.

»Ich laufe vor, Pedro. Da wir das Werk von verschiedenen Seiten betreten, können wir uns schon jetzt trennen. Sagt mir nur noch einmal so genau wie möglich, wo ich die Nebenpforte finde, damit ich mich beim Suchen nicht unnötig aufhalte.«

»Also, da drüben, wo die letzte Lampe brennt. Sie sehen doch, Herr Doktor, daß alle Lampen jetzt mitten in der Nacht drüben brennen. Also da, wo die letzte Lampe brennt, steht eine kleine Blockhütte, die Sie durch das Gitter sehen können. Dicht neben dieser Hütte, in der der Wächter nachts seine Ruhepausen verbringt, befindet sich die kleine Pforte, nur etwa hundert Schritte von der Felswand entfernt, die das Werk nach

Osten hin abschließt. Ich aber versuche, mich durch die Hütten zu schleichen und unbemerkt zum Kontorgebäude zu kommen. Vielleicht kann ich Direktor Delora erreichen, um ihm zu melden, was der Herrin geschehen ist. Schade nur, Herr Doktor, daß Sie sich nicht auskennen auf dem Werk und die portugiesische Sprache nicht verstehen. Ich werde versuchen, zu erlauschen, wo die Herrin hingebracht wurde. Auf jeden Fall werden wir uns in zwei Stunden zwischen der Blockhütte und der Felswand treffen. In diesem abgelegenen Teil des Werkes wird sich kein Mensch aufhalten und wir können dort miteinander austauschen, was wir erkundet haben.«

»Gut, Pedro. Sollte aber einer von uns daran gehindert sein, dorthin zu kommen, dann heißt das entweder, daß man uns gefaßt hat oder daß es uns gelungen ist, die Herrin zu befreien.«

»Gut, Herr Doktor – aber einen Moment noch –, sollte mir oder Ihnen ihre Befreiung gelingen, so dürfen wir sie um keinen Preis wieder ins Haus zurückbringen. Dort würde man zuerst nach ihr suchen, und solange der Herr nicht mit Hilfe zurück ist, darf das nicht sein.«

»Richtig, Pedro! Hören Sie mich an, die Herrin sprach von einer Hütte in den Bergen, wo sie oft Rast gehalten hat! Kennen Sie diese Hütte?«

»Ja, Herr Doktor!«

»Nun gut, wer die Herrin befreit, bringt sie dorthin in die Berge, dort dürfte sie, sowie ich die Sachlage beurteile, jetzt am sichersten sein.«

»Richtig, Herr Doktor, das ist ein guter Einfall. Ach, hätten wir doch die Herrin schon befreit!«

»Also, Gott befohlen, Pedro! Wer die Herrin befreit, bringt sie auf die Berghütte. Der andere meldet das meinem Onkel, sobald er zurück ist. Erreichen wir beide nichts, treffen wir uns in zwei Stunden zwischen der Wächterhütte und der Felswand.«

Nach diesen Worten lief Hans mit großen Sätzen durch das hohe, weiche Camposgras zum hellerleuchteten Werk hinüber, dahin, wo er die Nebenpforte finden wollte. Er sah, daß die ihm bezeichnete schroff abfallende Felswand durch die Bogenlampen hell beschienen wurde. In diesem Felsen lagerten die reichen Silberadern, die Schächte waren tief hineingegraben.

Hans konnte die Richtung nicht verfehlen. Je näher er seinem Ziel kam, desto deutlicher hörte er das Gejohle und Gebrüll der berauschten Menge. Sie war noch immer nicht zur Ruhe gekommen. Dann vernahm er auch das Klirren der zerbrechenden Scheiben, und die Angst um Dolo drohte ihn fast zu erwürgen. War sie dieser scheinbar trunkenen Menge preisgegeben, würde sie Schlimmes erleben müssen. Er flog über den weichen Boden hin und achtete nicht darauf, daß auch seine Füße schmerzten. Ihm war, als könne er ihr um so eher helfen, je früher er das Werk erreichte, obwohl er noch gar nicht wußte, wie er das schaffen konnte. Die Angst um sie preßte ihm den Schweiß aus allen Poren. Wie von Sinnen rannte er immer weiter zum Felsen hinüber. Und er empfand, zu keiner Stunde hatte er Dolo so tief und schmerzlich geliebt wie jetzt, da ihn die Angst um sie folterte.

Durch die Gitterstäbe der Umzäunung sah er das Durcheinanderfluten der trunkenen Menge. Ängstlich vermied er, in den Lichtkreis der Bogenlampen zu kommen, damit er nicht entdeckt würde. Der Gedanke, daß man ihn daran hindern könne, Dolo zu Hilfe zu eilen, machte ihn fast rasend.

Endlich sah er die kleine Blockhütte unweit vom Gitter und dann auch die kleine Nebenpforte. Sofort warf er sich auf den Boden und kroch im Schutz eines niedrigen, sich an das Gitter lehnenden Gebüsches, an die Pforte heran. Er blieb eine Weile davor liegen, spähte, lauschte und überzeugte sich, daß sich in diesem Teil des Werkes kein Mensch aufhielt. Dann richtete er sich auf und öffnete die Pforte, es ging ziemlich schwer, man merkte, daß das Schloß ziemlich verrostet war. Endlich klaffte die Tür auf. Den Browning schußbereit in der Hand, trat er ein und lauschte. Drüben tobte der Lärm. Immer Deckung suchend, huschte er zunächst zu der Blockhütte hinüber, ahnungslos, daß dort Dolo gefangen war. Er blieb an der Seitenwand der Blockhütte stehen und suchte mit den Augen eine Stelle, wo er im

Schatten weiter vorankommen konnte. Aber leider warf die letzte Bogenlampe helles Licht auf die Umgebung. Trotzdem wollte er es wagen, weiter vorzudringen. Er sagte sich, die Anführer würden Dolo sicherlich in eines der festen Gebäude gebracht haben. Daß er an der Wand ihres Gefängnisses stand, deutete ihm kein Zucken seines Herzens an. Er wollte gerade trotz der hellen Beleuchtung ein Stück nach vorne rennen, bis zu einem Schlackenberg, hinter dem er wieder Deckung suchen konnte, als er plötzlich eine herkulische Gestalt gerade auf die Blockhütte zukommen sah.

An die Holzwand gelehnt, blieb er im Schatten stehen und sah dieser riesigen Gestalt entgegen. Und er sah, daß dies der Neger war, der Dolo fortgeschleppt hatte.

Wenn er diesen Riesen überraschte, ihm seinen Browning an die Stirn setzte und ihn dazu zwang, ihm zu verraten, wo man die Herrin gefangen hielt? Seine Augen blitzten auf in eiserner Entschlossenheit. Das war eine Möglichkeit, schnell zu erfahren, wo die Geliebte war. Der Neger würde ihn schon irgendwie verstehen und er ihn. Der Schwarze war ihm freilich an Körperkraft überlegen, aber seine körperliche Gewandtheit würde die fehlende Kraft ausgleichen. Immerhin waren seine Muskeln fest wie Stahl und — außerdem hatte er eine Waffe, um den andern in Schach zu halten. Da drüben die tobende Menge würde kaum darauf achten, was sich hier abspielte. Er wollte sich diese Chance nicht entgehen lassen.

Sich zur Ruhe zwingend, blieb er stehen, um den Neger erst herankommen zu lassen. Wenn er ihn im Schatten der Blockhütte zu fassen bekam, war es günstiger, dann würde man drüben erst rechts nichts merken. Und nun sah Hans, daß der Neger direkt auf die Tür der Blockhütte zuging. Wollte er vielleicht da hinein? Um so besser, dann konnte er ihn in der Hütte überfallen, und zugleich wurde jeder Lärm vermieden.

Hans schaute vorsichtig um die Ecke und sah, daß der Neger die Tür öffnete. Schon wollte er hinter ihm her in die Hütte eindringen, da hörte er plötzlich, wie dieser leise auf portugiesisch rief:

»Herrin!«

Dieses Wort in portugiesischer Sprache hatte Hans von der Dienerschaft gehört. Sein Atem stockte, er lauschte mit allen Sinnen. Und fast hätte er laut aufgeschrien vor Jubel, als er plötzlich Dolos Stimme vernahm.

Er hörte sie reden, verstand aber nichts als den Namen Sam, weil sie in portugiesischer Sprache mit ihm redete. Atemlos lauschte er dennoch, und es fiel ihm auf, daß Dolo anscheinend sehr erfreut über den Besuch des Negers war, und er hörte, daß dieser sehr sanft und freundlich zu ihr sprach. Er rührte sich nicht, wollte erst abwarten, was nun geschah.

Die Unterhaltung zwischen Sam und Dolo, die Hans nicht verstand, spielte sich folgendermaßen ab:

»Herrin!« rief Sam bei seinem Eintritt in die Blockhütte.

»O Sam, lieber Sam, kommst du, um mir zu helfen?« fragte Dolo, die in einer wenig beneidenswerten Verfassung die letzten Stunden verbracht hatte, einmal sitzend, einmal liegend oder stehend und immer angstvoll nach dem immer wüster werdenden Lärm hinüberlauschend.

»Ich konnte nicht früher kommen, Herrin. Ich darf nicht merken lassen, daß ich dir helfen will. Und jetzt kann ich es auch noch nicht, sonst schlägt man uns beide tot, wenn sie uns entdecken. Du mußt Geduld haben, bis sie sich ausgetobt haben und müde geworden sind. Dann will ich sehen, daß ich dich befreien kann. Jetzt bin ich nur gekommen, um dich zu trösten und zu beruhigen. Sam läßt dir nichts zuleide tun. Und ich will deine Fesseln lösen, damit du keine Schmerzen hast. Du mußt ja schon ganz steif sein.«

»O ja, guter Sam, es tut sehr weh. Bitte löse mir die Fesseln.«

»Deshalb kam ich ja her. Und hier, einen Schluck Wasser! Du mußt schon aus meiner Flasche trinken, wenn du Durst hast. Und hier habe ich auch einige Früchte und ein Stück Brot, mehr konnte ich nicht auf die Seite schaffen. So, das lege ich hierher. Aber, hör mir gut zu, die Stricke schlingst du dir wieder lose um Hände und Füße, wenn du jemand kommen hörst. Ich glaube nicht, daß sie in dieser Nacht noch nach dir sehen werden, aber man muß auf alles gefaßt sein. Oh, deine armen Hände, wie heiß sie sind. So, Herrin, das ist dafür, daß du mein Weib gesundgepflegt hast. Sam war ein Tor, daß er sich betrank, nur deshalb hat er auf die Fremden gehört. Mein Weib hat mich ausgeschimpft genug. Hätte sie erfahren, daß ich dir etwas zuleide tun ließ, sie würde mich anspucken. So, nun sind auch deine Füße frei! Streck dich und iß und trink, damit du kräftig bleibst.«

»Danke, guter Sam – oh, wie will ich dir danken, wenn du mich befreist. Sag, Sam, ist dem jungen deutschen Doktor wirklich nichts Schlimmes geschehen?«

»Nein, nein, sei ruhig, das haben sie nicht gewagt, ihm etwas anzutun. Nur gefesselt haben sie ihn und geknebelt.«

»Guter Sam, kannst du nicht zu ihm und ihn befreien?«

»Nein, Herrin, ich muß zu deinem Schutz hierbleiben. Der junge deutsche Doktor muß schon aushalten, bis ihn ein anderer befreit. Und jetzt muß ich wieder gehen. Also, gleich wieder hinlegen und die Augen schließen, wenn jemand kommt, nach dir zu sehen, und den Strick lose wieder über die Hände streifen. An den Füßen wird es nicht nötig sein, über die legen wir die Decke. Frierst du auch nicht?«

»Nein, Sam – und tausend Dank, und vergiß mich nicht!«

»Nein, Herrin!«

Hans hatte das alles gehört, aber kein Wort verstanden. Nur das fühlte er, Sam war kein Feind Dolos, er sprach gut und mitleidig mit ihr, und sie schien ihm lieb und herzlich zu antworten. So wollte er Sam nicht überfallen. Er wußte ja nun, gottlob, wo Dolo sich befand und daß ihr bisher kein Leid geschehen war. Mit Wonne bemerkte er, daß sich an der offenstehenden Tür kein festes Schloß befand. Sie war nur mit einem Riegel von außen und innen abzuschließen.

Er bemerkte, daß Sam sich innen wieder der Tür näherte, und schlich sich wieder um die Hüttenwand herum. Dort blieb er reglos stehen, bis Sam davongegangen war und drüben in der Menge verschwand. Dann hielt ihn aber nichts mehr. Leise schlich er zur Tür und hob den schweren Riegel empor. Als er geöffnet hatte und über die Schwelle trat, blieb er stehen, lauschte in das Dunkel und rief leise:

»Dolo!«

Ein erstickter Schrei antwortete ihm.

»Hans – ach, Hans!«

Und da flatterte aus dem Dunkel etwas Weißes auf ihn zu, in seine ausgebreiteten Arme hinein. Innig preßte er das schlanke Persönchen an sich, das sich zitternd und bebend an ihn schmiegte.

»Dolo, meine süße, geliebte Dolo, hab' ich dich wieder!« stieß er hervor, ganz überwältigt von seinem Glück. Und eine tiefe Zärtlichkeit bebte in seiner Stimme, die ihr genugsam verriet, was er für sie fühlte. Ohne ein weiteres Wort der Erklärung fanden sich beider Lippen in seliger Trunkenheit. Vergessen waren in diesem Augenblick alle sie umgebenden Gefahren. Sie hörte nicht das wüste Toben der lärmenden Menge, sie sahen sich nur im matten Schein des durch das kleine Fenster fallenden Lichtes. Die Tür hatte Hans vorsichtig wieder zugezogen. Glückstrunken ruhten ihre Augen ineinander, und beide empfanden nur ihre gegenseitige Nähe, daß sie sich liebten und daß ihre Herzen glückselig aneinanderschlugen.

»Hans – oh, mein Hans, daß du lebst, daß du frei und bei mir bist«, sagte Dolo, vor Erregung bebend.

»Meine Dolo, endlich, endlich mein. Wie ich dich liebe, mein süßes Herz. Liebst du mich – sag, liebst du mich?«

»So sehr, Hans, daß mir das Herz davon weh tut.«

Er preßte sie an sich und küßte sie noch einmal heiß und zärtlich. Aber dann richtete er sich auf.

»Jetzt bringe ich dich erst in Sicherheit, meine Dolo, schnell, wir haben keine Zeit zu verlieren. Jede Minute kann zum Verhängnis werden.«

Er riß die dunkle Decke von der Pritsche und hüllte die weiße Gestalt hinein, damit sie die Blicke der Menge draußen nicht auf sich ziehe. Und sie umschlingend, zog er sie ins Freie hinaus, schloß die Tür wieder mit dem Riegel und eilte mit ihr, im

Schatten Deckung suchend, zur Nebenpforte. Sie passierten diese, und Hans schloß sie hinter sich ab.

»Dolo, wir dürfen nicht nach Haus zurück. Dort würden sie dich suchen, sobald deine Flucht entdeckt wird. Wir müssen in die Berge flüchten. Du sprachst von einer Hütte oben im Bergwald. Laß uns dorthin fliehen, damit du in Sicherheit bist, bis morgen, wenn Onkel Lutz mit dem Militär zurückkommt.«

»Oh, Hans, aber Lutzvater wird doch in Angst und Sorge um mich sein, er wird glauben, daß ich noch gefangen bin, und wird außer sich sein.«

»Nein, nein, Pedro wird ihm sagen, daß ich dich befreit habe.«

»Woher soll Pedro es wissen?«

Er erklärte ihr, was er mit Pedro vereinbart hatte.

»Wenn ich zur verabredeten Zeit nicht zur Stelle bin, wird er sich sagen, daß es mir gelungen ist, dich zu befreien. Und er weiß dann, daß wir uns zur Hütte im Bergwald geflüchtet haben. Ich habe ihm das gesagt, und er wird es Onkel Lutz berichten, der uns dann dort suchen lassen wird. Komm, komm, laß uns nicht mehr zögern, sonst machen sie Jagd auf dich. Wirst du in der Nacht den Weg zu der Hütte finden?«

Sie sah zum Himmel empor. Ein Naturkind wie sie fand sich zu jeder Zeit leicht zurecht.

»Ja, ja, ich finde den Weg, sieh doch, einen erheblichen Teil des Weges beleuchten die Lampen des Werkes, wie gut, daß sie brennen. Und wenn wir höher kommen, wird schon der Morgen grauen.«

»Und wirst du dich nicht fürchten, Dolo, vor den Tieren des Waldes, so mitten in der Nacht?«

»Hast du eine Waffe bei dir?«

»Ja, meinen Browning und ein Messer.«

»So gib mir den Browning, sobald wir oben im Wald sind; ich kenne mich besser aus als du, ob uns ein Tier gefährlich werden kann. Du behältst dein Messer, so ist für alle Fälle gesorgt. Aber zunächst müssen wir von hier aus über steiles Felsgestein, denn um das Werk herum können wir nicht gehen, wir könnten entdeckt werden.«

»Wird es dir nicht zu schwer werden, wird dir der Weg nicht zu weit sein?«

»Um mich sorge dich nicht, ich bin ausdauernd.«

»Aber du hast Schweres hinter dir.«

»Ich bin ja frei — und bei dir«, sagte sie aufatmend. »Nun komm, Hans.«

XV

Sie übernahm die Führung, und bald waren sie an die Felsen herangekommen. Leicht und mühelos kletterte Dolo daran empor, und Hans folgte ihr. Sie mußten Deckung suchen, so gut es ging, denn man war genötigt, erst um das ganze Werk herumzugehen. Das erklärte Dolo ihrem Befreier. Und er breitete sorglich immer die dunkle Wolldecke über ihr weißes Kleid, wenn sie doch einmal in den Bereich der Lampen kamen. Von unten herauf drang immer noch das Johlen der Menge. Als sie endlich den Bergwald erreicht hatten, blieb Dolo plötzlich stehen und deutete mit der Hand zum Werk hinunter, das sie durch die Zweige ganz deutlich sahen.

»Hans! Sieh doch!« sagte sie mit bebender Stimme.

Er sah hinab und bemerkte, daß die Menge plötzlich in eine andere Richtung strömte.

»Was bewegt dich so sehr, Dolo?«

Sie warf sich aufschluchzend in seine Arme.

»Sieh doch, sie machen halt vor der Blockhütte. Oh, mein Gott — da geht Sam zur Hütte hinüber und öffnet sie — sie wollen mich holen. Hans, oh, wie danke ich dir, daß du mich gerettet hast, Sam hätte es nun nicht mehr geschafft.«

Sie zitterte in seinen Armen. Er drückte sie fest an sich.

»Liebling, beruhige dich doch, du bist in Sicherheit. Was

sprichst du denn von Sam? Ich hörte, daß er bei dir in der Hütte war, das verriet mir, wo man dich gefangenhielt. Ich hörte dich wohl mit Sam sprechen, doch verstand ich nicht, was ihr gesagt habt.«

Sie erzählte ihm schnell, was zwischen ihr und Sam geschehen war.

»Das soll ihm unvergessen sein. Und ich wollte ihn überfallen und mit vorgehaltenem Revolver zwingen, mir deinen Aufenthalt zu verraten, glaubte ich doch, er sei genauso böse wie die andern alle.«

»O nein, Hans, Sam ist gut und machte nur mit, um mich beschützen zu können. Aber nun sag mir doch, wie du dich befreit hast und wie du zur Blockhütte kamst?«

»Später erzähle ich dir das, Dolo, sobald wir ganz in Sicherheit sind, jetzt müssen wir weiter. Anscheinend haben sie da unten deine Flucht entdeckt.«

Einen Blick warfen sie noch hinunter. Es wirkte phantastisch, wie die halbtolle Menge dort unten durcheinanderflutete. Aufatmend und froh, einer noch größeren Gefahr entronnen zu sein, wandte sich Dolo ab, und nun stiegen sie, eng aneinandergeschmiegt, weiter hinauf in den nachtstillen Wald hinein. Der Weg wurde allmählich weniger beschwerlich.

Die Stimmen von unten waren verklungen, kein Lichtstrahl drang mehr von unten hier herauf. Weiter und weiter stiegen sie hinauf, und langsam begann es ein wenig heller zu werden.

Zuweilen streifte ein Tier vorüber, dann standen sie eine Weile still, Dolo hielt Hans zurück. Aber sie umfaßte fest den Browning, den Hans ihr gegeben hatte, und er hielt sein Messer kampfbereit in der Hand. Aber immer wieder ging die Gefahr vorüber, wenn es eine war. Und endlich lichtete sich der Wald noch mehr, und es wurde heller. Nunmehr konnten sie sich geborgen fühlen. Hans zog Dolo fest in seine Arme.

»Mein Liebling, wie habe ich mich um dich gesorgt. Hat man dir auch wirklich nichts zuleide getan?«

»Nein, nein, Hans, Sam hat mich behutsam getragen wie eine Mutter ihr Kind, und er hat mir gleich den scheußlichen Knebel etwas gelockert, daß ich besser atmen konnte. Er hat mir auch gesagt, daß man auch dir nichts zuleide getan hätte. Ich sorgte mich unbeschreiblich um dich, wußte ich doch, wie verzweifelt du warst, daß du mir nicht helfen konntest.«

Er küßte sie innig.

»Ja, hast du das gefühlt? Entsetzlich war es für mich, machtlos zusehen zu müssen, wie sie dich fortschleppten. Nie, niemals werde ich das vergessen.«

Und er umklammerte sie, als müsse er sie jetzt noch festhalten, damit man sie ihm nicht wieder fortnähme.

»Weißt du«, sagte sie aufatmend, »auf so einer Holzpritsche liegt es sich wirklich nicht gut. Ich habe so recht nachfühlen können, wie schwer es meine Arbeiter manchmal haben.«

Er strich ihr zärtlich das Haar aus der Stirn.

»Nun, Dolo, der Wächter konnte sich, wenn er wollte, das harte Lager mit etwas Heu aufpolstern, daran fehlt es in den Campos gewiß nicht. Aber die Leute empfinden das nicht so wie du, sie sind abgehärtet. Und schließlich soll ein Wächter nicht so weich liegen, damit er nicht einschläft. In ihren Hütten haben eure Arbeiter doch alle richtige Betten?«

»Ja doch, aber es muß noch sehr viel für die Arbeiter geschehen, ehe sie es so gut haben wie die in den Rodenberg-Werken.«

»Onkel Lutz hat ja auch vor, mancherlei zu tun. Daß er es sich nicht abtrotzen lassen will, zumal er ihnen freiwillig immer mehr bewilligte, als es sonst irgendwo in Brasilien üblich ist, kann ich verstehen. Er muß das Heft in der Hand behalten. Wie nötig das ist, zeigen dir die unsinnigen Ausschreitungen der Leute.«

»Das wohl! Wenn es nur gutgeht, wenn Lutzvater Militär mitbringt. Ich sorge mich sehr.«

»Sorge dich nicht mehr, als nötig ist. Er wird es schon einzurichten wissen, daß sie nur mit dem Schrecken davonkommen. Freilich die, welche dich entführt haben, werden ihrer Strafe nicht entgehen und haben sie auch reichlich verdient. Aber sag, ist dir nicht zu kalt, mein liebes Herz? Willst du nicht die Decke wieder umnehmen?«

»Nein, nein, mir ist sehr warm, und die Decke ist so schwer.«

Er legte die Decke zusammen und warf sie sich über, denn er dachte, Dolo würde sie doch vielleicht noch brauchen können. Den anderen Arm legte er um ihre Schultern, und so führte er sie weiter durch das dämmernde Frühlicht.

»Aber nun erzähl mir endlich, wie du dich befreit hast«, bat sie.

Er lachte leise in sich hinein, als er an seine Befreiungsversuche dachte. Und er schilderte ihr alles so humorvoll, daß sie mit ihm lachen mußte. Als er aber berichtete, wie er Pedro und seine Familie gefunden hatte, seufzte sie tief auf.

»Die Ärmsten, sie haben leiden müssen, weil sie uns die Treue hielten. Ich will es ihnen lohnen. Aber nun weiter, was geschah dann?«

Er berichtete weiter, wie er mit Pedro Rücken an Rücken gelegen hatte, um die Fesseln zu lösen. Da umschlang sie ihn liebevoll.

»Mein armer Hans, wie hast auch du leiden müssen.«

»In Angst und Sorge um dich, ja, meine Dolo! Das machte mir das Herz so schwer, daß ich bald von Sinnen kam. Ich machte mir bittere Vorwürfe, den Halunken in die Falle gegangen zu sein, als sie anklopften. Aber wie konnte ich ahnen, daß sie schon im Haus waren. Ich glaubte, Pedro wolle mich rufen, weil er etwas Verdächtiges bemerkt habe. Mein geliebtes Herz, wäre es mir nicht gelungen, dich zu befreien, wie furchtbar wäre das für mich gewesen, wie hätte ich Onkel Lutz nur gegenübertreten sollen?«

»Du konntest doch nichts dafür. Wenn sieben oder acht starke Männer unvermutet über dich herfallen, dagegen bist du doch machtlos. Aber nun sag mir, wie fandest du mich so schnell?«

Er berichtete ihr, daß er von Pedro den Schlüssel erhalten und wie er sie entdeckt hatte.

»Auch das danken wir Sam, Hans. Wie dankbar bin ich ihm.

Und wie froh mag er gewesen sein, als er merkte, daß ich entflohen war. Die betrunkenen Menschen hätten mich in jedem Fall furchtbar geängstigt, wenn sie mir auch sonst vielleicht nichts angetan hätten. Und Sam hätte mich kaum noch befreien können. Dir allein danke ich, daß ich frei bin. Oh, ich wußte, wie sehr du dich um mich sorgen würdest.«

Er zog sie fest an sich.

»Ja, wußtest du das?«

»O ja, Hans, in letzter Zeit, auf dem Dampfer, da habe ich doch gemerkt, wie lieb du mich hast.«

»Und früher nicht?«

»Zuweilen auch – aber da war ich noch so dumm und wußte nicht, was mich zu dir zog.«

»Du warst oft so kalt und trotztest mit mir!«

»Weil ich weder dir noch mir gestehen wollte, wie sehr ich dich liebte. Wußte ich es doch selbst noch nicht, warum ich mich immer so nach dir sehnte, wenn du fern warst. Und warst du dann bei mir, dann schämte ich mich, wollte dir nicht zeigen, welches Verlangen ich nach dir gehabt hatte. Und darum quälte ich dich und mich.«

Wie glücklich war Hans Dornau bei diesen Geständnissen. Während sie so höher und höher stiegen, beichteten sie einander alle ihre Herzenskämpfe. Und der Weg wurde ihnen nicht zu weit. Sie vergaßen, daß sie auf der Flucht waren, daß unten im Tal eine wilde, trunkene Menge ihren Leidenschaften die Zügel schießen ließ.

Auch von Lutzvater sprachen sie, was der wohl sagen würde, wenn er erfuhr, daß sie sich liebten und einander angehören wollten fürs Leben.

»Er wird dich mir gönnen, Dolo; ich weiß, er liebt mich wie einen Sohn«, sagte Hans aufatmend.

Er riß sie an sich.

»Gottlob, meine kleine Dolo, daß es mir gelungen ist, dich zu befreien, ohne daß ich einen dieser Leute niederschlagen mußte. Ich hätte es tun können, um dich zu befreien.«

Sie schauerte zusammen.

»Ich hätte es nie verwunden, wäre um meinetwillen Blut geflossen.«

Er strich ihr das Haar aus der Stirn.

»Meine kleine Dolo, du gehörst nicht in diese Wildnis, so tapfer du auch bist.«

»Nein, Hans — ich fühle es, und ich möchte heim — nach Deutschland.«

Drei Stunden hatten sie gebraucht, bis sie die Hütte erreichten. Dolo faßte unter das Dach auf den Balken; richtig, da lag noch der Schlüssel! Er war ein wenig verrostet, und es kostete Hans einige Anstrengungen, die Tür damit zu öffnen. Aber es ging. Eine etwas dumpfe Luft schlug den Eintretenden entgegen. Da es noch ein wenig dunkel in der Hütte war, holte Dolo eine Kerze aus dem Tischkasten hervor, und Hans zündete sie mit seinem Feuerzeug an. Er blendete aber das Licht nach außen ab, damit es nicht zum Verräter an ihnen wurde. Lächelnd sah er sich um.

»Hier ist es ganz behaglich, Dolo, wir können es schon einige Zeit aushalten, bis unsere Erlösungsstunde schlägt.«

»Wenn nur noch etwas Eßbares vorhanden ist, Hans; schade, daß ich das Brot und die Früchte zurückließ, die Sam mir brachte.«

Sie durchsuchte den Vorratsschrank und fand noch eine geschlossene Dose mit Keks, einige Tafeln Schokolade und verschiedene Büchsen mit Früchten. Sogar eine Büchse Milch und etwas Tee waren noch vorhanden.

»Ob das alles noch brauchbar ist, es lagert mindestens drei Jahre hier, wenn nicht länger?«

Er küßte sie lachend.

»Wichtiger ist im Augenblick beinahe die Frage, wie wir die Büchsen öffnen können, ich kann doch schließlich keine Löcher hineinschießen.«

Dolo dachte nach, dann machte sie ein sehr überlegenes Gesicht.

»Oh, Hans, hast du vielleicht eine Ahnung, wie komfortabel hier alles ist«, sagte sie und kramte wieder in dem Tischkasten.

Da kamen noch allerlei Herrlichkeiten zutage: ein Büchsenöffner, ein Korkenzieher, einige Messer und Gabeln, drei Löffel und eine Schachtel Streichhölzer. Im Vorratsschrank fanden sie Teller und Tassen und zwei kleine Töpfe aus Aluminium. Sie waren nicht einmal sehr verstaubt. Jubelnd fielen sie sich in die Arme.

»Also, Dolo, unsere Aussteuer hätten wir beisammen«, scherzte Hans.

Sie zog das Näschen kraus.

»Ist mir doch etwas zu primitiv. Ach Gott, Hans, wir sind hier so vergnügt, als sei schon alles in bester Ordnung.«

»Ist es ja auch, Liebling! Du und ich, wir wissen doch, gottlob, nun endlich, daß wir uns lieben und uns angehören wollen, und das ist die Hauptsache.«

»Es gibt aber so viele betrübliche Nebensachen. Lutzvater ist voller Sorgen unterwegs und wird morgen abend vor Angst kaum aus und ein wissen, wenn er von unserem Verschwinden erfährt. Und da unten meine unvernünftigen Leute, was werden sie in ihrem Unverstand alles noch anstellen?«

»Onkel Lutz wird von Pedro sicherlich beruhigt werden. Pedro befand sich bestimmt noch im Werk, als die Menge deine Flucht entdeckte. Dann weiß er, daß ich dich befreien konnte und wird das Onkel Lutz mitteilen. Und was die Leute in ihrer Trunkenheit noch anstellen, können wir hier oben mit aller Sorge nicht verhüten. Wüßte ich dich hier oben in unbedingter Sicherheit, würde ich hinuntersteigen und Onkel Lutz entgegengehen, so weit ich könnte, um ihm selber Kunde zu bringen.«

Sie umfaßte ihn angstvoll.

»O nein, laß mich nicht allein! Ich bin ein recht verzagtes Ding geworden, Hans. Früher hätte ich mich nicht gefürchtet, eine Nacht hier oben allein zu bleiben. Aber nachdem ich heute erleben mußte, daß die Menschen so böse sein können, bin ich ängstlich geworden. Und die Sorge um dich würde mich quälen. Nein — ich würde nicht allein zurückbleiben, lieber stiege ich wieder mit dir hinab.«

»Auf gar keinen Fall! Und da ich weiß, daß ich Onkel Lutz

keinen besseren Dienst erweisen kann, als daß ich zu deinem Schutz hierbleibe, so tue ich das auch mit gutem Gewissen. Aber sieh, Herzensdolo, da kommt die Sonne hinter den Bergen hervor. Wir können die Kerze verlöschen, wir wollen sparsam damit umgehen. Komm hinaus, laß uns dies herrliche Schauspiel bewundern.«

Innig umschlungen traten sie ins Freie und sahen trunken vor Glück in den goldigrot leuchtenden Wald. Er erschien wie in Feuer getaucht.

»Wie herrlich das ist, Dolo, und wie unsagbar glücklich ich bin. Wenn ich ein ganz alter Mann geworden bin und du ein weißhaariges Mütterchen, dann werde ich immer noch mit klopfendem Herzen daran denken müssen, wie du heute nacht unten in der Blockhütte in meine Arme flogst und ich zum erstenmal deine süßen Lippen küssen durfte. Und diesen Anblick hier werde ich ebenfalls nie vergessen, sieh, dein weißes Kleid ist wie in Glut getaucht, und dein Haar funkelt wie flüssiges Gold. Wie schön und reizend du bist, meine süße Dolo.«

Ihre Lippen fanden sich wieder in seligem Selbstvergessen. Lange standen sie eng aneinandergeschmiegt und schauten in den aufsteigenden Morgen hinein. Es störte sie nicht, daß ab und zu ein Tier vorüberstreifte, daß große und kleine Vögel über sie hinwegflogen und wunderbar schöne bunte Schmetterlinge in der sonnigen Luft umhergaukelten. Hier war ein Hort des Friedens, alles schien friedlich nebeneinander zu leben.

»Manch liebes Mal habe ich auf meinen Morgenritten den Bergwald so im Licht der aufgehenden Sonne liegen sehen, aber nie vorher hat mir dieser Anblick das Herz so sehr bewegt wie jetzt, da ich ihn mit dir vereint genießen kann«, sagte Dolo innig.

Lange vertieften sie sich in den sich ihren Augen darbietenden Anblick und sagten sich dabei soviel Liebes, wie es eben nur Liebende in solchen Stunden tun können. Allein auch das ging zu Ende.

»Jetzt muß ich mich aber ganz prosaisch danach erkundigen,

wie wir heute zu einem Frühstück kommen?« hub Dolo nach einer Weile an und lachte.

Er lachte mit.

»Es wird wohl nur kalte Küche geben; aber da sehe ich eine Menge Beeren, die wir pflücken und essen können.«

»Sie werden unseren Küchenzettel bereichern. Aber — warum kalte Küche? Wir haben ja Tee, und der Bergquell spendet Wasser.«

»Aber wie sollen wir das Wasser kochen? Ein Feuer möchte ich nicht anzünden, der Rauch könnte uns verraten.«

Sie faßte ihn lachend an der Hand und führte ihn wieder in die Hütte. Dort holte sie aus dem unerschöpflichen Vorratsschrank einen Spirituskocher und eine Flasche hervor, die noch halb mit Spiritus gefüllt war.

»Da ist alles, was wir brauchen, Hans.«

»Und du nennst das eine primitive Aussteuer? Ich finde sie jetzt ganz komplett«, sagte er.

Sie wirtschafteten nun beide, um das Frühstück zu richten. Hans holte in einem der Töpfe Wasser vom Bergquell. Dolo kochte das Wasser und schüttete Tee hinein. Zucker fand sich auch noch etwas, und die Milch in der Büchse war noch tadellos. Der Tee schmeckte freilich ein bißchen fad, und die Kekse waren ein wenig hart geworden, aber noch genießbar. Hans hatte auf grünen Blättern Beeren gepflückt, und die Früchte in den Büchsen waren noch vorzüglich. Leider war die Schokolade ein wenig beschlagen, aber auch noch genießbar.

Lachend und glückselig verzehrten sie ihr Mahl und hielten gut Haus, damit ihre Vorräte nicht zu schnell aufgebraucht wurden, denn immerhin mußten sie damit rechnen, daß sie einige Tage hier oben festgehalten wurden.

Wie ein besorgter Hausvater rechnete Hans aus, wie lange sie wohl mit ihrem Proviant auskommen würden. Dolo neckte ihn ein wenig, und sie kamen allmählich in eine frohe, fast übermütige Stimmung. Das Glück ihrer jungen Liebe verschönte ihnen diese Gefangenschaft in der Wildnis der Berge.

XVI

Pedro hatte sich durch die ziemlich verlassen daliegenden Arbeiterhütten von der anderen Seite in das Werk geschlichen. Er versuchte vorsichtig, an das Kontorhaus heranzukommen, ohne daß er gesehen wurde, aber schon von weitem wurde ihm klar, daß damit nicht zu rechnen sei. Gerade vor dem Kontorhaus staute sich die Menge, und Pedro sah, daß kaum noch ein Fenster darin ganz geblieben war. Auch die Fenster in den Wohnhäusern der Beamten waren eingeworfen, und so sagte er sich, die Beamten, die sich wahrscheinlich in die Keller geflüchtet hatten, mochten wohl keine angenehmen Stunden verlebt haben. Die Türen waren jedoch noch alle geschlossen, also waren die Revoltierenden augenscheinlich noch nicht in die Gebäude eingedrungen. Er verbarg sich hinter einem Holzstoß und lauschte sehr angestrengt, ob er aus dem Stimmengewirr nicht heraushören könne, was man mit der Herrin angefangen und wohin man sie gebracht hatte. Er hörte aber nichts, nur daß immer wieder jemand von einer Geisel sprach. Doktor Dornau hatte also recht gehabt mit seiner Vermutung, daß man die Herrin als Geisel entführt hatte. Das beruhigte ihn aber nur wenig, denn er sah, daß die Leute alle total betrunken waren. Wie lange würde ihnen die Herrin in diesem Zustand noch unantastbar erscheinen?

Daß sie weder im Kontorgebäude noch in einem der Beamtenhäuser untergebracht sein könnte, schien ihm sicher. Aber wo hatte man sie gefangengesetzt? Man würde sie doch um Himmels willen nicht in einen der Schächte eingesperrt haben?

Er konnte aber vorläufig nichts zu ihrer Befreiung tun und zweifelte auch an einem Erfolg des deutschen Doktors. Somit blieb ihm nichts anderes übrig, als hier in Deckung zu bleiben und abzuwarten, was geschehen würde. Nach zwei Stunden würde er sich dann zu der Stelle hinschleichen, wo er sich mit dem Doktor treffen sollte.

Es war bald so weit, daß er sich dorthin begeben mußte, als plötzlich aus der Menge der Ruf nach der Geisel laut wurde.

»Wir wollen die Geisel sehen, holt uns die Geisel herbei oder führt uns zu ihr, damit wir uns davon überzeugen, daß sie in unserer Gewalt ist und ihr uns nicht betrogen habt!«

Die immer lauter werdenden Rufe nach Dolores, die Wut der Stimmen, ließen Pedro zusammenzucken. Er richtete sich hoch auf und umspannte seinen Revolver mit krampfhaftem Druck. Ehe er zuließ, daß diese betrunkene Menge über die Herrin herfiel, würde er jeden niederschießen, der sich ihr näherte. Und der junge Doktor mußte ja dieses Geschrei auch hören, und auch er würde die Herrin mit seiner Schußwaffe verteidigen, solange er konnte.

Jetzt also aufpassen, wo sie versteckt war, vielleicht konnte man sie gerade jetzt befreien, denn betrunken, wie sie waren, ließen die Leute sich vielleicht leichter verblüffen, als es sonst möglich gewesen wäre. Er bedauerte, daß Hans jetzt an seiner Seite fehlte; sie hätten sonst vereint planmäßig vorgehen können. Aber — er würde sich schon einfinden.

»Zeigt uns die Geisel, wir wollen die Geisel sehen!« schrien die Betrunkenen durcheinander.

Sam, der diesen Ruf ebenfalls mit Herzklopfen gehört hatte, wollte die Vordringenden ablenken.

»Seid nicht toll! Laßt die Herrin aus dem Spiel! Wenn ihr das geringste Leid widerfährt, kommen wir alle ins Gefängnis!«

»Wir wollen sie sehen! Holt sie aus der Hütte heraus, in der ihr sie versteckt habt. Sonst glauben wir euch nicht, daß wir eine Geisel haben. Heraus mit ihr!«

Sam machte noch einige vergebliche Versuche, sie von diesem Wunsch abzubringen, denn er wußte, sie würden die Herrin zumindest erschrecken. Als er sah, daß er die Leute sowenig zurückhalten konnte wie die beiden Agitatoren, die auch darum bangten, daß die trunkene Menge ihnen die kostbare Geisel vernichten könne, sprang er plötzlich auf einen Holzstoß und gebot Ruhe. Alle sahen nach der herkulischen Gestalt da oben. Sam hob beschwörend die Hand, und endlich wurde es für einige Minuten still.

»Gut, ihr sollt die Herrin sehen, aber nur für eine Minute.

Ich selbst werde sie euch zeigen. Stellt euch da drüben vor der Blockhütte auf, aber weit genug entfernt, damit ich sicher sein kann, daß ihr der Herrin nichts zuleide tut. Ich habe sie hergetragen auf diesen meinen Armen, und es geht um meinen Kopf, wenn ihr etwas geschieht. Deshalb werde ich jeden niederschlagen, der ihr einen Schritt näher kommt, als ich es haben will. Versprecht mir, daß ihr vernünftig sein wollt, dann zeige ich euch die Herrin.«

Das versprachen die Leute auch mit lautem Geschrei und Gejohle, und Sam sprang von dem Holzstoß herab. Pedro hatte jedes Wort verstanden und war nun etwas beruhigt, wußte er nun doch auch noch Sam zum Schutz der Herrin bereit.

Langsam schlich er hinter der Menge her, sich der Blockhütte nähernd. Mit brennenden Augen hielt er Umschau, ob er Hans irgendwo entdecken könne, aber er sah ihn natürlich nicht, da dieser mit Dolo hoch oben im Bergwald stand und auf diese Szene heruntersah.

Sam schritt auf die Blockhütte zu, und Pedro war außer sich vor Ärger, daß er nicht daran gedacht hatte, die Herrin in dieser Blockhütte zu vermuten. Wie leicht hätte er sie dann noch vor einer Stunde befreien können. Aber vielleicht war das später möglich, wenn sich der Schwarm wieder verlaufen hatte. Die arme Herrin, wie würde sie sich entsetzen, würde sie von Sam jetzt der trunkenen Menge vorgeführt.

Pedro fühlte sich vor Angst um die Herrin und nach allen selbst ausgestandenen Schrecken ganz schwach. Er mußte alle Kraft aufbieten, um sich aufrecht zu halten. Er sah zu, wie Sam die Leute in einer Entfernung von mindestens zehn Metern von der Blockhütte Aufstellung nehmen ließ. Dann schritt dieser mit seinen wuchtigen Schritten zur Hütte, und schon, als er den Riegel öffnete, rief er halblaut:

»Keine Angst, Herrin, sie wollen dich nur sehen, ich lasse dir kein Leid geschehen, bleibe ganz ruhig.«

Er wunderte sich ein wenig, daß Dolo ihm keine Antwort gab. War sie eingeschlafen? Er betrat die Hütte – und sah im Schein der Lampe von draußen, daß die Pritsche leer war; sogar die Decke war verschwunden. Nur die Früchte, die er ihr gebracht, und das Brot lagen auf der Erde verstreut; sie waren herabgefallen, als Dolo bei Hans Dornaus Eintritt schnell aufgesprungen war. Hastig hob er das Brot und die Früchte auf und steckte sie zu sich. Er war froh, daß die Herrin verschwunden war, und nahm an, Norris müßte sie vielleicht in Sicherheit gebracht haben. Aber — nun mußte er seine Rolle weiterspielen.

Er taumelte wie verstört aus der Hütte hinaus.

»Sie ist fort, ist geflohen!« brüllte er wie in höchster Wut.

Die Menge schrie auf, und dann wurde es plötzlich ganz still. Die beiden Agitatoren stürzten auf die Hütte zu, und hinter ihnen der Chauffeur. Sie durchleuchteten jeden Winkel — nichts war von der Geisel zu sehen. Verstört kamen auch sie wieder aus der Hütte heraus und wurden nun mit tausend Fragen bestürmt.

Pedro hatte gehört, daß die Herrin entflohen war. Seine Augen leuchteten auf. Aber da hörte er einen Aufschrei der Menge:

»Auf zum Wohnhaus! Wir müssen die Geisel zurückholen, sonst können wir uns auf etwas gefaßt machen.«

Das fuhr Pedro wie ein Schlag ins Gemüt. Was konnte nicht alles geschehen, wenn die trunkene Menge das Wohnhaus stürmte! Gottlob, die Herrin würde mit dem jungen Doktor in die Berge geflohen sein. Aber seine Frau und Tochter waren nun in Gefahr.

Ohne Weiteres abzuwarten, schlich er, Deckung suchend, zum Ausgang des Werkes. Er hatte inzwischen festgestellt, daß nirgends Wachen aufgestellt waren. Sobald er das Tor passiert hatte, ging es in gestrecktem Lauf über das Camposgras dahin. Die Geschwulst an seinen Knöcheln war ein wenig zurückgegangen; er konnte jetzt besser laufen als vorhin, und die Angst um die Seinen verlieh ihm gleichsam Flügel. Ab und zu warf er einen Blick zurück, aber er war schon weit fort, als er merkte, daß die Menge durch den Ausgang des Werkes ins Freie strömte. Er hatte einen guten Vorsprung. Atemlos kam er zu Hause an, wo ihm Boni und Joni entgegeneilten. Schnell erklärte er ihnen, daß sie fliehen müßten. Und angstvoll rafften die Frauen einiges Notwendige zusammen. Keine Ahnung hatte Pedro, daß seine Tochter Tommys Geliebte war und daß sie dem Liebsten Einlaß gewährt hatte. Es wäre Joni wahrscheinlich sehr schlecht ergangen, hätte er es gewußt. Aber auch für Pedro war es gut, daß er es nicht wußte, sonst hätte er seinem Herrn nicht wieder in die Augen schauen können.

Flüchtig sah Pedro nach dem Domestikenhaus hinüber. Da schien alles im tiefen Schlaf zu liegen. Er konnte auch keine Rücksicht auf die Dienerschaft nehmen, er hatte keine Minute zu verlieren. Außerdem wußte er, daß der Dienerschaft von den Aufständischen keine Gefahr drohte, sie würde gemeinsame Sache mit ihnen machen.

»Wohin sollen wir flüchten, Pedro?« fragt Boni jammernd.

»Zum Wirtschaftshof, dort sind wir vorläufig in Sicherheit.«

»Aber was wollen sie denn hier?«

»Die Herrin zurückholen, sie ist gottlob entflohen, wahrscheinlich mit dem jungen Doktor, er wird sie befreit haben. Nun werden sie hier nach ihr suchen, und wenn sie sie nicht finden, gehen sie uns ans Leben; schnell, schnell, sie sind schon nahe herangekommen.«

Er schob die Frauen zur Tür hinaus, schloß diese sorgfältig ab und zog Frau und Tochter hinter sich her in die Campos hinaus, in Richtung Wirtschaftshof. Sie waren gerade erst in dem Dunkel der Nacht untergetaucht, als die aufgeregten Schreier am Wohnhaus anlangten. Als sie das Gebäude so still und dunkel daliegen sahen, stutzten sie und sahen sich an. Drinnen im Haus brannte freilich hier und da noch Licht, das die Flüchtlinge auszuschalten vergessen hatten, allein es schimmerte nicht durch die festgeschlossenen Läden.

Nach einer Weile erhob sich ein wüstes Gebrüll:

»Die Geisel! Wir wollen die Geisel wiederhaben, schafft sie heraus!«

Die beiden Agitatoren und Tommy, an die dieser Ruf gerichtet war, gingen auf das Haus zu, ebenso die anderen an Dolores' Entführung Beteiligten, außer Sam, der inzwischen allen

Einfluß aufgeboten hatte, seine schwarzen Kameraden wenigstens zu beruhigen. Sam hatte sich unterwegs an Norris herangemacht.

»Norris, weißt du, wo die Herrin ist?«

»Nein, Sam, ich wollte dich schon fragen, ob du sie hast befreien können.«

»Nein, wie sollte ich, man hat mich ja nicht dazu kommen lassen.«

Sie waren nebeneinander geblieben und hatten den festen Willen, die Tochter ihres Herrn zu beschützen, so gut es gehen wollte, falls sie wieder in die Hände der Aufständischen gelangte.

Tommy und die Agitatoren hatten zunächst an die verschlossene Tür geklopft. Da ihnen niemand auftat, traten sie mit vereinten Kräften die Tür ein und stürmten ins Haus. Einige der andern folgten, sie liefen von einem Zimmer in das andere, sahen in jeden Winkel und fanden nichts. Niemand war zu sehen, aber auch der Doktor nicht, den man gebunden und geknebelt zurückgelassen hatte. Und unten im Souterrain fehlten auch Pedro und die Seinen. Greuliche Flüche wurden laut, allein sie wurden eigentlich nur ausgestoßen, um sich Mut zu machen, denn den meisten wurde sehr beklommen zumute, als sie das ganze Nest leer fanden.

Jetzt hatte Tommy wieder einmal einen »gescheiten« Gedanken.

»Ha, ich weiß, sie haben sich in der Garage versteckt, auf zur Garage, da werden wir sie alle zusammen finden.«

Sie stürmten aus dem Haus hinaus.

»Im Hause sind sie nicht, sie sind bestimmt in der Garage!« riefen sie der Menge zu. Und alle liefen nun zur Garage hinüber.

Inzwischen war es auch im Domestikenhaus lebendig geworden. Man klärte die Diener auf, und diese standen etwas verdutzt mitten in der tobenden Menge.

»Tommy, schließ die Garage auf, bring sie heraus!«

Und Tommy machte sein schlauestes Gesicht und steckte den Schlüssel in das Schloß.

»Vorsicht, sie haben Waffen!« rief er.

Da stoben sie alle zur Seite. Tommy und die beiden Agitatoren, die alle drei bewaffnet waren, traten in die geöffnete Tür, während Tommy den Schein seiner Taschenlampe hineinfallen ließ.

»Hände hoch!« schrie er, und legte seine Waffe an, auch die Agitatoren hielten die Waffen schußbereit. Aber der Schein der Taschenlampe beleuchtete nur leere Wände.

Tommy war rasend vor Wut. Er riß den Benzintank herab und ließ das ganze Benzin herauslaufen. Und als er mit seinen Komplicen in Sicherheit war, brannte er einen Knäuel Papier an und warf diesen auf das ausgelaufene Benzin. Im Nu stand alles in Flammen. In seiner Raserei wollte Tommy auch noch an das Wohnhaus Feuer legen, aber die Agitatoren rissen ihn zurück.

»Genug der Dummheiten, blöder Kerl! Begreifst du denn nicht, daß wir keine Geisel mehr haben, um uns Straflosigkeit zu sichern! Ruhe jetzt, hilf uns, die Menge zur Vernunft zu bringen.«

Der eine der beiden sprang auf die Veranda des Wohnhauses und schmetterte eine Rede über die Menge hin. Man möge es genug sein lassen, die Geisel sei entflohen, kein Mensch wisse, wohin. Ohne die Geisel könne man keine Repressalien ausüben. Jetzt werde man für jeden Schaden verantwortlich gemacht werden. Wenn morgen der Herr mit dem Militär zurückkomme, würde es heißen, zu Kreuze zu kriechen. Jeder möge sich noch einige Flaschen Alkohol auf die Seite bringen, denn nun wäre es aus mit dem Herrenleben. Und man werde so bald keinen guten Schnaps mehr zu trinken bekommen.

Die Menge wurde nach dieser Rede auffallend schnell nüchtern. Mit blassen Gesichtern sahen alle sich an.

Inzwischen war das Feuer auf das Domestikenhaus übergesprungen, die Dienerschaft versuchte ihre Habseligkeiten zu retten, und da das nur zum kleinsten Teil gelang, stürzten die verbitterten Dienstleute sich auf Tommy und bearbeiteten ihn mit den Fäusten. Niemand kam ihm zu Hilfe, alle hatten genug und kehrten entweder schimpfend und fluchend oder still und ernüchtert zum Werk zurück. Es gelang den Agitatoren heute nicht mehr, die Leute erneut in die Kantine zu bringen und ihnen ihren schlechten Fusel schnell noch für teures Geld aufzuhängen. Die Leute schlichen ziemlich kleinlaut in ihre Hütten zurück, wo sie teils von ihren Frauen mit Vorwürfen überschüttet wurden, teils, um ihrem Ärger Luft zu machen, ihre Frauen verprügelten. Auch Sams Weib wollte ihren Gatten mit Gekeif empfangen, allein als er ihr von seinem Gespräch mit der Herrin erzählte und sagte, daß er keinen Tropfen Schnaps mehr getrunken habe und auch keinen mehr trinken wolle, wurde er gelobt. Seine Frau strich ihm zärtlich über den schwarzen krausen Schopf und küßte ihn. Sie wußte, die Herrin würde ihrem Sam nichts geschehen lassen.

Die Beamten im Kontorhaus hatten erleichtert aufgeatmet, als sie den Abzug der Menge bemerkten. Was sie vorhatte, ahnten sie nicht. Sie wagten sich aus dem Keller heraus und spähten durch die zerbrochenen Scheiben. Als sie gewahrten, daß die Zurückkehrenden sehr still und beklommen zu ihren Hütten hinübergingen, begannen sie zu hoffen, daß das Schlimmste nunmehr überstanden sei.

Lutz Rodenberg war in rasendem Tempo über die Campos dahingesaust. Er kam am frühen Morgen in Jaimeville an und fuhr sogleich bei dem Stadtkommandanten vor. Dieser war zwar noch nicht zu sprechen, aber ein fürstliches Trinkgeld an seinen schwarzen Diener verschaffte Lutz trotzdem Einlaß. Er fand den Stadtkommandanten zwar noch im Pyjama, aber er war doch bereit, ihn anzuhören. Lutz brachte in kurzen Worten sein Anliegen vor. Der Kommandant machte freilich erst Einwendungen und fragte, ob ein militärisches Eingreifen unbedingt nötig sei.

»Sonst wäre ich nicht gekommen. Begreifen Sie, Herr Kommandant, meine Tochter weilt auf Armada, und meine Beamten sind in ihrer Sicherheit bedroht. Ich will es eben nicht erst zu Revolten kommen lassen, will nicht, daß meine Leute durch diese Schnapsschieber ins Unglück gebracht werden. Geben Sie mir eine Abteilung Ihrer Leute mit, und ich garantiere dafür, daß es ohne Blutvergießen abgeht. Das Erscheinen des Militärs wird die verhetzten Leute zur Vernunft bringen. Sie brauchen nur die Alkoholschieber, die sich als politische Agitatoren aufspielen, verhaften zu lassen, und alles ist wieder in Ordnung. Andernfalls kann es zu schlimmen Exzessen kommen. Ich bin bereit, meinen Leuten Zugeständnisse zu machen, aber freiwillig und erst, wenn sie ruhig an ihre Arbeit zurückgekehrt und zur Vernunft gekommen sind.«

Der Kommandant kratzte sich am Kopf.

»Ich sehe ja ein, daß militärische Hilfe die Ruhe schnell wiederherstellen würde, und – ich möchte Ihnen selbstverständlich gern zu Diensten sein, aber bedenken Sie, was für Kosten entstehen werden, wenn ich ein Pikett mobil mache. Wir müssen mindestens drei Lastautos bemannen und ausrüsten«, sagte er.

Lutz hatte gewußt, daß es nicht ohne Geld gehen würde, und fragte ohne Umschweife:

»Über welche Summe soll ich Ihnen einen Scheck ausstellen, Herr Kommandant?«

Dieser machte ein sehr zufriedenes Gesicht und nannte nach kurzer Überlegung eine bestimmte Summe. Lutz stellte den Scheck noch etwas höher aus.

»Bitte, die Leute sollen eine kleine Gratifikation erhalten. Ich lege das in Ihre Hände, ich ersuche nur um schnellsten Aufbruch.«

Nun ordnete sich alles wie von selbst. In kürzester Zeit waren die drei Lastautos unter Führung eines Offiziers bereit.

Lutz hatte inzwischen in seinem Auto einen Imbiß eingenommen. Pedro hatte ihm sorglich alles Nötige eingepackt. Und dann ging es nach Armada zurück. Diesmal freilich nicht übermäßig schnell; die Lastautos kamen nur langsam voran. Lutz hatte den jungen Offizier gebeten, mit ihm in seinem Auto zu fahren. So konnte er diesem während der Fahrt die nötigen Winke geben. Er ließ dabei durchblicken, daß er sich gern in irgendeiner Weise erkenntlich zeigen würde, ginge alles ohne Blutvergießen ab.

Es begann schon dunkel zu werden, als die Lastautos sich Armada näherten. Lutz fuhr zum Wirtschaftshof voraus, wo er zu seinem Schrecken Pedro vorfand, der ihm berichtete, was geschehen war.

»Sie haben gestern nacht noch die Garage und das Domestikenhaus in Brand gesteckt. Die Dienerschaft, die obdachlos geworden, ist hierhergekommen und hat alles berichtet. Wegen der Herrin und um den Herrn Doktor brauchen Sie aber nicht mehr in Unruhe zu sein, Herr, sie sind bestimmt in die Berghütte geflohen und dort in Sicherheit«, schloß Pedro seinen Bericht.

Lutz wandte sich an den Offizier.

»Sie sehen, daß militärische Hilfe nötig war. Man hat sogar meine Tochter mit Gewalt entführt, um sie als Geisel in Verwahrung zu halten.«

Pedro berichtete des weiteren, daß heute auf dem Werk alles ruhig gewesen sei, der Verwalter sei drüben gewesen. Man habe zwar die Arbeit noch nicht wiederaufgenommen, aber das sei nur die Folge einer gewissen Entschlußunfähigkeit. Die Agitatoren hätten an die Arbeiter noch Schnaps in Flaschen verkaufen wollen, aber es sei kein Geschäft mehr für sie zu machen gewesen.

»Nun, diese beiden Halunken, die das ganze Unheil angezettelt haben, werden verhaftet werden. Ebenso Tommy und die Entführer meiner Tochter und meines Neffen, und die dich und deine Familie überfallen haben werden ihren Denkzettel bekommen. Sonst werden wir Milde walten lassen; die Arbeiter sind ja nur verführt worden. Du kannst vorläufig mit deiner Familie hierbleiben, Pedro, wenn alles ruhig ist, lasse ich dich holen.«

Pedro sah seinen Herrn bittend an.

»Lassen Sie mich mitgehen, Herr! Vielleicht bedürfen Sie meiner.«

»So komm, Pedro!«

Die Fahrt ging weiter bis vor den Eingang des Werkes, wo die Lastautos haltmachten. Alles war ruhig, kein Mensch war zu sehen, aber die Lampen brannten. Und die Beamten kamen nun erlöst aus ihrem Gewahrsam hervor. Lutz ließ die Sirene heulen, die sonst die Arbeiter zur Arbeit rief, und gehorsam kamen alle angelaufen. Nur Tommy und die Agitatoren fehlten. Aber Norris und Durano kannten ihr Versteck und meldeten es dem Herrn. Und in diesem Versteck, einer Felsenhöhle dicht neben dem Werk, wurden Tommy und die beiden Agitatoren festgenommen. Man fand noch ein ansehnliches Schnapslager in dieser Höhle. Lutz erkundigte sich, wer mit dabeigewesen sei, als seine Tochter entführt wurde, und die Namen wurden ihm genannt. Auch diese acht Leute, Sam unter ihnen, wurden festgenommen. Sam sagte kein Wort zu seiner Verteidigung, ruhig ließ er sich festnehmen. Er wußte, die Herrin würde wirkungsvoller für ihn sprechen, als er es selbst gekonnt hätte. Die andern Leute baten um Verzeihung und gelobten, morgen früh die Arbeit wiederaufnehmen zu wollen. Und so war alles geordnet, ohne daß ein Tropfen Blut hatte fließen brauchen.

Lutz bat den Offizier, er möge es sich in seinem Haus gutgehen lassen, Pedro werde in bester Weise für ihn und seine Mannschaft sorgen. Er müsse sich jetzt erst Gewißheit verschaffen über das Schicksal seiner Tochter und seines Neffen.

Der Offizier bot ihm an, ihm einige Mann zu seinem Schutz mitzugeben, aber Lutz lehnte dankend ab.

»Lassen Sie Ihre Leute ruhig schlafen, aber es würde mir eine Freude sein, Sie bei meiner Rückkehr noch anzutreffen.«

Das versprach der Offizier, und Lutz brach nunmehr ohne Zögern auf. Es war schon spät in der Nacht geworden. Aber auch er kannte Weg und Steg genau, und die Sorge um Dolo und Hans ließ ihm keine Ruhe.

XVII

Das junge Brautpaar hatte den Tag in guter Stimmung verbracht. Hans und Dolo rechneten aus, daß sie frühestens morgen abend Nachricht von Lutz erwarten konnten. Sie hatten ihre Vorräte gut eingeteilt, damit sie so lange auskamen. Wenn ihnen freilich ihr junges Glück nicht die spärlichen Mahlzeiten gewürzt hätte, wären sie wohl weniger damit zufrieden gewesen. Immerhin empfanden sie ihre Verbannung nicht schmerzlich, nur sorgten sie sich um Lutz und was unten inzwischen vorgehen würde.

Als es dunkelte, hatte Hans für Dolo aus frischem Waldgras ein Lager bereitet und die wollene Decke darüber gebreitet. Sie mußte sich niederlegen, damit sie ordentlich ausschlafen konnte. Er selbst setzte sich auf die Bank am Tisch und legte den Browning schußbereit neben sich. Die Tür hatte er von innen abgeschlossen. Sie sprachen noch eine Weile im Dunkeln miteinander, riefen sich liebe Worte zu, und dann merkte Hans, daß Dolo eingeschlafen sei. Da legte er die Arme über den Tisch und schlief, den Kopf auf sie stützend, ebenfalls ein.

So fand Lutz die beiden, als er im Morgengrauen zur Hütte kam und, jedes Geräusch vermeidend, vorsichtig durch das Fenster sah. Ein erlöstes Lächeln flog über sein Gesicht. Gottlob, sie waren wohlbehalten hier oben angekommen. Also hatte doch Hans Dolo befreit. Er störte sie nicht, fühlte nun aber, daß er zwei Nächte nicht geschlafen hatte und daß allerlei Aufregungen und Mühen hinter ihm lagen. Er streckte sich vor der Hütte still in das weiche Waldgras, legte seine Waffe neben sich und schlief ein.

Er erwachte erst, als er Stimmen in der Hütte hörte. Lächelnd lauschte er und vernahm folgendes Gespräch:

»Guten Morgen, Dolo, hast du gut geschlafen?«

»Ja, Hans, ich könnte mir gram sein, daß ich so ruhig schlafen konnte, während mein armer Lutzvater sicherlich in Angst und Sorge um uns ist. Ob er nun wieder in Armada ist, und ob alles wohl gut abgelaufen ist?«

»Wir wollen es hoffen, Dolo, aber wir können uns getrost auf Onkel Lutz verlassen. Ist überhaupt jemand der Situation gewachsen, so ist er es.«

Nach einer Weile hörte er Dolo fragen:

»Hast auch du ein wenig geschlafen auf deiner harten Bank?«

»Ja, Dolo, so wunderlich es klingen mag, ich habe ganz fest geschlafen. Jetzt bin ich aber ein wenig steif und gestehe, daß ich einen Bärenhunger habe. Komm, kleine Dolo, steh auf, wir wollen unser kärgliches Frühmahl bereiten.«

Lutz lachte in sich hinein. Wie gut, daß Pedro ihm ein Paket mit Eßwaren und einen leichten Mantel für Dolo mitgegeben hatte.

»Erst müssen wir Wasser am Quell holen. Ich muß mich waschen, Hans, das ist das Nötigste.«

»Nein, mein geliebtes Herz, das Nötigste ist, daß ich endlich einen Morgenkuß von meiner Herzliebsten bekomme.«

Lutz richtete sich überrascht auf, und ein humorvolles Lächeln flog über sein Gesicht.

»Mir scheint, die Ereignisse haben zur Reife gebracht, was ich lange blühen und wachsen sah«, dachte er.

Drinnen war es nun eine Weile still. Der Morgenkuß nahm ziemlich lange Zeit in Anspruch. Da klopfte Lutz an die Tür.

»Hallo! Aufgemacht!« sagte er auf portugiesisch, mit verstellter Stimme.

Drinnen ertönte ein leiser Aufschrei. Dolo hatte ihn ausgestoßen. Und dann hörte Lutz Hans sagen:

»Du bleibst hier hinter der Tür, rührst dich nicht vom Fleck, ich gehe hinaus und sehe, wer draußen ist.«

Gleich darauf stand Hans, den Browning schußbereit in der Hand, auf der Schwelle und sah verdutzt auf den ihm zu Füßen liegenden Onkel Lutz.

»Guten Morgen, mein Junge!« rief Lutz lachend.

Wieder ein Aufschrei in der Hütte, und dann wirbelte ein

schlankes weißes Persönchen über die Schwelle, während Lutz sich schnell erhob.

»Lutzvater! Mein geliebter Lutzvater! Du bist da!«

Lutz fing Dolo in den Armen auf.

»Schon seit einigen Stunden, Dolo, ich habe mit euch um die Wette geschlafen. Im Morgengrauen kam ich an, fand euch im tiefen Schlaf und wollte euch nicht wecken, zumal ich selbst todmüde war.«

Auch Hans hatte sich inzwischen gefaßt und begrüßte den Onkel herzlich.

»Und ich wollte dir mit dem Browning zuleibe«, sagte er dann, ein wenig verlegen lachend.

»Steck die Waffe ein, mein Junge, sie ist gottlob nicht nötig. Alles ist unten in Ruhe geregelt worden. Die Leute sind zur Vernunft gekommen, die Rädelsführer sind verhaftet. Wir werden einander viel zu erzählen haben.«

Hans nahm Dolo bei den Schultern, schob sie vor den Onkel hin und sagte tiefbewegt:

»Zuerst das Wichtigste, Onkel Lutz. Dolo und ich, wir haben uns lieb und bitten um deinen Segen.«

Lutz umfaßte beide zugleich.

»Das ist mir durchaus keine Neuigkeit! Ich weiß schon lange, daß ihr euch liebhabt, vielleicht länger als ihr selbst.«

Zwei leuchtende Augenpaare lachten ihn an.

»Wirst du mir deine Tochter zur Frau geben, Onkel Lutz?«

Lächelnd sah dieser seine Tochter an.

»Soll ich ›ja‹ sagen, Dolo?«

Sie fiel ihm um den Hals.

»Sag ›ja‹, Lutzvater, ich hab' ihn so lieb.«

»Nun also, meinen Segen, Kinder, ihr erfüllt mir einen längst gehegten Herzenswunsch.«

Da wurde er von beiden Seiten stürmisch umschlungen. Und so standen sie alle drei in herzlicher Umarmung.

Dann verlangte Lutz aber energisch Frühstück und hob zugleich ein großes Paket empor, das er unter das Fenster gelegt und mit Dolos Mantel zugedeckt hatte.

»Hier, das hat mir Pedro aufgenötigt, der euch schon halb verhungert sah, ich hätte in meiner Sorge um euch wahrhaftig nicht daran gedacht. Auch diesen leichten Seidenmantel hat Pedro mir für dich mitgegeben, weil er meinte, dein weißes Kleid werde nicht mehr ganz sauber sein.«

Lachend sah Dolo an sich herab.

»Es ist allerdings etwas ramponiert. Wie klug von Pedro, daran zu denken, so kann ich doch in etwas weniger kläglichem Zustand den Heimweg antreten.«

Hans hatte inzwischen mit größtem Interesse das Paket ausgepackt und breitete den Inhalt schmunzelnd aus.

»Dolo, schau dir das an – ein so herrliches Mahl haben wir hier oben noch nicht gehabt.«

Mit Behagen wurde das Frühstück gerichtet und verspeist. Und währenddessen berichtete man sich gegenseitig das Wichtigste. Aber dann sagte Lutz, sich erhebend:

»Alles weitere können wir uns später erzählen, jetzt wollen wir den Heimweg antreten, ich möchte nicht länger als nötig auf mich warten lassen.«

Sie schlossen die Hütte ab und traten den Heimweg an. Jetzt schlugen sie den kürzesten Weg ein. Als sie ins Tal kamen, sahen sie, daß im Armada-Werk schon wieder fleißig gearbeitet wurde. Die drei Lastautos standen am Eingang des Werkes, und auf diese Lastautos waren die verhafteten Männer gebracht worden. Man hatte sie gefesselt, damit sie nicht entweichen konnten. Einige Soldaten standen Wache dabei.

Dolo sah mitleidig zu den Gefangenen hinüber. Obwohl sie ihr Böses zugefügt hatten, war der Anblick für ihr gutes Herz eine Qual. Und da erblickte sie Sam. Sie schrie auf. Sam streckte mit stummem Flehen die gebundenen Hände zu ihr herunter.

»Oh, Sam – lieber Sam! Lutzvater, Sam darf nicht verhaftet werden, er hat ja nur an allem teilgenommen, weil er mich vor den anderen beschützen wollte. Sam muß sofort freigelassen werden«, sagte sie flehend.

Und sie berichtete dem herankommenden Offizier, daß Sam unschuldig sei und daß er sofort freigelassen werden müsse. Da löste man Sams Fesseln und gestattete ihm, zu seiner Familie zurückzukehren. Aber Sam ging direkt an seinen Arbeitsplatz, die Familie kam später zu ihrem Recht.

»Oh, wie gern würde ich auch den andern die Freiheit schenken«, seufzte Dolo.

Aber ihr Vater und der Offizier machten ihr klar, daß das nicht ginge. Es würde eine große Torheit sein, den Leuten zu zeigen, daß man solche Exzesse straffrei ausgehen lasse. Und vor allem müsse bei den beiden Alkoholschiebern ein Exempel statuiert werden, weil sie aus schnöder Gewinnsucht Hunderte von Menschen ins Unglück hatten bringen wollen. Auch Tommy gebühre ein gehöriger Denkzettel, da er zum Brandstifter geworden sei.

Dolo mußte das einsehen und sich fügen. Aber sie wandte sich mitleidig ab und konnte die Tränen nicht unterdrücken. Hans legte den Arm um sie und tröstete sie, so gut er konnte.

XVIII

Die Lastautos mit dem Militär und den Gefangenen waren wieder abgefahren. Es war ganz ruhig geworden im Werk, alle waren mit doppeltem Fleiß bei der Arbeit. Die Fensterscheiben wurden ersetzt, und Dolo war mit Hans bei Sam und seiner Familie gewesen und hatte Geschenke gebracht. Lutz Rodenberg hatte den Leuten freiwillig ihre Bezüge aufgebessert und allerlei soziale Einrichtungen geschaffen. So war alles in bester Ordnung.

Dolo und Hans machten einen Besuch auf der Rancho Senhor Hermados, wo sie auch Inez' Verlobten antrafen. Dolo stellte Hans als ihren Verlobten vor, und die Freundinnen wünschten sich gegenseitig Glück. Inez war keine Enttäuschung für Dolo wie Angela.

Lutz hatte während der Abwesenheit der beiden Verlobten allerlei Geschäftliches geordnet. Es gab eine Menge von Konferenzen mit den Beamten. Und als Hans und Dolo dann zurückgekommen waren und sie abends mit Lutz nach Tisch zusammensaßen, sagte dieser, der Hans mit Absicht in diesen Tagen überall im Werk herumgeführt hatte:

»Da ihr beiden nun verlobt seid, will ich euch kundtun, weshalb ich darauf drang, daß ihr beide mich nach Brasilien begleiten solltet. Dolo sollte sich klar darüber werden, ob sie in Zukunft lieber in Deutschland oder hier leben möchte, und du, mein lieber Hans, solltest dir von dem Betrieb des Armada-Werkes ein Bild machen. Ich ahnte, daß zwischen euch eines Tages ein Bund fürs Leben geschlossen werden würde, und sagte mir, als Dolos Gatte müßtest du dich entscheiden, ob du das Armada-Werk selbständig leiten und mit Dolo hier leben willst oder ob du es vorziehst, als zweiter Direktor auf den Rodenberg-Werken weiterzuschaffen. Arbeit wirst du hier wie dort zur Genüge finden. Du hast dich nun auf dem Armada-Werk umgesehen und wirst einen Entschluß fassen können. Wie denkst du darüber?«

Hans nahm Dolos Hand. Sie sahen sich beide verständnisinnig an. Dann sagte Hans, die Hand des Onkels fassend:

»Wüßte ich nicht genau, wie Dolo sich entscheiden würde, dann wäre ich vielleicht im Zweifel, wie ich wählen sollte, wählen müßte. Aber ich weiß, daß Dolo nur in Deutschland leben will – und vor allem nur da, wo du bist. Und ich selbst, Onkel Lutz? Mein Herz hängt an den Rodenberg-Werken, und ich bin ein Deutscher mit allem Sinnen und Denken. Auch ich möchte mich nicht von dir trennen und ebensowenig von meiner Schwester und Ralf. Nur ist jetzt die Frage noch aufzuwerfen: Was soll aus dem Armada-Werk werden? Soweit ich das beurteilen kann, darf es nicht ohne energische Führung bleiben. Dürfen wir, als Dolos geschäftliche Vertreter, mit ruhigem Gewissen das Werk in den Händen der jetzigen Direktion lassen?«

Lutz Rodenbergs Augen leuchteten froh auf, und er mußte seine Bewegung erst niederzwingen. Dann sagte er ruhig:

»Nein, mein Junge, das dürfen wir nicht. Aber auch da weiß ich einen Ausweg. Ich bin sehr erfreut darüber, daß ihr mir die Trennung von euch ersparen wollt. Also, eine amerikanische Gesellschaft ist an mich herangetreten wegen Aufkaufs des Werkes und Armadas überhaupt. Die Silberminen sollen ganz im großen ausgenützt werden, und ich weiß selbst, daß die Silberschätze eine derartige Ausbeute lohnen. Ich bin damals nicht auf das Angebot eingegangen, obwohl es überaus günstig war, weil ich nicht wußte, ob du dich hier selbst an die Spitze des Unternehmens stellen wolltest. Allein wie die Dinge liegen, bin ich dafür, das Angebot der amerikanischen Gesellschaft anzunehmen. Dolo und ich werden selbstverständlich Aktionäre der Gesellschaft, damit wir auch künftig am Ertrag der Ausbeute partizipieren. Wir haben dann mindestens denselben Nutzen wie bisher — und Dolo bekommt außerdem die Summe ausbezahlt, die ich vereinbaren werde. So büßt sie ganz bestimmt nichts ein, und wir haben dann keinerlei Verantwortung mehr zu tragen. Sicherlich können bei vergrößertem Betrieb auch die Arbeiter noch bessergestellt werden, und so werden schließlich alle Teile dabei profitieren. Willigst du also in den Verkauf des Werkes ein, Dolo?«

Sie fiel ihm um den Hals.

»Mit tausend Freuden, Lutzvater. Ganz offen, ich fühle mich fremd in Armada. Meine Heimat sind die Rodenberg-Werke, weil sie auch deine und Hans' Heimat sind. Auch meine Mutter war eine Deutsche. Und alle Menschen, die mir lieb geworden sind, finde ich drüben. Wir, Hans und ich, wollen uns weder von dir noch von Eva Maria und Ralf trennen. Ich lege alles vertrauensvoll in deine Hände, Lutzvater. Hans und ich, wir wissen beide, daß du alles zu unserm Besten führen wirst.«

Und sie küßte ihn herzlich.

Hans nickte mit strahlenden Augen und faßte des Onkels Hand. Der umfaßte mit feuchten Augen die beiden.

»Ich danke euch, daß ihr mich nicht einsam machen wollt. Es wäre mir sehr schwer geworden. Und hier sei es gleich gesagt: Hans wird eines Tages mein Erbe sein, ihm sollen die Rodenberg-Werke gehören, wenn ich nicht mehr bin.«

»Oh, lieber Onkel Lutz, Gott erhalte dich uns noch viele, viele Jahre. Ich werde gern und freudig unter deiner Leitung arbeiten, Seite an Seite mit Ralf.«

»Und ich werde sofort den Telegrafen spielen und einen Vertreter der Gesellschaft hierherkommen lassen, damit alles Nötige noch vor unserer Abreise geregelt werden kann. Vierzehn Tage bleiben uns noch Zeit, dann reisen wir heim. Das letzte kann dann von drüben aus geregelt werden. Wir wollen doch Weihnachten daheim sein.«

Dolo jubelte auf.

»Weihnachten daheim! Im Schnee! Hans, oh, lieber Hans, wie schön wird das werden!«

Die beiden jungen Menschen umarmten sich und sahen sich glückstrahlend an. Lutz Rodenbergs Augen wurden feucht. Er dachte an seine tote Frau, die nun allein in fremder Erde ruhen würde. Aber ihre Liebe würde mit ihnen ziehen, in die neue – nein, in die alte Heimat.

Einige Wochen später traten Lutz und das junge Brautpaar die Heimreise an. Sie hatten wirklich in Rio de Janeiro denselben Dampfer bekommen, mit dem sie herübergereist waren. Auf Armada war alles nach Wunsch geordnet worden. Die neue Gesellschaft hatte Pedro und seine Familie auf Lebenszeit in ihre Dienste genommen, wie es Lutz ausbedungen hatte. Pedro stand sich in der neuen Stellung noch besser als in der alten. Sam war Aufseher seiner schwarzen Kameraden geworden. Auch sonst war alles nach Wunsch geregelt, und so konnten die Reisenden sich beruhigt auf den Weg machen.

Die Rückreise gestaltete sich ganz besonders schön. Lutz sonnte sich im Glück seiner Kinder, und er war selber glücklich bei dem Gedanken, sie dauernd um sich haben zu dürfen.

Eva Maria und ihr Mann empfingen die Heimkehrenden auf dem Bahnhof.

Noch ahnte Eva Maria nichts von der Verlobung ihres Bruders. Hans und Dolo hatten es ihr persönlich mitteilen wollen.

Das geschah erst, als man in Villa Rodenberg zusammensaß. Und da gab es einen großen Jubel.

Eva Maria hatte dann noch eine weitere Aufregung durchzumachen, als sie hörte, was für Abenteuer Hans und Dolo in Armada gehabt hatten. Sie zog den Bruder in ihre Arme.

»Hab' ich es doch wieder gefühlt, daß dir etwas drohte. Immer habe ich es gefühlt.«

»Nun sollst du das nie mehr fühlen müssen, Eva Maria, jetzt steuert dein Bruder Hans direkt in das Glück hinein.«

»Als lebende Illustration zu dem Märchen ›Hans im Glück‹«, neckte Ralf.

Das Weihnachtsfest, das Hans und Dolo in diesem Jahr feierten, war noch viel schöner als das erste, das sie miteinander verbracht hatten. Es wurde nur noch übertroffen von dem darauffolgendem Osterfest, an dem sie Hochzeit hielten. Lutzvater hatte in diesen frühen Termin gewilligt und lachend gesagt: »Jung gefreit hat nie gereut.«

Als Hans an diesem wundervollen Ostertag seine junge Frau in seine Arme nahm, sagte er leise:

»Jetzt bin ich wirklich Hans im Glück, Herzensdolo.«

Sie sah ihm zärtlich in die Augen.

»Mögest du es immer bleiben, mein geliebter Hans, was ich dazu tun kann, will ich tun.«

»Wie ich keinen größeren Wunsch jemals haben werde, als dich glücklich zu machen, meine süße kleine Frau.«

Sie sahen sich tief in die Augen und küßten sich innig.

Lutz Rodenberg war an diesem Tag fast ebenso glücklich wie das junge Paar, wenn auch auf andere Art. Er wußte, daß seine Kinder nach Beendigung ihrer Hochzeitsreise zusammen mit ihm in Villa Melanie wohnen würden. Dolo und Hans hatten ihm selber diesen Vorschlag gemacht, wohl wissend, wie sehr sie ihn dadurch beglücken würden. Tante Melanie hatte den Wunsch geäußert, nach Frankfurt überzusiedeln, weil sie in Jolantes Nähe leben wollte. Denn Jolante war inzwischen Mutter eines kleinen Mädchens geworden, und Frau Melanie hatte noch so viel Liebe zu vergeben. So hätte Lutz einsam in Villa Melanie zurückbleiben müssen, und das wäre sehr traurig für ihn gewesen. Dolo kam es gar nicht in den Sinn, ihren geliebten Lutzvater allein zu lassen, und Hans wollte auch nichts davon wissen.

So sah Lutz Rodenberg seine Kinder ohne großen Kummer scheiden, bald würden sie zu ihm zurückkehren, und bis dahin nahm ihn Eva Maria unter ihre hausfraulichen Fittiche.

Hans und Dolo aber konnten leichten Herzens ihre Hochzeitsreise antreten und sich ihres jungen Glückes freuen.